AtV

NEIL BLACKMORE, 1970 in Wales geboren, studierte Geschichte und Film in Leeds und Westminster. Er lebt als Schriftsteller in London. Sein zweiter Roman »Der Himmel über Damaskus« erschien 2000 im Aufbau-Verlag.

London an einem verregneten Nachmittag Ende der fünfziger Jahre - das menschenleere Hudson Café ist erfüllt von den melancholischen Seufzern eines Saxophons, als plötzlich Betty den Saal betritt. Sie hat jenes Feuer in den Augen, dem Harry, der Besitzer des Jazz-Cafés, sofort verfällt. Auf den ersten Blick weiß er, dies ist die Frau seines Lebens. Aber noch weiß er nicht, in welch fataler Weise Betty fortan sein Leben bestimmen wird.

Harry ist fünfundzwanzig und träumt von der großen Welt des Jazz. Betty kennt diese Welt und erzählt mit rauchiger Stimme von den New Yorker Clubs, von Miles Davis und Billie Holiday. Harry ist verzaubert. Betty aber spielt schamlos mit dem Begehren der Männer – sie tanzt und schläft mit Alfie, dem schwarzen Kellner des Hudson Café. Trotzdem möchte Harry sie heiraten.

Betty willigt schließlich ein. Als sie Harry kurze Zeit später eröffnet, daß sie schwanger ist, ist Harry wie besessen von der qualvollen Vorstellung, nicht der Vater des Kindes zu sein. Nach der Geburt faßt er einen schrecklichen Entschluß – und Betty konfrontiert Harry mit einer erschütternden Vergangenheit, die ihn ein Leben lang an sie fesseln wird …

Traurig wie der Blues, mitreißend wie die Rhythmen des Jazz, erzählt »Soho Blues« die bewegende Geschichte einer ungewöhnlichen Frau, einer leidenschaftlichen *amour fou* zweier Menschen in einem fatalen Netz von Liebe und Haß, Abhängigkeit und Verrat, Hoffnung und Desillusion.

Neil Blackmore

Soho Blues

Roman

Aus dem Englischen
von Kathrin Razum

Aufbau Taschenbuch Verlag

Titel der Originalausgabe
Soho Blues

ISBN 3-7466-1733-2

1. Auflage 2001
Aufbau Taschenbuch Verlag GmbH, Berlin

Einbandgestaltung Preuße & Hülpüsch Grafik Design
unter Verwendung eines Fotos von Bavaria Bildagentur
Druck Elsnerdruck, Berlin
Printed in Germany

www.aufbau-taschenbuch.de

You are the one
Only you beneath the moon
And under the sun
Whether near to me or far
It's no matter, darling, where you are
I think of you
Night and day

1

Harry

Earl Hines spielte gerade »Night in Pompeii«, als Betty Hudson zu mir kam. Sie war zum erstenmal seit Jahren wieder in London. Sie sagte immer, sie sei geradewegs zu mir gekommen, über einen Ozean, durch Städte, Länder, ganze Kontinente. Ich weiß noch, wie sie an jenem ersten Tag aussah. Daß sie den Raum regelrecht unter Strom setzte. Sie suche bloß Arbeit, erklärte sie. Ein Plätzchen zum Unterschlüpfen, ein Dach überm Kopf.

Sagte ich »erklärte sie«? Na ja. Das war natürlich falsch. Denn eigentlich hat sie in den vergangenen fünfunddreißig Jahren nichts, aber auch gar nichts erklärt. Und vorher vermutlich auch nicht. Hierher, ins Hudson Café in den Tiefen von Soho, London, gerät man nicht zufällig, so bekannt es dieser Tage auch sein mag. Man muß bis ans Ende der Empire Row laufen, dorthin, wo sie auf den ruhigsten Teil der Dean Street trifft und es außer Büros nicht mehr viel gibt.

Der Winter ließ damals auf sich warten, sein eisiger Regen stand noch aus. Die Millionen in der Stadt erwarteten sein Kommen, warteten darauf, daß er wiederkehrte und die Straßen in einem sanften Grau anstrich, verwaschene Tuschespuren auf Wänden und Bürgersteigen, in den Parks und am Fluß hinterließ. Noch war es Herbst. 1959. Es war, als sei sie aus dem Nichts gekommen. Aus der Vergangenheit. Aus der Zukunft. Sie stieg in einen Bus und zahlte. Sie sprang vom offenen Hinterdeck des langen roten 38er Busses ab, als er sich noch langsam durch den Verkehr auf der Shaftesbury Avenue schob, warf sich den Mantel über den langen Rücken und schwenkte ihren kleinen Koffer. Sie kam einfach so die Dean Street entlanggesegelt, diese Frau, eines Nachmittags im

Herbst, vor vielen Jahren. Das Feuer in ihren Augen färbte auf ihre Wangen ab. Sie stieg auf an die Oberfläche, um Luft zu holen. Sie segelte die Empire Row entlang, vorbei an den Blumenständen, an Orchideen und Fuchsien, vorbei am Fischstand, an silbrigen Körpern, Barschen und Brassen, glasigen Augen und offenen Mäulern, vorbei an den lüsternen Blicken der Standbesitzer, vorbei an der Vergangenheit, vorbei an der Zukunft und geradewegs ins Hudson Café hinein. Und selbst der gesammelte Regen des britischen Winters besaß den Anstand zu warten, bis sie von der Straße ins Trockene getreten war.

Momente der Stille, ein Aussetzen der Zeit: schon komisch, daß man es nie vorher weiß, wenn sich bald alles ändern wird. Ich wußte nicht, daß sie auf einem kleinen Flugplatz in Surrey aus dem Flugzeug aus New York ausgestiegen war, nur ein paar Dollar in der Tasche. Ich wußte nicht, daß sie im Zug nach London saß, in der ersten Klasse, und den Kontrolleur davon überzeugte, daß sie auf ihren Mann wartete, der angeblich die Fahrkarten bei sich hatte. Natürlich gab es diesen Mann nicht.

Ich wußte nicht, daß sie später in der Victoria Station aus dem Zug ausstieg und unter der großen eisernen Kuppel des Bahnhofs hindurchlief. Ich hörte weder das Klappern ihrer Absätze auf dem Bahnsteig noch die Pfiffe der Lokführer, die ihr nachsahen, als sie mit wiegenden Hüften davonging und dabei vor sich hin lächelte. Ich wußte nicht, daß sie vom Flügelschlagen der Tauben empfangen wurde, als sie auf dem Piccadilly Circus von der U-Bahn zu einem Bus rannte, mit dem sie dann bis zur Dean Street fuhr. Ich sah nicht, wie sie dem Busschaffner der Nummer 38 zuzwinkerte, als sie einstieg.

Oder wie sie ausstieg, dabei ihren Koffer schwenkte und sich ihren blauen Regenmantel, auf dem die ersten kleinen Regenperlen glitzerten, über den langen Rücken warf. Einen Rücken, den ich einmal mit Küssen bedecken würde. Die Regentropfen schimmerten in ihrem Haar und landeten auf ihrem Gesicht.

Oder wie sie die Dean Street entlangging, ein paar Zeilen von »Can't Get Started« vor sich hin trällernd, wie sie auf die Empire Row abbog und weiterging, weiter, bis zu mir. Zu mir, Harry Hudson.

I've been consulted by Franklin D.
Even Gable had me to tea
But now I'm broken hearted
Can't get started without you.

Sie liebte die Stadt. Sie liebte alle Städte. Der Lärm elektrisierte sie. Doch London mochte sie am liebsten. Sie liebte den unregelmäßigen Verlauf der Straßen, das endlose Labyrinth der Stadtviertel. Sie liebte die glatten hohen Fassaden der Stadthäuser, die zahllosen Steintreppen, die grauen Dächer, die im unablässigen Regen schwarz und finster glänzten, die Blätter und Vögel, die im Herbst aus dem Patchwork der Parks gesegelt kamen. Sie liebte den Moment, wenn der Winter mit seiner trockenen Kälte die Stadt erfaßte, wobei es immer noch mild genug blieb, um durch die Straßen zu laufen. Lauf durch die Stadt, sagte sie, lauf immer wieder durch die Stadt, du weißt nie, was dir beim nächsten Mal ins Auge springen wird.

»Es ist so schön hier, wenn Schnee liegt. Schau doch nur.« Die Pracht, die schmutzige, alte Pracht dieser Stadt. Die langen Straßen sind still, zum Schweigen gebracht vom Schnee, der fällt und liegenbleibt. Eine weiße Decke. Er fällt die ganze Nacht, und morgens liegt er dann da. Kein Fußabdruck im frischen Weiß. Kein Autoreifen, der es verschandelt. Und ein blaßblaues Licht liegt über der Welt.

Sie hatte recht. Lieber eine Stadt, über der Stille liegt, als das Land. Auf dem Land ist Stille nichts Besonderes. In der Stadt ist sie Gold wert. Glücksträume und Jazz, sagte sie, machten die Stadt aus, und sie hatte recht. Die Stadt ist urban und schäbig, sie ist betrunken und voller Gelächter. Im Verkehr erklingt eine Symphonie, und aus den Trompeten und Posaunen in den kleinen heißen Clubs steigt die reine Verzückung. Doch erst der Schnee erinnert einen wieder daran, was an der Stadt das

Beste ist. Das sanfte Weiß läßt die Gebäude und die Straßen, diese endlosen steinernen Meilen, nur noch schwärzer und härter erscheinen. Doch betritt man einen Club, ein von Gerüchen und Geplauder erfülltes Restaurant, ein dampfiges Café, eine der vollen Kneipen oder Bars – vielleicht haben Liebende die tropfenden Regenmäntel dort über die Stuhllehnen gehängt, vielleicht sind es Schwestern, die da zwei Nischen weiter betrunken singen –, dann spürt man die Wärme. Die Wärme der Stadt.

Schneeflocken sind wie Staub, der aus den Sternen fällt, sagte sie. Was ich damit meine, mit Stille in der Stadt? Spürt man denn nicht am besten, was sie zu so etwas Besonderem macht, wenn Schnee liegt? In jenem seltenen Fall, wenn in der Stadt einmal Stille herrscht? Ja, rief meine Betty Hudson, es ist eine Stille, wie wenn Billie Holiday noch einmal Luft holt, bevor sie den nächsten Ton singt, oder wenn Charlie Parker gleich losblasen wird. Das ist Stille, Jungs, das ist wahrhaftige Stille.

Doch Betty kam vor dem Winter. Als London fahl war und den Regen mit seinen verwaschenen Tuschespuren erwartete. London in den verblassenden Farben des Herbstes. London, des Sommerlichts beraubt. Als sie kam, war ihr Haar hoch aufgetürmt und rot. Während sie von der Empire Row abbog, breiteten sich die ersten Regentropfen rund und schwarz auf ihrem blauen Regenmantel aus.

Herbst 1959. London im Regen. Die Straßen standen unter Wasser. Es goß wie aus Kübeln. Rote, gelbe, goldene Blätter trieben die Rinnsteine hinab und füllten die Gullys. Passanten und Händler hetzten durch die Straßen und flohen, die Hände überm Kopf, vor dem prasselnden Regen. Einige stürmten ins Hudson Café, Sekunden bevor sie kam. Einige stellten sich in die Tür, um vor dem Regen Schutz zu suchen, und schüttelten ihre Regenschirme aus. Schüttelten die Regenschirme aus, fröstelten und lachten.

Harry

Mein Vater war im Frühling jenes Jahres gestorben. Das Café hinterließ er mir, seinem einzigen Sohn. Mein Vater war ein Matrose, der nie zur See gefahren, ein Abenteurer, der nie auf Reisen gewesen, ein Entdecker, der nie auf Expedition gegangen war. Seinen Träumen wurde ein jähes Ende bereitet, als sein Vater starb und er erbte, genau wie ich. Einst hatte er zur Marine gehen wollen, um die Welt zu sehen, doch letzten Endes verließ er das Land nie, ja selbst London verließ er nur selten.

Dieser nie auf Reisen gewesene Abenteurer hieß mit Nachnamen Hudson – genauso, wie auch sein kleines Café hieß. Und als sein Sohn zur Welt kam, ließ er sich noch einmal von seinen nie verwirklichten Phantasien hinreißen und nannte das Kind Henry Hudson.

Ein großer Mann, pflegte er zu sagen. »Vielleicht wirst auch du mal so ein großer Mann, mein Junge.« Und dann fuhr er mir durch mein hellblondes Haar. Er sah genauso aus wie ich, das weiß ich noch. Die gleichen strohblonden Haare. Die gleiche schlanke, leicht gebeugte Gestalt. Die gleiche glatte, faltenlose Haut. Auch damals sahen wir uns schon ähnlich – obwohl ich natürlich noch ein kleiner Junge war und seine 1,78 m nicht erreicht hatte. Vielleicht war das auch der Grund, warum meine Mutter es nie fertigbrachte, mich in den Arm zu nehmen. Sie konnte mir meine Ähnlichkeit mit dem Ehemann nicht verzeihen, den sie zu hassen gelernt hatte. Für sie war diese Ähnlichkeit wie eine Provokation von meiner Seite.

Mein Vater starb allein und zweifellos in Angst auf dem Fußboden des Hudson Café. Er hatte gerade zugeschlossen. Eine Gehirnblutung brachte ihn im Laufe der frühen Morgenstunden langsam um. Er war über Nacht allein, und so starb er.

Unfähig, zu sprechen oder sich zu bewegen, muß er einfach dagelegen haben, während sein Leben verebbte, seine vom Blut aufgequollenen Augen durch die riesige Fensterscheibe auf die silbernen Sterne gerichtet. Das letzte, was er sah, war der Nachthimmel über der Empire Row, London W1. Ich stelle mir oft vor, daß seine erlöschenden Gedanken von Ozeanen und Eisbergen erfüllt waren, von wilden, schönen Eingeborenen, von Schiffsbugen, die dickes, weißes Eis durchbrachen, von Eisbären und vom Nordlicht. Meine Mutter bestand darauf, daß ich Harry genannt wurde, sobald die Tinte auf der Geburtsurkunde getrocknet war. Ich kenne jeden Quadratzentimeter, jeden Winkel im Hudson Café, schon mein Leben lang. Habe allerdings auch nie etwas anderes kennengelernt, das muß ich zugeben. Außer den Schaufenstern in der Dean Street oder der Old Compton Street und den Marktständen auf der Empire Row oder der Berwick Street.

Nein, das Hudson Café verändert sich nicht. Es ist heute noch genauso wie damals in meiner Kindheit. Wie viele Schritte sind es von der Eingangstür und der kleinen Steintreppe zu der langen, breiten Theke am Ende des Raums? Zehn für einen Mann, zwölf für eine Frau. Doch für ein kleines Kind wie Harry Hudson war es eine Entdeckungsreise – durch das enge Labyrinth der Zweiertische zu toben, sich zwischen zerschrammten Stuhlbeinen und den eingezogenen Füßen der Gäste hindurchzuschlängeln, unter Wolken heißen Dampfes, der weiß aus Tüllen und Tassen aufstieg. Den ganzen Tag fiel mattes Sonnenlicht durch die große Fensterscheibe, doch erst abends, in der goldenen Stille nach dem Schließen, schrieb der geschwungene schwarzgoldene Schriftzug auf der Scheibe in langsam wandernden Schatten »Hudson Café« auf die blanken abgewischten Tischplatten. Samstags und als ich noch nicht zur Schule ging auch über Mittag, schickte mich meine Mutter immer hinter die Theke, und dort kauerte ich mich unter Regale voller Gläser, Tassen und Teelöffel und spielte Entdecker, schob das Spielzeugauto aus Holz herum, das ich zu Weihnachten bekommen hatte, oder schlug mit einem stibitzten Holzlöffel nach schwarzen Sommerameisen. Irgendwann ging ich meiner Mutter dann so auf die Nerven, daß sie mich an der Hand nach hinten in die Küche schleifte. Doch durch die offene Tür beobachtete ich das Kommen und Gehen der Gäste und stellte mir faszinierende, aufregende Leben für sie vor, mit aufmerksamen, pfeiferauchenden, kuchenbackenden Eltern wie auf den Bildern in meinen Lesebüchern, mit freundlichen braunäugigen Hunden und Sommerfesten in grünen Gärten an ruhigen Straßen. Aber für mich gab es mein ganzes junges Leben lang nur das Hudson Café und Soho. Ich verbrachte meine Kindheit und Jugend damit, darauf zu warten, daß irgend etwas Aufregendes passierte.

Es ist nämlich so, daß im Hudson Café Stimmen in den Wänden stecken – im Putz eingeschlossen, unter der Tapete begraben. Das Echo, die Spuren der lang zurückliegenden Auseinandersetzungen meiner Eltern, ihrer kleinen Kämpfe. Mutter und Vater haben ihren gegenseitigen Haß nicht überlebt. Nur meine überstürzte, ungeplante »Ach-das-kriegen-wir-schon-hin«-Empfängnis hatte sie aneinandergebunden. Beide waren über vierzig, als ich auf die Welt kam – meine Mutter war eine einsame, kinderlose Witwe, die von einer mickrigen Rente lebte, mein Vater war an ein Geschäft gefesselt, das er eigentlich nie hatte haben wollen. Und so saßen wir alle drei fest, in der dunklen, dumpfen Enge des Hudson Café. Und als sie dann, von Gram zerfressen, starben und ihre Leichen auf Kosten der Stadt eingeäschert wurden, war ich fünfundzwanzig Jahre alt und für kein anderes Leben gewappnet als das, das sie geführt hatten.

Dann kam sie. Betty Porter. Und alle Dunkelheit, alle Dumpfheit war schnell und strahlend gebannt. Es gab nur noch Licht. Ein Licht von schockierender Intensität. Voller Erinnerungen an New York, voller Geschichten über Manhattan, über Jazz, über Trompeten und Posaunen. Und nichts war mehr so, wie es gewesen war. Betty veränderte alles.

So kam es also, daß ich ein halbes Jahr nach dem Tod meines Vaters in dem Wohnzimmer über dem Café saß und Platten hörte, die ich morgens gekauft hatte. Es war vier Uhr nachmittags. Gerade begann Regen an die Fensterscheiben zu trommeln. Große Wassertropfen schlugen gegen die Scheibe, liefen langsam hinab und wuschen eine feine Staubschicht ab. Spülten die Erinnerungen an den Sommer weg. Unten aus dem Café konnte ich Geräusche hören, doch ich kümmerte mich nicht darum. Es war mein freier Tag. Der Tag, an dem ich mich um nichts kümmern mußte.

Ich war in einen kleinen Laden in der Denmark Street gegangen, in dem hauptsächlich Jazz-Noten verkauft wurden. Wie gern bin ich dort immer hingegangen, habe die Taktstriche und Notensysteme, die schwarzen Noten auf dem weißen Papier bestaunt! Ich stellte mir vor, ich spräche mit amerikanischem Akzent, hätte einen Trompetenkasten unterm Arm und einen runden Filzhut auf dem Kopf, während doch zugleich draußen schwarze Taxis herumfuhren und reinstes Britisch gesprochen wurde. In diesem kleinen, engen Laden, in dem sich Finger durch Stöße von Blättern wühlten und Blicke über Noten schweiften, gab es auch ein paar Schallplatten. An diesem Morgen hatte ich für zwei Platten vierzig Schilling hingelegt. Eine Aufnahme aus den Vierzigern, Earl Hines in Paris. Und ein neueres Album von Ella Fitzgerald. Ich unterhielt mich mit dem Besitzer, der mich wiedererkannte und fragte, ob ich selbst auch spielte. Ich verneinte errötend, murmelte einen Gruß und stürzte hinaus. Dazu muß man wissen, daß Soho eine Welt der Erwachsenen war. Schon immer. Daher war ich fast ohne Freunde aufgewachsen, in einer Welt der Träume und des Wartens. Als dann schließlich das Erwachsenenleben begann, hatte ich die Kunst, Freundschaften zu schließen und zu pflegen, nie richtig erlernt. Und so war jetzt, da meine Eltern beide tot waren, das Café gleichsam zu meiner Frau, meinem Vertrauten, meinem ältesten Kumpel überhaupt geworden.

Ich ging mit meinen Platten nach Hause und schmuggelte sie hoch in die Wohnung über dem Café, wo ich, an meinem freien Tag ganz für mich, die Plattenhüllen studierte, mein

Spiegelbild in dem pechschwarzen Vinyl anstarrte und die Musik anhörte, die aus den Rillen aufstieg.

Das ist es, dachte ich. Jazz. Da wäre ich gerne. Keiner, der Länder erkundet. Keiner, der Städte entdeckt. Einer, der Klang entdeckt. Ein Kolumbus der Töne, Takte und Notenblätter. Ein musizierender Henry Hudson. Mingus statt Magellan.

Die Ella-Platte auf den Plattenteller gelegt. Einen Schalter betätigt. Die Nadel auf die Rillen gesetzt. Und los geht's.

Ein Klang wie eine Brise. Streicher. Ein Orchester setzt ein.

Ich höre die Stimmen der Gäste unten.

Höre Ella Fitzgerald »I Love Paris« singen.

Und als ich eben die Earl-Hines-Platte in ihre Hülle stecke, höre ich, wie Alfie Edwards, der im Café für mich arbeitet, zu mir hochruft. Und von allen Stimmen höre ich seine am lautesten, am deutlichsten:

»Da ist eine Frau, die dich was fragen möchte. Ob du Arbeit für sie hast.«

Als ich zwölf war, brachte mein Vater eine versilberte Kaffeemaschine mit nach Hause, die er bei einem Pfandleiher gefunden hatte. Ein Kunde hatte ihm davon erzählt. Jetzt konnte er Espresso und Cappuccino anbieten, genau wie die italienischen Cafés. Meine Mutter schaute fasziniert zu, während mein Vater die Maschine mühsam auf die Marmortheke hievte. Den Stammgästen verschlug es vor freudiger Überraschung fast den Atem. Sie erschien uns damals wie ein kleines Wunder. Ihre silberne Beschichtung glitzerte im Sonnenlicht. Sie war wunderschön, fand ich. Meine Mutter rieb liebevoll ihre Kanten, Hähne und Hebel blank. Mutters Augen glänzten stolz und froh, dieweil mein Vater ergründete, wie der Motor funktionierte. Sie lächelte ihn an, zum erstenmal seit Jahren, wie es mir schien. »Jetzt werden wir es diesen blöden Italienern aber zeigen«, sagte sie lachend, nickte den staunenden Gästen zu und streichelte mir voller Genugtuung über den Kopf. Ich weiß noch, wie glücklich wir alle waren. Große Zeiten lagen vor uns, da waren wir uns sicher. Wir lachten und scherzten, forderten vergnügt Sohos gesamte Italiener auf, aus ihren Löchern zu kommen und sich dem Kampf zu stellen. Was für ein seltener, wunderbarer Augenblick des Glücks! Inmitten der Einsamkeit und Bitterkeit der Ehe meiner Eltern waren wir plötzlich für kurze Zeit eine Familie. Erst als meine Mutter mich zwang, morgens eine Stunde früher aufzustehen, um das verdammte Ding zu polieren, begann meine Freude abzukühlen.

Ich blickte in Bettys Gesicht.

Sie rührte sich. Machte einen Schritt auf mich zu, hob den Arm, streckte die Hand aus. Sie trat aus dem Schatten ins Licht, so daß Form und Konturen ihres Gesichts und ihrer Frisur jetzt deutlich zu sehen waren.

»Hi«, sagte sie fröhlich und schüttelte mir die Hand.

Damals sagte niemand »Hi«. Man sagte »Hallo« oder »Guten Tag« oder sonst irgendwas, aber nicht »Hi«, das war ein amerikanisches Wort, das man nur aus dem Kino kannte, aus dem Mund von Doris Day oder Frank Sinatra. So daß sich überall im Café Köpfe nach ihr umwandten und Blicke auf sie richteten. Und diese Blicke blieben an ihr hängen, ruhten auf der Frau, die bald Betty Hudson sein sollte. Amerikanisches Englisch hörte man nach dem Krieg nur noch selten. Und in den Köpfen und Herzen der Londoner, die jetzt mit glänzenden Augen im Café saßen, lebten Geschichten von Neid und Leidenschaft wieder auf. Betty Hudson hat andere Menschen nie gleichgültig gelassen, soviel ist mal sicher.

»Hi, ich bin Mrs. Porter. Ich wollte fragen, ob Sie vielleicht Arbeit für mich hätten.«

Porter war ihr Ehename, doch einen dazugehörigen Ehemann gab es nicht. Sie trug keinen Ehering. Sie trat aus dem grauen, regentrüben Licht in das elektrische Licht des Cafés. Ihr Haar war sorgfältig zu einer Hochfrisur aufgetürmt, wie sie unter modebewußten Frauen ihres Alters damals beliebt war. Sie war groß für eine Frau, nur zwei oder drei Zentimeter kleiner als ich. Ihre üppigen Formen strahlten eine seltsame, profane Sinnlichkeit aus. Sie war über vierzig, als sie auf der Suche nach Arbeit ins Hudson Café kam. Hübsch hätte man sie wahrscheinlich nicht nennen können – ihre Nase war zu lang, ihr Gesicht zu voll, die Falten deutlich sichtbar –, doch sie hatte das breiteste, aufregendste Lächeln, das man sich nur vorstellen kann. Ein strahlendes, glänzendes, glitzerndes Etwas. Wie die ersten Sonnenstrahlen bei Tagesanbruch. Ein Lächeln, das sie so weit zu öffnen schien, daß man in sie hineinschauen und ihr schlagendes Herz sehen konnte. Und dann diese dunklen Augen. Groß, feurig, funkelnd. Wenn sie irgend etwas erzählte, was sie erlebt oder getan hatte, waren sie oft nach unten gerichtet, auf ihre Hände, ihre Knie oder den Fußboden. Dann hob sie sie plötzlich – einfach um dem Gesagten mehr Nachdruck zu verleihen, es zu bekräftigen – und schaute einen an. Wie bei einer sich öffnenden Blüte bogen sich die Wimpern zurück und brachten ihre großen, schwarzbraunen Iris zum Vorschein, die farblich so intensiv und vollendet waren, daß man sein eigenes winziges Spiegelbild in ihnen sehen konnte. Es konnte einem glatt das Herz brechen. Nein, hübsch war Betty nicht. Sie war spektakulär.

Allein wie sie sich bewegte. Sie bewegte sich mit der Anmut eines Fotomodells. Wie eine Königin, die in einem Schwarzweißfilm eine geschwungene Marmortreppe hinunterschreitet. Ihre Füße bewegten sich in einem absolut gleichmäßigen Rhythmus, und ihr Gang war flüssig und elegant. Sie ließ sich nie hängen. Ihre Haltung war immer tadellos. »Versuche stets, die vollendete feine Dame zu sein, hat meine Mutter immer gesagt. Und wenn du es nicht sein kannst, dann sieh wenigstens so aus.« Solche Reminiszenzen hörte man von Betty Porter allerdings nur selten.

Oder wie sie ihr Make-up auflegte. Wie ein großer Star, eine berühmte Schönheit, die in einen von Glühbirnen gerahmten Spiegel blickt. Mit sicherer Hand umrandete sie ihre Augen langsam und sorgfältig mit einer haarfeinen schwarzen Linie. Aus ihrer Handtasche zog sie einen roten Lippenstift, mit dem sie sich den Mund anmalte. Und wenn sie dann ihre Lippen zusammenpreßte, war das Rot, diese Maske des Glamour, perfekt.

»Ich war einige Jahre in Amerika, Mr. Hudson. Ich bin noch nicht lange wieder da. Gar nicht lange. Ich habe in New York bedient, in Clubs und auch in Cafés. Ich glaube, ich könnte Ihnen hier sehr nützlich sein.«

Wir saßen zu zweit in der zu großen, zu kalten Wohnung über dem Hudson Café. Wir nippten an unserem Tee und schoben Plätzchen auf Tellern hin und her. Ich fragte sie, wo sie ursprünglich her sei. Draußen zog eine Wolke über den Nachmittagshimmel. Aus einer unsichtbaren Quelle fiel Sonnenlicht auf die Wolke und von dort auf uns herunter. Das Licht schien in ihre Augen. Dann wurde es wieder dunkel im Zimmer, und leichter Herbstregen tanzte auf den Fensterscheiben. Ich fühlte mich wie elektrisiert, als sie dort bei mir saß. Es – oder besser gesagt, sie – durchschauerte mich von Kopf bis Fuß.

»Ach je. Von überall her. Aus ganz London. Nirgendwo Bestimmtes. Ich bin direkt nach dem Krieg weggegangen. Das ist schon so lange her.« Als sie am Ende des Satzes innehielt und ihren Blick hob, hatte ich genug von ihrem Spiel begriffen, um mehr erfahren zu wollen. Eine Schallplatte lief, schwarzglänzend, klanggeladen. Betty hob graziös ihre Teetasse, so daß ihr Mund verdeckt war. Nur ihre schwarzbraunen Augen, ihre ruhigen schwarzbraunen Augen waren noch zu sehen und blickten mich an. Und schon jetzt, wenige Minuten nach unserer ersten Begegnung, fragte sich ein Teil von mir, ob dies – sie – es war, worauf ich so lange gewartet hatte. Denn bevor sie gekommen war, war mein Leben so gleichförmig verlaufen, so ereignislos. Ihres dagegen erschien mir, als sie mehr davon erzählte, so spannend und glanzvoll. Und voller Jazz.

Whenever skies look grey to me
And trouble begins to brew
Whenever the winter winds become too strong
I concentrate on you.

»Sie können ein Zimmer hier im Haus haben, Mrs. Porter. Verpflegung und heißes Wasser plus acht Pfund die Woche auf die Hand. Oder Sie bekommen zehn Pfund und suchen sich ein Zimmer außerhalb. Arbeitszeiten nach Absprache mit mir, aber im allgemeinen ein Nachmittag pro Woche frei. Und die Sonntage stehen natürlich zu Ihrer freien Verfügung.«

Sie senkte die Augen und fragte mich, wer da singe. Ihr Blick huschte zum Plattenspieler hinüber, wo das blasse Nachmittagslicht sich in dem kreisenden schwarzen Vinyl spiegelte. Ich sah, wie ihre Schultern sich im Takt der Rhythmusgruppe bewegten. Und doch bewegte sie sich gleichzeitig kaum.

»Ich habe in New York auch in Jazzclubs gearbeitet, Mr. Hudson.« Mit acht Pfund plus Kost und Logis fuhr sie besser als mit zehn Pfund und einem Zimmer außerhalb. Und während sie auf die Platte blickte und nach meinen Schwächen forschte, ich wiederum sie anblickte, wußten wir auch beide, warum.

»Ella Fitzgerald. Interessieren Sie sich für die Stelle oder für meine Platten, Mrs. Porter?«

Ohne ihre braunen Augen zu heben, sagte sie:

»Acht Pfund auf die Hand. Und keine zusätzlichen Kosten?«

»Ist das ein akzeptables Angebot, Mrs. Porter?«

Mit gesenkten braunen Augen:

»Na dann – bitte nennen Sie mich doch Betty.«

Und jetzt hob sie die Augen, langsam und bedächtig, und schaute mich an. Sie waren so groß und schwarz, so hart und glänzend wie eine Langspielplatte. Ein Herz, noch unversehrt, wird zum Schwingen gebracht.

Wie still mein Leben doch gewesen war, bevor sie kam. Das Café und die Wohnung darüber waren nicht mehr gewesen als ein Hort der Erinnerungen. Betty steckte voller Geschichten, und selbst als diese sich widersprachen – als die Unstimmigkeiten, die Lücken zutage traten –, mußte sie nur ihre hinreißenden dunklen Augen heben, und all meine Zweifel verflogen.

»Hey, Harry, ich habe Tausende von Geschichten über New

York auf Lager, über die Clubs in Harlem, in ganz Manhattan. Ich habe Sachen erlebt, die würdest du nie für möglich halten. Meine Güte! Wenn wir gut miteinander auskommen, werde ich dir das alles erzählen.« Selbst die Luft im Hudson Café schien stillzustehen. Doch als ihr Gelächter den Raum erfüllte, spürte ich, wie die Luft in Bewegung geriet.

»Ich werde dir erzählen, wie Miles Davis – und damals hat außer einem dünnen Burschen in einem zu teuren Anzug und mit einer Trompete unterm Arm noch keiner gewußt, wer das ist –, wie Miles Davis mit mir geflirtet hat wie ein Weltmeister.«

»Ich werde dir erzählen, wie die große Miss Billie Holiday, die ich von allen Jazzern am liebsten mag, mal in eine Bar kam, ganz in weißem Pelz und weißer Seide, und sich auf die Bühne stellte, obwohl die New Yorker Polizei ihr die Lizenz entzogen hatte. Ich habe so heftig geklatscht, daß ich zwei Tage lang nicht arbeiten konnte!«

Ihr Gelächter war wie das Licht der Sonne. Es war ihre überschäumende Lebendigkeit, wegen der ich sie liebte. Auch andere hatten sie deswegen zweifellos schon geliebt. Es hatte nichts mit dem Glamour Manhattans zu tun, der sie umgab. Sicher, ihr Haar und ihre Kleider sahen immer tadellos aus, ihr Make-up ebenso, doch es war nicht ihr Äußeres, das sie zu so einer atemberaubenden Frau machte, zu so einem strahlenden, spektakulären Wesen, einem Star.

Es war ihre unglaubliche Lebensfreude. Das war es.

Harry

Es gibt bestimmte Momente, Momente, in denen plötzlich nichts mehr so ist, wie es einmal war. Drei Wochen waren vergangen, seit sie in unser Leben getreten war. Als hätten wir ein Paket bekommen, es mit der Schere geöffnet und eine Bombe darin entdeckt. Wo es früher ruhig gewesen war, war es jetzt laut. Heiße Rhythmen – Jazz –, über Kabel und Lautsprecher geleitet, mußten jetzt gegen das ankommen, was ihr blechernes kleines Transistorradio zu bieten hatte, mußten gegen den endlosen Strom ihrer Geschichten und Witze bestehen.

Wie schnell sie ein fester Bestandteil des Hudson Café wurde. Nein, nicht nur ein Bestandteil. Sie wurde sein großes, rotes, pochendes Herz, nicht mehr und nicht weniger. Die Stammgäste wurden von ihrem lauten Gelächter und ihrem feurigen Blick empfangen.

»He, Bill. Schon *wieder* da, um mich zu besuchen? Ich wußte gar nicht, daß ich so interessant bin.«

Ihr breites, breites Lächeln. Die Hände in den Hüften. Die freundlichste Begrüßung der Welt. Plötzlich wurde dieses kleine Café, diese einfache Eßkneipe an irgendeiner Straßenecke zum wärmsten, behütetsten Fleckchen in dieser einsamsten aller Städte. Nein, sie vergaß kein Gesicht. Sie ließ nie jemanden mit dem Gefühl gehen, er gehöre nicht dazu.

»Schön, daß Sie da waren. Kommen Sie doch bald mal wieder. Nächstes Mal kriegen Sie eins meiner Johannisbeertörtchen zum halben Preis. Ich vergesse es ganz bestimmt nicht!«

Neue Gäste kamen wieder. Nein, sie vergaß es wirklich nicht. Bald waren alle ganz wild auf ihre Witze und ihre Geschichten. Über Amerika. Über den Jazz. Über New York. Männer wie Frauen hungerten – aus den verschiedensten

Beweggründen – nach ihrem breiten Lächeln und ihren schönen, dunklen, ihren heiligen, sündigen Augen.

»Und zu Weihnachten hetzen alle durch die Stadt, stellen sich vor eins der großen Kaufhäuser, Bloomingdale's oder Macy's, und schauen einfach nur die Lichter an. Gott, diese Lichter im Schnee, so was gibt's auf der ganzen Welt nicht noch einmal. Wie das Nordlicht. Das Nordlicht und Walt Disney in einem.«

Über Mittag waren drei Stunden lang sämtliche Tische besetzt. Ich mußte die Anzahl der belegten Brote und Kuchen verdoppeln, so groß war die Nachfrage. Es ging auf den Winter zu, draußen wurde es kälter. Doch im Café, das jetzt von ihrem Sternenglanz erfüllt wurde, war es warm. Warm von den Stimmen, dem Atem, der Fröhlichkeit. Die Fensterscheibe war beschlagen. Wir hielten den Kaffee immer kochendheiß. Den ganzen Tag gingen Arbeiter, Studenten und Liebespaare ein und aus. Und mittendrin sie. Ein pochendes Herz.

»Und dann spazierte doch tatsächlich Dean Martin herein ...«

»Es war Mr. Frank Sinatra höchstpersönlich ...«

»Und dann sagte ich, tja, und wenn Sie dreimal Miss Judy Garland sind, so redet keiner mit mir.« Der unfaßbare Glamour von Manhattan und Harlem, den Jazzclubs und Filmstars eroberte die Herzen im Sturm. Und der Star des Ganzen war nicht Judy Garland oder Frank Sinatra, nicht Billie Holiday, die spontan ein ganzes Set sang, oder Bette Davis am Arm eines Mannes, der so jung war, daß er ihr eigener Sohn hätte sein können, auch nicht Lester Young, der sich liebevoll mit seiner Frau unterhielt. Der eigentliche Star war Betty. Sie war die glanzvollste Gestalt von allen. Und ich, ja, ich war drauf und dran, mich in sie zu verlieben.

Eines Nachmittags sah mich Betty mit ihrem breiten, strahlenden Lächeln an und sagte: »Was dir mal guttun würde, Harry Hudson, das wäre ein kleiner Ausflug ins Nachtleben. Mir geht's übrigens ganz genauso. Und ich bin genau die Richtige, um dir zu zeigen, was Nachtleben wirklich bedeutet.«

»Bernie's« war ein kleiner Jazzclub im Keller eines Kleiderladens in der Beak Street. Abends waren in dieser Gegend nur wenige Leute unterwegs, abgesehen von der Schar von Stammgästen, die die stählerne Treppe zum Club hinunterstiegen. Manchmal wurde nur Schallplattenmusik gespielt, zu der die Leute vergnügt tanzten, ihre Getränke in der Hand. Über die Musik flüsterten sie einander laut ins Ohr, wie gut es ihnen ging, jeden Abend aufs neue. Hier entflohen die Londoner dem Druck ihres langen Arbeitstages, der Einsamkeit ihrer kalten möblierten Zimmer. Frisch Verliebte sprachen leise von der Zukunft, während sie unter dem Tisch ihre Knie aneinanderpreßten, und kicherten, wenn sich ihre Hände über Bier- und Whiskygläsern flüchtig berührten. Ständig strömten mehr Menschen herein, um der Musik zuzuhören und zu tanzen. Und jene unbestimmte Sehnsucht wurde stärker oder verschwand, je nachdem, wen man durch die Tür kommen sah, wer als nächstes oder übernächstes in die verrauchte, verschwitzte Atmosphäre eintauchte, während draußen noch einen Moment lang sein warmer Atem in der kalten Nachtluft hing.

Und an manchen Abenden – so auch an diesem – spielte eine kleine Tanzkapelle, ein Trio mit Gitarre, Baß und Schlagzeug, vielleicht war auch eine französische oder amerikanische Sängerin dabei, zweitklassig, aber immer noch unglaublich aufregend. Körper wiegten sich schimmernd in der dichten, dunklen Menge. Helle Lichtbündel schossen in die Höhe, wenn ein Mann einer Frau eine Zigarette anzündete. Dezentes Scheinwerferlicht fing sich in gehobenen Gläsern, mit denen klingend angestoßen wurde.

Unser Abend begann damit, daß ich eine Runde Getränke besorgte und mich dann von der Bar zu dem Tisch durchkämpfte, den Betty für uns gefunden hatte. Betty und Alfie saßen da und plauderten. Ihre Gesichter waren sich nahe, ihre Hände bewegten sich gleichzeitig, einer ahmte des anderen ausgeklügelte Haltungen und elegante Bewegungen nach. Ja, Alfie zündete ihr eine Zigarette an. Ein paar Sekunden lang schimmerte eine Flamme auf. Ihr Glanz erleuchtete die beiden Gesichter. Im flackernden Licht waren zwei Augenpaare zu sehen.

Alfie Edwards war ein Einwanderer aus Trinidad, der bereits vor einigen Jahren nach London gekommen war. Er arbeitete seit ungefähr einem Jahr für mich und hatte in dieser Zeit, während der er still und unauffällig ein winziges Zimmerchen im zweiten Stock des Hudson Café bewohnte, fast nichts von sich preisgegeben. Mager und schweigsam, sprach und bewegte er sich nie ohne guten Grund und lächelte nur selten – ein beeindruckender, beängstigender Mann. Doch Betty ließ sich durch seine dunklen Augen und seine gerunzelte Stirn nicht aus der Ruhe bringen, sie neckte ihn wegen seines Ernstes und entdeckte, daß sie ihn zum Lachen bringen konnte. Er wiederum ließ sich von ihr nicht aus der Ruhe bringen. Sie entwickelten sehr schnell eine Sprache des Nicht-Ausgesprochenen. Es war eine Geheimsprache, voller Zeichen und Blicke, die nur sie zu verstehen schienen.

Als ich von der Bar zurückkam, die Finger um drei Gläser gespreizt, war nicht zu übersehen, was für eine Anziehung sie aufeinander ausübten. Die Flamme des Feuerzeugs verlosch, und ihre Gesichter lagen wieder im Dunkeln. Beide drehten sich zu mir um. Doch ich spürte die Erregung, die in der Luft hing. Spürte die Hitze zwischen ihren Schenkeln. Spürte das Prickeln auf ihrer Haut, als sich ihre Knie unter dem Tisch, den Betty gefunden hatte, zufällig berührten.

»Im Krieg hat dieser Laden richtig geswingt. Jede Menge gutaussehende GIs und hübsche Mädchen.« Lächelnd sah Betty sich um und ließ ihren Blick auf einzelnen Tanzenden verweilen. Die Lichter des Clubs hüpften in ihren Augen, so wie die Erinnerungen an ihre Jugend ihr durch den Kopf geflackert sein müssen. Sie ließ solche Erinnerungen nur selten heraus.

»Bist du damals auch hierher gekommen?« fragte ich.

Sie streifte ihre schwarzen Handschuhe ab, nahm einen Schluck von ihrem Gin Tonic und wandte mir dann mit einem strahlenden Lächeln wieder ihre großen dunklen Augen zu.

»O ja.«

Und wieder bewegten sich diese Augen, die Jahre kaschierten, über die sie nie sprach. Genau wie ihre Augen war auch sie immer in Bewegung, ließ sich nie festnageln, nie halten. Ihrer schwarzen Handschuhe entledigt, den bitteren Geschmack des Gins auf den Lippen, schlug sie sich bravourös.

»Hast du während des Kriegs hier in der Gegend gewohnt?«

Ihr Blick huschte zur Tanzfläche hinüber, wo Paare sich an den Händen faßten, Liebende und Fremde sich im Takt des Basses und der Besen auf dem Schlagzeug bewegten. Ich beobachtete sie, während sie kicherte und so tat, als hätte sie mich nicht gehört. Plötzlich beugte sie sich zu Alfie hinüber und gab ihm einen Klaps aufs Knie.

»Auf, mein amerikanischer Landsmann. Laß sehn, ob du tanzen kannst.«

So nannte sie ihn ab und zu: mein amerikanischer Landsmann. Es verärgerte und amüsierte ihn zugleich, so wie wenn eine erwachsene Frau einem Jungen durch sein weiches Haar fährt und ihn einen hübschen Kerl nennt, ihren Liebling, obwohl sie kein Wort davon ernst meint.

»Du hast also während des Krieges hier in der Gegend gewohnt?« wiederholte ich. Meine Stimme war fest und laut und erhob sich über die Musik, über das Geplauder und Gelächter, das Klingen der Gläser, das Pochen der Herzen.

Noch einmal trafen, für den Bruchteil einer Sekunde, schwarzbraune Augen auf meine, um dann zur Bühne hinüberzuwandern. Betty stand auf, schwang ihre vierzigjährigen Hüften und schnippte mit ihren vierzigjährigen Fingern den flotten, fröhlichen Rhythmus mit. In der anderen Hand hielt sie ihr Glas und ließ die Flüssigkeit darin unablässig kreisen.

»Nein, hier nicht.« Betty hat in ihrem ganzen Leben keine einzige Frage direkt beantwortet. Sie sagte einmal, es gebe nichts, an das sie sich erinnern wolle. Sie könne, seufzte sie damals, bloß an heute denken.

»Sag uns doch, wo du damals gewohnt hast, Betty«, rief Alfie, der genau wie ich merkte, daß Betty anfing sich zu winden.

Ihre Stimme war scharf und schroff. Es war klar, daß sie nicht darüber reden wollte. Sie wippte jetzt mit dem Fuß, klopfte federnd jeden einzelnen Schlag mit, folgte dem 4/4-Takt.

»Was spielt das für eine Rolle? Ich habe mal hier, mal da gewohnt. Ich war damals verheiratet, es war also alles anders als jetzt. Ich war ein- oder zweimal hier, bevor ich nach Amerika gezogen bin. Das spielt heute alles überhaupt keine Rolle.«

Ein paillettenbesetztes schwarzes Kleid, schwarze Handschuhe, Modeschmuck und ein billiger Fuchspelz können nicht viel verbergen. Selbst als sie wieder strahlte und Alfie lachend auf die Tanzfläche zog, schien mir Betty Porter, in gar nicht ferner Zukunft Betty Hudson, aus den Fingern zu schlüpfen, schien eher davonzugleiten, als daß sie weglief. Sie verschwand in der lebhaften, fröhlichen Menge, Alfie an der Hand, ihr Körper seinem zugewandt, um mit ihm zu tanzen. Über uns in den dunklen Straßen fiel Scheinwerferlicht auf den regennassen Asphalt, stießen Penner Mülltonnen um, lagen die Zeitungen von gestern auf dem nassen Boden und weichten auf. Doch hier unten tanzten Betty und Alfie wie ein Liebespaar.

Später, in der Dunkelheit meines Schlafzimmers, das direkt über Betty Porters und auch Alfies Zimmer lag, hörte ich die Dielen knarren und die Deckenbalken ächzen. Die Wintersonne durchflutete das Hudson Café, die Empire Row, die Dean Street, ganz Soho. Das sind bloß die Geräusche eines alten knarrenden Gebäudes, Träger und Balken, die sich im Sturm bewegen, ja die Geräusche der Nacht, der blauschwarzen Nacht. Nein, sagte ich mir, das ist kein brauner Fuß, der auf eine Diele tritt. Das ist kein heller, glitzernder Rücken, der sich in eine Matratze drückt. Kein kaum vernehmbarer Schrei aus der Kehle einer Frau.

Ich preßte mein Gesicht ins Kissen und sagte mir ein für allemal, daß ich es mir bloß einbildete. Es war nur der Wind, der Regen. Mein ganzes Leben lang hatte ich darauf gewartet, daß etwas Aufregendes passieren würde. Jetzt war es geschehen, da war ich mir ganz sicher. Ihre Augen, ihr Lächeln, ihre Geschichten und Witze – ich hatte mich in Betty Porter verliebt.

Harry

Das Hudson Café befindet sich in einem vierstöckigen Gebäude in einer Straße mit schmalen Häusern, Türen und Bürgersteigen. Damals, als wir frisch verheiratet waren und sie voller Leben steckte, war die Straße von Blumen- und Obstständen erfüllt. Wenn ich heute unverhofft alte Bekannte, Kunden aus jener Zeit treffe, zucken wir die Achseln und fragen uns, wo sie wohl geblieben sind, all die Stände, all die Menschen, all die Jahre. Wo sind die Äpfel, die über die Straße rollten? Wo sind die Kinder, die hinter ihnen herrannten? Wo sind die Blumen, die von Rädern zerdrückt oder am Revers einer Frau befestigt wurden? Die zerdrückten Blüten im Rinnstein sahen aus wie schöne Gemälde. Sie gaben der ganzen Empire Row Farbe.

Das Erdgeschoß wird vollständig von dem Café und der Küche eingenommen, ein chaotisches Gewirr von Oberflächen – Tischplatten, hölzerne Sitzflächen, die Marmortheke, die Arbeitsflächen in der Küche, Regale, Tortenplatten. Ende der Fünfziger standen auf der Marmortheke eine mechanische Kasse, grau mit hochschnellenden roten Zahlentasten, und die kostbare versilberte Kaffeemaschine. Büroangestellte und Schauspieler, Händler und Maler, Liebespaare, Mütter und Kinder fanden sich hier zusammen. In einer Ecke hatten wir eine Jukebox, die wir mit Jazzplatten bestückten. Ihr gelbes Licht fiel auf liebeskranke Teenager, auf Paare, die sich klammheimlich und verzweifelt an den Händen hielten, auf Geliebte in Erwartung irgendwelcher Herren, die sich nie wieder melden würden. Ihr gelbes Licht fiel auf die Verzweifelten und die Hoffenden, auf diejenigen, die noch an ihren Hoffnungen festhielten, und die anderen, die ihre Felle schon hatten davonschwimmen sehen. Und den ganzen Tag arbeiteten Betty, Alfie und ich um sie herum, stellten selbst keine Fragen, doch beantworteten ihre.

Der Rest des Hauses birgt keine großen Überraschungen. Im ersten Stock befindet sich ein kleines, quadratisches Wohnzimmer. Außerdem eine Küche und ein Bad. Darüber zwei kleine Zimmer, von denen das eine, mein ehemaliges Kinderzimmer, Alfie Edwards beherbergte und das andere für eine Weile Bettys Zimmer war. Ganz oben schließlich, am Ende einer steilen Treppe, befand sich das riesige Schlafzimmer, das ich übernommen hatte, nachdem mein Vater gestorben war.

Bettys Unbeschwertheit wirkte damals schockierend. Vielleicht hätte sie in einer anderen Zeit leben sollen. Einer freundlicheren Zeit, in der die Welt mit Frauen wie ihr etwas anzufangen wußte. Sie schien wie ein Wesen von einem anderen Stern, und mit ihren Geschichten über Jazz und Harlem, über die Stars und Straßen von Manhattan war sie das womöglich ja auch. Jugendliche, die ein bißchen Geld in der Tasche hatten und sich darüber beschwerten, daß sie in der Jukebox keinen Eddie Cochran oder Elvis vorfanden, sondern nur Jazz, zitterten, als sie nur lachte und sie aufzog. Selbstmordkandidaten, die dem Ende ihrer Liebesbeziehung nachbrüteten, sahen von ihren Kaffeetassen auf und lächelten. Sie gab den Leuten nie das Gefühl, schlecht behandelt zu werden, selbst wenn sie sich gerade über sie lustig gemacht hatte.

Die Hände in den Hüften, stand sie hinter der Theke, in die furchterregende, formverzerrende Mode jener Zeit gezwängt. Sie lächelte. Sie lachte. Sang die Lieder aus der Jukebox. Erzählte Geschichten über den Sänger oder die Sängerin. Miss Holiday höchstpersönlich. Mr. Armstrong. Mr. Ellington. Beides echte Gentlemen. Was für Umgangsformen, was für ein Stil.

»O ja«, pflegte sie lächelnd zu sagen, während sie ein Geschirrtuch in einer nassen Tasse drehte. »Das waren großartige

Zeiten. Großartige Zeiten!« Die Geschichten sprudelten ihr nur so über die Lippen. Wie sie Soundso kennengelernt hatte, bevor er oder sie berühmt wurde, jemand anderem kurz vor dessen Tod beigestanden hatte, wie der und jener sie zum Tanzen aufgefordert oder ihr hübsches Kleid kommentiert hatte, daß er unhöflich gewesen sei, freundlich, schön, eigentlich bloß ein häßlicher alter Knacker.

Ein junger Mann mit Baskenmütze, Überzieher und einem Saxophonkasten unter dem Arm – einem Saxophonkasten, in dem nie ein Instrument steckte – lehnte sich über die Marmortheke und hörte zu. Er sagte nie etwas, außer wenn er sich einen Kaffee bestellte, an dem er sich dann eine Stunde lang festhielt. Wenn er ging, zwinkerte Betty ihm zu und rief: »Bis bald, Mr. Parker!« Woraufhin der arme Kerl seinen leeren Kasten fallen ließ und errötend davonrannte.

Und ich beobachtete sie, wartete auf ein Zeichen ihrer Liebe. Verzweifelt, aber stumm sehnte ich mich nach einem Hinweis darauf, daß sie mehr als Freundschaft für mich empfand. Doch es kam nichts.

Harry

Der Winter brach schnell und heftig herein. In den Rinnsteinen vermoderten rote und goldene Blätter im kalten Regen. Windstöße fegten aus der Charing Cross Road oder der Shaftesbury Avenue durch die Dean Street. Vereinigten sich in der Frith Street. Wurden in der Wardour Street zu Wirbelwinden. Sie trockneten die roten Rinnsteine der Greek Street aus und verwandelten sich in einen Londoner Winter. Der Winter blies mit seinem Schnee, seinen Eiszapfen, seinem Frost durch die Empire Row. Das Herz der Stadt gefror. Wie Eskimos auf Eisschollen hetzten die Stadtbewohner in Pelze und Schals gehüllt durch die Straßen, mit roten, unfreundlichen Gesichtern.

Wir drei – Betty, die von Kopf bis Fuß mit Stimmen, Liedern und Tanz angefüllt war, ich, der stille Harry Hudson, und dazu Alfie – gingen den ganzen langen Winter 1959/60 miteinander aus.

Ins Kino, um uns einen Film anzusehen. Wir saßen wie ein seltsames, unausgewogenes Ehegespann in der dunklen Sitzreihe. Nach dem schneidenden Nordwind und dem Eisregen draußen auf der Straße hielten uns hier rote Plüschsitze warm. Unterdrückte Liebesgeräusche luden die stehende, warme Luft auf. Brachten uns in Verlegenheit. Machten uns nervös. Elizabeth Taylor, die es in *Butterfield Eight* mal mit Eddy Fischer, mal mit Laurence Harvey hielt, bewirkte das gleiche. Ich versuchte mich im Kino immer zwischen Alfie und Betty zu setzen. Und wie um meinen Verdacht zu bestätigen, spürte ich ihren Groll, während wir zu dritt in der Dunkelheit saßen und matte Bilder über die Leinwand flimmern sahen. Sie beide von dem verzweifelten Verlangen erfüllt, einander anzufassen. Und ich in dem wahnwitzigen Bemühen, es zu verhindern.

Betty und Alfie schlugen sich gegenseitig in Bann. Wie Kinder mit neuen Spielsachen, wie kleine Kätzchen, die neckenden Fingern zusehen, bekamen sie immer größere Augen. Beobachteten sich gegenseitig. Bis es nichts mehr zu beobachten gab. Belauerten einander. Begehrten einander. Bis sie es nicht mehr aushielten, sich nicht zu berühren. Bis allein der Gedanke an die Haut des anderen, die Lippen des anderen, die Schenkel des anderen sie schier wahnsinnig machte.

An anderen Abenden gingen wir auf ein Konzert, in einen Tanzschuppen, einen Pub oder wanderten einfach nur durch die Straßen von Soho, durch die bittere schwarze Nacht. Unsere Unterhaltungen drehten sich um tolle Musikstücke, tolle Musiker, um Saxophone gegenüber Klarinetten. Manchmal erzählte uns Alfie von Trinidad, von den Farben der Abende dort, von der Stadt selbst mit ihren Hunderten von Rassen und Hunderten von Glaubensrichtungen. Und so sicher wie das Amen in der Kirche erzählte uns Betty von New York. Von den guten alten Zeiten, von Schneeflocken, die vor Neonreklametafeln, auf denen für Shows oder Limonade geworben wurde, in der schwarzen Nachtluft herumwirbelten. Oder wir saßen einfach nur in dem kleinen quadratischen Wohnzimmer im ersten Stock des Hudson Café, hörten uns die neuste Platte von Oscar Peterson oder Miles Davis an oder drehten an der Senderanzeige von Bettys Transistorradio, in der Hoffnung, auf einem der amerikanischen Armeesender vielleicht eine ordentliche Big Band zu erwischen.

Doch während der ganzen Zeit – wenn sich im Film die Helden vorbeugten, um sich zu küssen, wenn uns der erste gesungene oder gespielte Ton unter die Haut fuhr, wenn die Nadel in den Rillen kratzte –, während dieser ganzen Zeit wurde mein Verdacht, oder sollte ich sagen, meine Eifersucht, immer stärker, bis sie schließlich kaum mehr zu bändigen war.

Harry

In kurzen Berührungen, kurzen Blicken, in der Art und Weise, wie sie einander hielten, wenn sie tanzten, selbst im Rhythmus ihres Atems zeigte es sich. In ihren Witzen, an denen sie nur noch einander teilhaben ließen, so wie Liebende einander an ihrem Sandwich oder ihrem Getränk teilhaben lassen, wurde es deutlich. Nichts wurde je ausgesprochen, doch es bestand eine Verbundenheit zwischen ihnen, ein Vertrauen, eine Nähe, in die ich letztlich nie eindringen konnte.

Wenn mich heute, nach all den Jahren, da Alfie schon lange fort und Betty tot ist, jemand fragen würde, woran ich es merkte, würde ich, glaube ich, nur müde lachen. Und dieses müde Lachen, nicht mehr als ein Beben meines Körpers und meiner Stimme, würde bedeuten: Wie konnte ich es jemals nicht wissen, wo es doch so offensichtlich war?

O ja, später im Dunkeln konnte ich wieder das Radio in Bettys Zimmer dudeln hören. Eine Trompete, das Schnalzen eines Basses, ein mit Besen gespieltes Schlagzeug hinter einer Tür. Durch ein Schlüsselloch fiel Licht in einen dunklen Korridor. Und in ein helles, kaltes Auge.

Die Klänge aus Bettys Transistorradio, das kratzenden Swing ausspuckte, hatten mich oben in der Stille meines Zimmers gequält. Zu flatternden Bläserklängen und einem stampfenden Rhythmus sang eine Frau, eine Unbekannte, »I Wished On The Moon«. Ich erinnere mich noch an die Klarinetten und das Klimpern des Klaviers. An Schlagzeug und Baß. Und an den dünnen, näselnden Gesang, der im Geknister der Radiowellen fast unterging. Noch heute erinnere ich mich daran.

I begged on a star
To throw me a beam or two
I wished on a star
And asked for a dream or two.

Ich wartete auf das Geräusch von Bettys Fingern, die den Takt mitschnipsten, auf Bettys Stimme, die einzelne Textzeilen mitsang oder das Klarinettensolo mitsummte. Ich wollte das leichte Tappen ihrer Schuhsohle auf dem Fußboden hören.

Doch es war vollkommen still. Nur das nächtliche Knarren des Hudson Café und das uralte Echo der Fehden meiner Eltern waren zu hören. Alte Beschuldigungen und kleinliche Haßgefühle barsten aus den Wänden, sprengten den Putz, brannten sich durch die Farbe. Die harten, haßerfüllten Stimmen aus der Vergangenheit waren zu lange eingesperrt gewesen. Jetzt riefen sie mich zur Tat. Sie führten meine Hand.

Leise schloß ich meine Schlafzimmertür auf. Der Schlüssel quietschte im Schloß, und ich blieb kurz stehen, kaum daß ich zu atmen wagte. Ich versuchte, möglichst lautlos die Dielen zu überqueren. Dabei hätte ich wissen müssen, daß sie mich ohnehin nicht gehört hätte. Die Dielen, ja das Holz schlechthin waren von knisternder Radiomusik erfüllt, waren bis in die letzte Spalte, die letzte Faser durchdrungen von der Glückseligkeit von altem, mittelmäßigem Jazz. Altem, mittelmäßigem Jazz und neuer, glitzernder Leidenschaft.

Und so ging ich, ungehört und ungesehen, ins nächste Stockwerk hinunter, wo Betty Porter und Alfie Edwards ihre Zimmer hatten.

Mein Atem beschleunigte sich, als sich das Stück veränderte, in ein schnelleres Tempo überging. Ein 4/4-Takt oder schneller. Ein Stück, das ich nicht kannte. Ein Stück, das nach wie vor weder von einem Tappen noch von einem Schnipsen begleitet wurde.

Mein Herzschlag schien zu sagen: Stopp, los, stopp, los, los.

Als ich den Fuß von der letzten Stufe nahm, knarrte eine

Diele laut vernehmbar. Ein ächzendes Beben durchlief den Flur. Ich erstarrte in der Dunkelheit.

Das Radio wurde plötzlich heruntergedreht.

Betty fragte mit leiser, nervöser Stimme:

»Harry?«

Ich hätte antworten können. Ich hätte vorgeben können, auf dem Weg in die Küche zu sein, um mir ein Glas Wasser zu holen. Doch ich sagte nichts. Ich hielt den Mund.

»Harry, bist du das?«

Zehn Sekunden lang rührte ich mich nicht. Oder zehn Minuten. Stunden, Tage, eine unermeßliche Zeit. Bis ihre Stimme verklungen war und ihre – oder seine – Finger am Knopf gedreht und die Musik wieder laut gestellt hatten. Irgendeine kleine Band schleppte sich durch »Painting The Town Red«. Ich atmete wieder normal, der Ohnmacht nahe vor Angst, erwischt zu werden.

Der körnige, schmale Strahl aus ihrem Schlüsselloch war die einzige Lichtquelle in dem Flur im zweiten Stock.

Ein Licht. Ein Leuchtfeuer. Strahlend hell in der gespenstischen Dunkelheit. In Alfie Edwards' Zimmer brannte kein Licht. Es ist nach Mitternacht, dachte ich. Vielleicht schläft er schon. Aber vielleicht auch nicht.

Ich ging auf den Lichtstrahl aus dem Schlüsselloch zu. Ich ließ mich von ihm leiten, wie ein Schiff von einem Leuchtturm. So hat sich Henry Hudson also doch noch auf die tosenden Wellen hinausbegeben, dachte ich.

Sich langsam durch den Flur vorantastend, trat Henry Hudson eine seltsame, gefährliche Reise an. Er begann zu lieben. Nicht schüchtern und zurückhaltend. Nicht leise. Sondern laut, leidenschaftlich und verzweifelt.

Was er gleich tun und sehen würde, würde ihn in ein Monster verwandeln, in ein wildes Tier in der Dunkelheit. Und es würde ihn dazu bringen zu lieben. Mit aller Macht zu lieben.

Als ich vor Betty Porters Zimmertür stand, fiel der Lichtstrahl aus dem hüfthohen Schlüsselloch auf meinen Schritt. Gedämpftes blaßgoldenes Licht fing sich in dem rauhen Stoff meiner alten Tweedhose. Als ich hinunterblickte, sah ich unter dem Tuch meine Erektion, von dem Strahl aus dem Schlüsselloch beleuchtet.

Ich kniete mich direkt vor die Tür. Als der Lichtstrahl auf mein helles, kaltes Auge traf, hielt ich die Luft an. Ich führte mein Auge ganz nah an die Lichtquelle heran. Und mein Herz hörte auf zu schlagen. Ich dachte, dieser eine Moment würde mir womöglich ein für allemal den Garaus machen. Das Gehirn versucht, aus kopfstehenden Bildern schlau zu werden. Die Bilder wandern den Sehnerv entlang, um entschlüsselt zu werden. Die Ohren hören klagende Klarinetten, das Rascheln von Leintüchern, leises, gieriges Stöhnen.

Durch das Schlüsselloch konnte das helle, kalte Auge Betty Porter nackt auf ihrem Bett liegen sehen, ihr langes rotes Haar offen um ihre großen runden Brüste verteilt. Und auf ihr, wunderschön, Alfie Edwards, der sie küßte, streichelte, sie hielt, sich in ihr bewegte, ein prachtvolles Geschöpf, ein Engel. Sie liebte ihn, nicht mich. Sie wurde von ihm geliebt, nicht von mir.

Ihr Kopf sank nach hinten. Dann warf sie das Gesicht mit einem schwachen Seufzer aus halboffenem Mund nach vorn und küßte Alfies Schulter mit ihren roten Lippen.

Ich sah zu, wie sich sein riesiger, muskulöser Rücken bewegte. Die braune Haut glänzte wie ein fremdartiges silbernes Meer, von Perlen und Diamanten aus Schweiß übersät, während er die Frau fickte, die ich liebte. Und während er sie fickte und sie ihn, unterdrückten sie ihre Geräusche, die Laute ihrer Liebe, ihrer wachsenden Lust, um mich zu täuschen. Doch ich sah die Lust in ihren Gesichtern, ich spürte die sanften Finger auf ihrer Haut, ich schmeckte den salzigen, glänzenden Schweiß auf ihren Körpern.

Ich trat vom Schlüsselloch weg. Schlüpfte zurück in die Dunkelheit. Wie ein wildes Tier schlich ich mich davon. Doch in Gedanken sagte ich mir immer wieder: Ich kriege dich noch, Betty Porter. Jetzt erst recht, Betty Porter: Ich kriege dich noch.

Betty

Ich bin Betty Porter, und ich habe eine Stimme.
Eine seltsame und ungebärdige Stimme.

Da ist eine Hand unter dem Wasser. Sie liegt hart und ruhig mitten auf meiner Stirn. Sie drückt, hält meinen Kopf unter der Wasseroberfläche. Knapp darunter hält sie mich fest. Über der Wasseroberfläche glitzert Licht. Es ist die Sonne auf den Wellen.

Ein Sprühregen von Bläschen entweicht meinem Mund. Es sind Sphären, Planeten, Sterne.

Plötzlich drücke ich fester als die Hand. Die Faust zieht sich zurück. Ich befreie mich.

Mein Gesicht, mein Mund, meine Nase, mein Haar und meine dunklen Augen durchbrechen die Wasseroberfläche. Wasser geht im Zimmer nieder, eine Flutwelle, eine Explosion. Ich erhebe mich über die Wasseroberfläche und bin frei. Und ich ringe um Luft.

Ich ringe nach Atem, über der Wasseroberfläche, im Sonnenlicht.

Ich ringe in der sonnenhellen blauen Stille um Atem und um meine seltsame, ungebärdige Stimme.

Harry

Der nächste Tag verlief in unbehaglichem Schweigen. Meinem, nicht ihrem oder seinem. Den ganzen Tag hüllte mein Schweigen das Café ein. Über meine geheimen Schritte am vorigen Abend im dunkeln, blieb es Betty überlassen, mein Schweigen zu benennen und seine Ursache aufzudecken.

»Hey, Harry, ist alles okay?«

Das war am ersten Tag, am Ende eines ruhigen Vormittags. Ihr Ton war unbekümmert, nicht weiter beunruhigt. Sie wischte mit einem alten Lappen über die Theke. Ein junges Pärchen stand vor ihr und wartete fröhlich darauf, daß unser neuer elektrischer Toaster hochschnappte. »Du wirkst ein bißchen niedergeschlagen heute.«

»Alles in Ordnung. Ist das der Toast, der da so verbrannt riecht?« Betty hatte mich gebeten, den Toaster zu kaufen. Sie meinte, in Amerika sei das der Renner.

Ich will dich, Betty Porter.

Es war Alfies freier Nachmittag. Wir zwei, Betty und Harry, standen allein hinter der Theke. Und als der mittägliche Trubel vorbei war, wurde mein Schweigen bedrückend. Seine kalte Hand umspannte das ganze Haus. Mattes Nachmittagslicht fiel ins Café und ließ die Buchstaben auf der Fensterscheibe Schatten werfen.

Betty drehte sich zu mir um:

»Ich hoffe, es ist wirklich alles in Ordnung. Du kannst mir ruhig sagen, wenn irgendwas nicht stimmt. Habe ich etwas falsch gemacht?« Als das Café sich langsam leerte, die Leute in Büros und Läden zurückkehrten, begann die Stille zu riechen.

Sie begann zu stinken. Wir kniffen die Augen zusammen und schürzten die Lippen.

»Hast du die Backbleche saubergemacht?«

Betty sah mich an und lächelte.

»Nein, ich wollte uns gerade einen Tee kochen, falls du auch einen magst – um dir den Staub aus der Kehle zu spülen.«

Sie ging zu dem Kessel mit dem heißen Wasser hinüber, die Teekanne in der Hand.

»Putz bitte die Backbleche.«

Ihre Augen weiteten sich. Ein rosafarbener Glanz lag auf ihrer Stirn und ihren Wangen. Trotz des kalten Wetters war es warm im Café. Die Scheiben waren beschlagen. Und als sie jetzt antwortete, war ihre Stimme beschwichtigend und vorwurfsvoll zugleich.

»Sag mir, wenn irgendwas nicht stimmt, Harry. Sag es mir, und wenn ich schuld bin, werde ich mich dafür entschuldigen, aber kommandiere mich nicht herum!«

»Also gut, wenn etwas ist, werde ich es dir sagen. Und jetzt putz die Backbleche!« Ich schrie fast.

Ich will dich, Betty Porter.

Ganz unerwartet ging uns der Zucker aus. Ich war froh, daß Betty losging, um welchen zu holen. Froh und erleichtert.

Draußen auf dem Bürgersteig blieb sie in der kalten, klaren Luft stehen, atmete tief durch und strich sich mit der Hand übers Haar. Die eine Hand sank auf die Hüfte, mit der anderen hob sie eine Zigarette an die Lippen. Blauer Rauch quoll aus ihrem Mund und stieg nach oben.

Ein Standbesitzer, einer unserer Stammgäste, rief Betty etwas zu. Sie hob die Hand mitsamt der Zigarette. Zwinkerte ihm zu.

Dann ging sie in den Nachmittag davon, mit wiegenden Hüften und klackernden Absätzen.

Männer folgten ihr mit ihren Blicken. Männer folgten ihr mit ihren Blicken und begehrten sie. Als sie zurückkam, war ihr Gesicht von der Kälte gerötet. Die Tüte Zucker hielt sie in der Hand.

Um halb fünf herum zieht das Geschäft immer an. Die Leute verlagern sich aus den Büros und Läden an andere Orte, in die Theater und die Pubs. Kurz nach fünf ist Hochbetrieb, die Tische sind alle besetzt, und der Raum ist wieder von Stimmengewirr erfüllt.

Man hört jede einzelne Stimme. Jede einzelne Stimme wird zu einem Instrument, jede spielt in einer anderen Tonlage, jede hat ihre persönliche Note, ihre eigenen Interessen. Klagende Stimmen, glückliche Stimmen, verliebte Stimmen, sich entzweiende Stimmen, kontrollierte Stimmen, aufgeregte Stimmen, sie sind alle präsent, jede einzelne. Und Bettys war die lauteste.

Die Standbesitzer aus der Empire Row, die sich morgens vor acht ein Schinkensandwich holten, kamen abends noch mal auf einen Kaffee vorbei. Sie brachten ihre eigenen Becher mit, und wir füllten sie ihnen. Doch seit Betty da war, kamen mehr, und alle blieben länger. Sie liebten ihre Witze und Geschichten.

Sie erzählte immer wieder ihre New-York-Geschichten. Diese Stadt – die Königin der Städte nannte Betty sie manchmal – breitete sich in meiner Vorstellung wie eine Landkarte aus. Ich kannte die Namen der Straßen, wußte, welche Straßen wo aufeinandertrafen, wo es den besten Kaffee gab, wo man den besten Jazz zu hören bekam, wo man vom ersten bis zum letzten Tag seines Lebens Italienisch oder Deutsch oder Chinesisch sprechen konnte. Erwachsene Männer kamen und lehnten sich an die Marmortheke, während sie mit einem Lappen darüberwischte, um ihren Geschichten über Lester Young oder Charlie Parker zuzuhören.

Und die ganze Zeit will ich dich, Betty Porter.

Doch heute schienen die Gesichter grau und die Stimmen gedämpft. Betty seufzte laut.

»Was ist denn heute bloß los hier? Alle spielen verrückt, alle rennen mit langen Gesichtern durch die Gegend.« In künstlicher Entrüstung verschwand sie in der Café-Küche, um Geschirr zu spülen. Tassen und Untertassen klapperten unsichtbar in ihren Händen. Die Zeiger der Uhr zählten ruckend die Minuten. Überall wurde leise geredet, doch das Ticken der Uhr hörte ich am lautesten. Die Stille war klug. Die Stille kennt sich aus mit Geräuschen.

Betty brachte ein Tablett mit Geschirr und Besteck heraus. Sie breitete die Sachen auf der Marmortheke aus, blickte auf und sah denselben Standbesitzer vor sich, dem sie am Nachmittag zugezwinkert hatte.

»Hey, Sid, wie läuft das Geschäft?«

Er drückte sich an den Tresen und griente sie dümmlich an.

»Durch dich noch viel besser, Schätzchen.«

»Sid, du alter Schwerenöter! Ich wette, du machst bei den Mädels ganz schön Furore.« Ihr freches Lachen erfüllte laut und derb den Raum, übertönte die anderen Stimmen, übertönte sogar die Stille. Sie wand ihm seinen angeschlagenen Becher aus den Fingern und füllte, ohne zu fragen, Kaffee nach. »Viel zu tun gehabt heute, mein Lieber?«

»Kann nicht klagen. Sommerfrüchte gibt's keine mehr, aber wenn es kälter wird, kommen sie alle und decken sich mit Kartoffeln und Rüben ein.« Er nahm Betty den dampfenden Becher ab und bedachte sie mit einem langen anzüglichen Grinsen.

»Man nimmt, was man kriegen kann, stimmt's?« sagte sie fröhlich und ging.

Der Feierabendtrubel legte sich, und noch immer war nichts von Alfie zu sehen. Kurz vor sechs stellte ich die Stühle auf die Tische und sammelte Geschirr und Aschenbecher ein. Betty kam langsam hinter der Theke hervor und drehte das »Geöffnet«-Schild hinter der Türscheibe um. Unsere Blicke trafen sich kurz und lösten sich wieder voneinander. Als sie von der Tür zur Theke zurückging, klangen ihre Schuhe auf dem Boden wie ein Trommelwirbel. Sid, der Standbesitzer, war immer noch da und hielt sich an seinem Kaffee fest.

»Hey, Sid«, rief sie. »Willst du noch eine Tasse, bevor Harry dich rausschmeißt?« Hatte sie den Blick nicht bemerkt, den ich ihr zugeworfen hatte? Wußte sie nicht, daß die Stille solche Vertraulichkeiten nicht zuließ?

«Ach Betty, das würdest du ihm ja wohl nicht erlauben, oder?«

Jetzt, wo nur noch ein paar letzte Gäste da waren, klang ihr lautes, tiefes Lachen unglaublich großzügig und freundlich. Sie steckte einen Penny in die Jukebox, und eins ihrer Lieblingsstücke, eine alte Schellackplatte von Joe Williams, schrammte los. Als sie sich wieder zur Theke und zu Sid und mir umwandte, ergossen sich ihre dunklen Augen sinnlich über das ganze Café, wie Wellen, riesige Wellen.

»Oh, Harry ist ein ganz mieser Kerl, weißt du. Er läßt uns schuften wie die Tiere und bezahlt uns wie Kulis.« Ihr Zwinkern sollte mich aufheitern.

Plötzlich packte Sid sie am Ellbogen und zog sie zu sich herum. Betty zuckte zusammen und trat zurück, wobei sie ihren Arm verdrehte.

»Du solltest bei mir arbeiten, Betty. Ich würde dich wie eine Königin behandeln.«

Betty entwand sich seinem Griff. Ihr Arm schnellte hoch, und sie versetzte ihm unwillkürlich einen leichten Kinnhaken.

Sein kochendheißer Kaffee ergoß sich über die Marmortheke und tropfte über den Rand auf seine Beine hinunter.

Er schrie auf. Betty trat mit einem Lappen auf ihn zu. Es war nichts passiert, doch weder Sid noch ich wußten, ob sie es absichtlich getan hatte. Ein Warnschuß.

»Meine Güte, Sid, Entschuldigung!« Sie wuselte um ihn herum, paßte aber auf, daß sie ihm dabei nicht zu nahe kam. »Kannst du mir noch einmal verzeihen?« Sid stand langsam auf und murmelte, nichts passiert, nichts passiert. »Hm? Du verzeihst mir doch bestimmt.«

»Es ist meine Schuld, Harry. Tut mir leid, Betty.«

Sie redete die ganze Zeit, ständig in Bewegung, und hatte die Situation in Null Komma nichts unter Kontrolle. Auch die Stille beobachtete sie.

»Hör zu, Sid, du kriegst jetzt noch einen Becher Kaffee, und dann machst du dich auf die Socken. Wir sehen uns morgen früh – Harry und ich werden dein Schinkensandwich und einen schönen heißen Kaffee für dich bereithalten.«

Jetzt war es ihre Hand, die Sids Ellbogen umklammerte, und so bugsierte sie ihn zur Tür. Sie schob ihn hinaus und drehte sich dann zu mir um:

»Also, Harry – was ist los?«

Ich putzte weiter die Sauerei weg, die Sid angerichtet hatte. Für mich war es Bettys Sauerei.

»Ich weiß wirklich nicht, was du meinst, Betty.«

Eine Haarsträhne fiel ihr ins Gesicht.

»Du bist schon den ganzen Tag unausstehlich. Jetzt kannst du mir sagen, was du auf dem Herzen hast.«

Auch ich blieb stehen.

»Warum bist du immer so mit diesen …« Ich hielt kurz inne. »Mit diesen Händlern?«

»Mensch, Harry, mach dir bloß nichts vor. Ich bringe das Geschäft doch erst richtig in Schwung. Diese Typen kommen nicht wegen dem Champagner und dem Kaviar hierher, weißt du. Die kommen, um mich anzugucken und sich von mir zum Lachen bringen zu lassen.

Sicher, der Kaffee ist stark und das Essen billig, aber mach dir doch nichts vor – es gibt Hunderte solcher Läden in Soho. Also flirte ich mit diesen häßlichen alten Knackern und mache ihnen klar, was für ein toller Laden das Hudson Café ist, und du zählst hinterher das Geld. Und dann kommst du mir allen Ernstes auch noch mit Besitzansprüchen. Herrgott noch mal! Männer!«

Ihre Stimme erfüllte den Raum, lud die Luft auf. Plötzlich, fast überraschte es mich selbst, schrie ich los.

»Aber du mußt dich dabei ja wohl nicht wie die letzte Schlampe aufführen!«

Joe Williams sang schmachtend. Betty hob die Augen. Sie waren schwarz wie die Nacht. Kühl, stählern, brodelnd.

»Wie bitte?«

»Ich habe gesagt, du mußt dich dabei ja wohl nicht wie eine Schlampe aufführen …«

Sie machte einen schnellen Schritt auf mich zu und holte aus.

»Wie kannst du es wagen!«

Doch ich erwischte ihren Arm, als er auf mich zusauste. Sie zischte durch die Zähne, als ich mit der anderen Hand ihr freies Handgelenk packte. »Laß mich los, Harry«, befahl sie.

Ich sagte zweimal ihren Namen, doch die Wut in ihren dunklen Augen ließ nicht nach.

Abrupt zog ich sie zu mir herüber und wollte sie küssen.

»Betty …«

Sie wehrte sich und kreischte:

»Laß mich los, Harry! Laß mich los, verdammt noch mal!«

Ich legte meine Hände auf ihren Nacken und spürte ihre warme Haut. Doch als ich sie gerade an mich ziehen wollte, riß sie sich los.

»Betty. Ich glaube, ich liebe dich.«

Sie trat hastig von mir weg, und ihre Augen glänzten zornig, doch ihre Stimme war ruhig und leise. Die Stille hatte sie infiziert.

»Harry, hör auf …«

»Betty, ich glaube, ich habe dich schon geliebt, als ich dich zum ersten Mal gesehen habe. Da drüben in der Tür.« Ich ging einen Schritt auf sie zu.

»O Harry – du liebst mich doch nicht!«

Ich wollte sie in den Arm nehmen, sie küssen, sie lieben. Doch als ich einen weiteren Schritt auf sie zuging, wich sie zurück und hob die Arme vor die Brust.

»Doch, Betty! Ich liebe dich wirklich!«

»Genau, und jetzt fragst du mich gleich noch, ob ich dich heiraten will …«

»Warum nicht? Warum sollten wir nicht heiraten?«

Sie sah mich an. Die Stille erfüllte sie mit Mitleid und Entsetzen. Ihre Augen musterten mich von oben bis unten. Dunkel, schrecklich, mitleidig, verächtlich.

»Weil es absurd ist. Es ist eine absurde Vorstelllung, daß du mich lieben könntest. Schau mich doch an. Schau mich an, Harry.«

Ich schlug die Augen nieder. Als sie meine Scham bemerkte, muß sie wohl Mitleid mit mir bekommen haben. Sie streckte den Arm nach mir aus. Ihre Finger rührten sanft an mein Gesicht. Sie hob mein Kinn hoch, so daß unsere Augen sich wieder trafen. »Ich bin alt, Harry. Ich bin eine alte Frau. Und du bist gerade erst fünfundzwanzig.«

»Nein, du bist nicht alt. Nein ...«

»Doch, Harry, das bin ich. Ich werde nächstes Jahr zweiundvierzig. Das ist alt, Harry.« Es ist seltsam – damals war das wirklich alt.

»Das ist mir egal, Betty. Ich liebe dich.«

Sie legte die Hände auf meine Arme. Wohl mit dem zartesten, freundlichsten Lächeln, das ich je gesehen habe.

»Aber Harry, in zehn Jahren fändest du meine gefärbten roten Haare ordinär und mein dickes Make-up affig. Harry, wenn wir heiraten würden, dann würdest du mich in zehn Jahren hassen. Du würdest diesen Moment bereuen. Und das könnte ich nicht ertragen, Harry, denn es ist ein besonderer Moment. Es ist ein Moment, den ich niemals vergessen werde, Harry, niemals.«

Unsere Blicke verschmolzen. Jeder sah nur noch den anderen. Doch ein plötzlicher Schlag gegen die Tür brach den Bann.

Alfie Edwards klopfte, damit wir ihm aufmachten. Wir drehten uns beide um. Während er sie anlächelte, sahen Betty und ich uns noch einmal an. Sie sah, wie mein Gesichtsausdruck sich veränderte, bitter wurde, häßlich.

»Aber *ihn* liebst du«, fauchte ich.

»Wen, Alfie?«

»Ja, Alfie«, höhnte ich. »Er ist kaum älter als ich. Kaum älter als ich, und außerdem ist er schwarz. Auf ihn läßt du dich ein, aber auf mich nicht!«

»Ich liebe Alfie Edwards nicht, Harry. Und er liebt mich nicht. Außerdem ...«

»Dann könntest du mich ja doch lieben!« rief ich.

»Ich kann nicht, Harry. Es ist unmöglich.« Sie schüttelte den Kopf.

»Liebe mich, Betty, *mich* ...«

»Harry, ich kann nicht.«

»Du könntest es doch versuchen ...«

Alfie Edwards übte einen Zauber aus. Seine Hände mit den schmalen Knöcheln und fast violetten Fingernägeln fuhren mit einem Lappen über die Arbeitsflächen in der Küche. Sie kratzten in seinem gepflegten, drahtigen Haar, wenn seine Kopfhaut von der Hitze in der Küche juckte und schwitzte. Und sie rieben langsam seine großen ovalen Augen, wenn er müde wurde.

Betty hatte mich abgelehnt. Ihn hatte sie angenommen. O ja, sie behauptete, sie liebe ihn nicht, aber das glaubte ich nicht. Sie behauptete, sie könne mich nicht lieben. Sie sprach von zukünftigen Erinnerungen an jetzige Gespräche. Von einer Zeit in zehn Jahren, von Reue und Vorwürfen. Ihre Stimme war leise, fast tonlos vor Müdigkeit. »Harry, ich kann nicht.«

Der schwarze Alfie und der weiße Harry. Warum sind wir verschieden, und wo sind wir uns ähnlich? Wie könnte ich sie dazu bringen, mich zu lieben und nicht dich? Ich bin Henry Hudson, nie gereist. Ich bin weder Mingus noch Magellan. Nicht Kolumbus noch Parker. Wie kann ich gegen ihn bestehen? Gegen ihn, der er ferne Orte kennt, das Anderssein, und so etwas hat, das er den Lichtern von New York City entgegensetzen kann?

Alfie und Betty waren wie Zauberwesen. Sie erschienen aus dem Nichts im Hudson Café und sprachen, wenn ihnen danach war, von spektakulären, glanzvollen Orten und Vergangenheiten. Meine Geschichte dagegen war mit großen Buchstaben quer über den Boden, die Wände und die Fenster des Hudson Café geschrieben.

Harry Hudson war ein offenes Buch, sie dagegen waren Zauberer.

Harry

Es war dunkel geworden in der Stadt. In der Ferne riefen Wirte den Feierabend aus, und Pärchen küßten sich auf Treppen. In dem Zimmer unter meinem Schlafzimmer hörte ich aus ihrem kleinen Radio ein zartes, von Duke Ellington gespieltes »Solitude«. Hörte sie zögernd mitsingen, sie hatte den Text aus einer anderen Version in Erinnerung. Ich zog mein Hemd an und ging hinunter, um mit ihr zu sprechen. Während ich die Stufen in die Dunkelheit hinunterstieg, wieder von dem Lichtstrahl aus ihrem Schlüsselloch geleitet, überprüfte ich noch einmal meine Erinnerung an sie und ihn, entblößt, heimlich beobachtet. Mit meinen rosafarbenen, runden Fingerknöcheln, die so anders waren als seine, klopfte ich leise an ihre Tür. Die Stille kennt sich aus mit Geräuschen. Ein Echo hallte durch das Holz, hohl, wirbelnd, unheimlich.

Sie stand in dem nackten gelben Licht ihres kleinen Zimmers. Das hohe Bett war nicht gemacht, das Bett, in dem meine Mutter ihre letzten, elenden Tage verbracht hatte. Betty hatte kleine gläserne Parfumfläschchen, geheimnisvolle, von Schleifen gezierte Päckchen und Lippenstifte in verschiedenen Farben im ganzen Zimmer verteilt. Eine vierzigjährige Frau, die nichts als Tand im Kopf hat, so hatte sie sich einmal selbst beschrieben. Eine duftende Gammlerin, eine geschminkte Vagabundin sei sie.

Das frischgewaschene rote Haar fiel ihr lose über die Schultern. Das nackte Licht war grell und hart, erbarmungslos. Es hob die Knochen ihres Gesichts hervor, beleuchtete die um ihre Augen eingegrabenen Fältchen und warf Schatten auf die schlaffe Haut über ihren Kieferknochen. Ja, das Licht zeigte sie so, wie sie war. Doch ich liebte sie trotzdem. Betty

Porter lächelte nervös, als ich eintrat. Und ich liebte sie noch mehr.

»Meine Güte – ich sehe doch bestimmt aus wie eine Hundertjährige!« Sie hob die Hand erst ans Gesicht, dann ans Haar und schenkte mir ein warmes offenes Lächeln.

»Nein, ganz im Gegenteil. Du siehst ... nett aus.«

Unsere Blicke trafen sich.

»Oh!« Sie kicherte. »Na ja, besser nett als gräßlich.«

Die Stimme aus dem Radio begrüßte die neu hinzugekommenen Hörer zu der gerade laufenden Hommage an Dukes Musik. Sie kündigte uns an, der nächste Song heiße »Mood Indigo« und sei »ein weiterer Klassiker dieses großen Mannes«. Eine Aufnahme, auf der Finger Klaviertasten liebkosten, schwebte über den Äther ins Zimmer. Sie schlug ihre dunklen Augen nieder.

»Du siehst aus wie eine vornehme Dame, Betty.« Ich versuchte zu lächeln. »Du siehst aus wie eins dieser alten Gemälde, auf denen sich eine Dame zurechtmacht.«

»Was wolltest du, Harry?«

Plötzlich hatte sie das Gefühl, ich hätte eine Grenze überschritten. Plötzlich hatte sie das Gefühl, bedrängt zu werden. Und drängend, wie ich nun mal bin, trat ich auf sie zu.

»Ich will dich, Betty ...« Ich wurde sofort rot, fing an zu stottern und schaute auf meine Füße hinunter. »Ich meine, ich, ich, ich will, daß du mich heiratest, Betty ... Ich meine – willst du mich heiraten?«

Betty kam näher. Jetzt war das Licht hinter ihr. Die Falten um ihre Augen, die Schatten unter ihren Wangenknochen und die paar helleren Strähnen in ihrem Haar verschwanden.

»Ich dachte, das hätten wir alles schon besprochen, Harry. Du weißt, daß ich dich nicht heiraten kann.«

Ich sah sie an.

»Aber warum denn nicht? Warum?«

Sie lachte und kam noch etwas näher. Jetzt spürte ich ihren Atem auf meinem Gesicht. Ich spürte die Wärme ihres noch nassen Haars und ihrer seifegeröteten Hände.

»Weil ich zu alt bin, um dich zu heiraten. Ich bin zu alt, um jemanden in deinem Alter zu heiraten. Was ist mit Kindern, zum Beispiel?«

»Ich will keine Kin…«

Sie schüttelte den Kopf.

»Jetzt vielleicht noch nicht! Aber eines Tages bin ich eine alte Oma, und dann wirst du noch jung sein. Und du wirst mich dafür hassen. Oder noch schlimmer, du wirst mich verlassen. Und wofür wäre das Ganze dann gut gewesen?«

»Das würde ich nie tun!« Ich war mir nicht sicher, ob ich es rief oder brüllte. »All das würde ich nie tun. Ich liebe dich! Ich liebe dich, Betty…«

»Nein, hör jetzt auf.«

»Aber Betty, ich liebe dich so sehr, daß Kinder oder Alter oder…«

»Bitte, Harry, ich kann dich nicht heiraten!« Sie wurde langsam ungeduldig.

»Doch, das kannst du. Du bist frei, und ich bin auch frei, also – wo liegt das Problem?«

Sie packte mich jäh an den Schultern und fixierte mich.

»Mensch, Harry, kapierst du das denn nicht? Ich liebe dich nicht! So! Bist du jetzt zufrieden?«

»Nein, Betty…«

»Doch, Harry, doch! Ich liebe dich nicht! Ich liebe dich kein bißchen!«

Später saßen wir im Dunkeln in der Küche im ersten Stock. Silbernes Mondlicht erfüllte das Zimmer. Wir tranken Whisky aus Sherrygläsern, die Flasche hatten wir offengelassen. Auf das erste flüchtige Rascheln der Mäuse unter dem Herd dämpften wir unsere Stimmen.

»Ich ziehe immer meine Füße ein, wenn ich sie höre«, sagte sie. »Nicht, daß ich Angst vor ihnen hätte. Aber die Vorstellung, sie könnten mich berühren … Ihre Schwänze würden mich berühren …« Im Mondlicht, diesem blauen Silber, sah ich, wie ihre gespielte Abscheu in ein breites Lächeln überging.

Ich sah ihre Augäpfel weiß in meine Richtung leuchten und sich wieder abwenden, als sie merkte, daß ich sie beobachtete.

»Übrigens, Betty, ich höre zu jeder Tages- und Nachtzeit dein blödes Radio.«

Sie lachte. »Du solltest dir einen Fernseher kaufen. In Amerika hatten die Leute alle Fernseher. Die haben den ganzen Abend bloß Fernsehen geguckt. Da würden wir in Null Komma nichts einschlafen.«

»Ich könnte dir ja einen kaufen.«

»Du brauchst mir nichts zu kaufen, Harry.« Sie nahm einen Schluck von ihrem Whisky. »Was du mir bezahlst, reicht mir völlig.«

»Aber ich könnte dir alles mögliche kaufen. Auf seine Art ist das hier gar kein schlechtes Leben, weißt du. An Geld würde es nicht mangeln.«

»Ich erzähle dir jetzt mal eine Geschichte von mir, Harry.« Sie seufzte laut, sah mir in die Augen und fuhr fort: »Ich habe vor langer Zeit einmal jemanden aus den falschen Gründen geheiratet. Ich habe jemanden geheiratet, weil ich Sicherheit suchte. Finanzielle Sicherheit, meine ich. Ich hatte kein Geld, brauchte aber welches.« Sie hielt kurz inne und blickte ins Mondlicht. Tränen glitzerten silbern an ihren Lidern.

»Es war in London, direkt zu Beginn des Krieges. Ich habe diesen armen Kerl geheiratet, und ich habe ihm das Herz gebrochen. Der Arme – in tausend Stücke habe ich es zerbrochen. Er hat mich geliebt, weißt du, genauso wie auch du jetzt sagst, daß du mich liebst. Und er wußte, daß ich für ihn, na ja – nicht das gleiche empfand. Er versicherte mir, das würde schon werden, seine Liebe reiche für zwei und Geld sei auch genug da. Aber so was geht nie gut. Es ging damals nicht gut, und es würde auch diesmal nicht gutgehen, Harry.«

Ein hauchzarter Streifen Violett färbte die blauschwarze Nacht, als sie jetzt ihren Whisky hinunterkippte. Ich sah auf die Uhr über dem Kamin. Es ging schon auf fünf zu. Ich goß ihr noch einen Whisky ein.

»Und was passierte dann?«

»Ich habe ihm das Herz gebrochen, Harry. Wir haben uns scheiden lassen. Das heißt, er hat sich von mir scheiden lassen.

Ich hatte eine Affäre, habe ihn wegen eines anderen verlassen. Es kommt mir vor, als wäre das alles schon hundert Jahre her, dabei sind es kaum fünfzehn, aber ich bin nicht gerade stolz darauf, jemandem das Herz gebrochen zu haben. Es ist kein schönes Gefühl zu wissen, daß man jemanden so tief verletzt hat.«

»Und warum«, begann ich nervös und mit zitteriger Stimme, »warum hast du es dann getan?«

Sie fixierte mich, sog mich in ihre dunklen Iris, ließ mich förmlich darin versinken und lächelte versonnen.

»Ich kann nicht nach den Regeln eines anderen Menschen leben. Meine arme Mutter ist schier verrückt geworden, weil ich es nicht konnte. Und ich glaube, Stan habe ich fast um den Verstand gebracht. Und als meine Mutter dann im Blitzkrieg umgekommen war und ich Stan verlassen hatte, da war es zu spät, um ihnen noch zu erklären, daß ich nie irgend jemandem weh tun wollte. Ich halte es einfach nicht aus, eingesperrt zu sein. Ich halte es nicht aus ...«

Ich streckte den Arm aus und berührte ihre Hände. Ihre Augen blitzten im Mondlicht silberblau auf.

»Wenn du mich heiraten würdest«, begann ich, »wenn du mir die Ehre antun würdest, mich zu heiraten, Betty, würde ich keinerlei Regeln aufstellen. Du wärst frei. Du könntest dich treffen, mit wem du wolltest, könntest all unser Geld ausgeben, könntest kommen und gehen, wann du wolltest.

Ich möchte dich einfach bei mir haben, Betty. Ich möchte dich heiraten und mit dir zusammenleben. Du hast mein Leben erst lebenswert gemacht, Betty. Du hast es lebenswert gemacht.

Ich liebe dich, Betty Porter, und was du auch sagst oder tust, es wird nichts daran ändern. Das ist ja das Seltsame an der Liebe – durch rationale Argumente oder Taten kann man sie weder aufhalten noch herbeizwingen. Die Liebe erwischt einen einfach, und sie hat mich erwischt, Betty. Sie hat mich erwischt.«

Harry

Der Winter war vorüber. Ein neues Jahrzehnt war angebrochen.

Wir waren auf dem Standesamt und gaben uns das Jawort. April 1960: Die Vögel kehrten zurück, rosafarbene Blüten segelten durch die Luft, und Betty Porter wurde zu Betty Hudson.

»Wollen Sie, Elizabeth Porter, Henry Arthur Hudson zum Mann nehmen?«

Sie atmete tief durch, und vielleicht zitterte sie auch ein wenig. Wie weiß ihre Hände waren, als sie ihre Handschuhe abstreifte. Den Blick wie üblich gesenkt, studierte sie den Steinfußboden. Auch ich atmete durch. Auch ich zitterte. Atmete durch, zitterte und wartete, wartete, wartete.

»Ja.«

So, dachte ich. Ein Ende und ein Anfang. Das Ende von Betty Porter. Der Anfang von Betty Hudson. Das Ende der Vergangenheit, der Anfang der Zukunft. Vogelgesang drang durch die Milchglasscheiben der hohen viktorianischen Fenster. Rosafarbene Baumwipfel wiegten sich in der Frühlingsbrise.

Das Standesamt von Westminster war mit dem Bus vom Ende der Shaftesbury Avenue aus in zwei Minuten zu erreichen. Ich wollte ein Taxi bestellen.

»Nein, bloß keine Umstände«, sagte sie.

»Was heißt hier Umstände – es ist unser Hochzeitstag!«

Betty, die künftige Mrs. Hudson, trat zu mir, Mr. Hudson. Sie legte ihren Arm locker um meine Taille und lächelte. Als ich sie gefragt hatte, ob sie wolle, daß ich die Nacht vor der Hochzeit woanders verbringe, hatte sie nur auf ihre übliche Art gelacht und gemeint, sie habe in ihrem Leben genug Pech gehabt. »Ich glaube nicht, daß ich noch mehr zu erwarten habe!« Sie kicherte.

»Es wäre doch schön, zum Standesamt zu laufen, meinst du nicht? Im Frühling ist London am schönsten – finde ich jedenfalls.«

»Das hast du über den Winter auch schon gesagt. Und über den Herbst auch, wenn ich es mir so recht überlege.«

Sie schlug mit ihrem abgestreiften Handschuh nach mir und verkündete:

»Und über den Sommer werde ich es glatt noch mal sagen. Die Luft ist im Frühling so herrlich frisch. Die Leute haben ihre Regenmäntel ausgezogen und genießen die Sonne auf ihren Gesichtern.

Harry, ich habe eine tolle Idee!« rief sie auf einmal, und ihre Augen strahlten vor Begeisterung – ein umwerfender Anblick. »Laß uns mit dem Bus hinfahren!«

»Du kannst doch in deinem Hochzeitskostüm nicht mit dem Bus fahren!«

Sie schaute auf ihre Kleider hinunter. Ein helles, taubenblaues Ensemble, das sie sich von einer Schneiderin in deren kleiner Wohnung in Mayfair hatte anfertigen lassen. Sie kannte die Frau aus den Jazzclubs. Ein Sträußchen gelber Gänseblümchen steckte an ihrem Revers. Weiße Handschuhe und im Haar ein paar weiße Blüten. Sie lächelte mich an und nahm meine Hand:

»Ach komm, das wäre doch ein Riesenspaß! Stell dir nur mal die Gesichter der anderen Fahrgäste vor, wenn wir so herausgeputzt in den Bus steigen!«

Sie zog mich aus der Wohnung die Treppe hinunter und rief nach Alfie. So standen wir zu dritt lächelnd in dem hellen, wundervollen Morgen, der das Hudson Café erfüllte. Alte Differenzen schienen wie weggewischt, mit einem sorglosen Schlenkern ihres weißen Handschuhs. An der Tür hing ein großes handgeschriebenes Schild, auf dem stand: »Wegen Hochzeit für eine Woche geschlossen«.

Zu dritt traten wir – sie in ihrem blauen Kostüm und mit ihren Blumen, eine Schönheit der Straße, eine Königin zwischen den Blumenständen der Empire Row, wir zwei Männer in dunklen Anzügen – auf die Straße hinaus.

Jubel stieg von den Ständen auf. Man winkte mit hocherhobenen Händen, hob angeschlagene Tassen in die Höhe. Einige Passanten blickten auf, als zwei der Standinhaber »For She's A Jolly Good Fellow« anstimmten. Ihr Lächeln, das Lachen von Freunden und Unbekannten, die Freundlichkeit in ihren Herzen und die Sonne in ihren Augen – das war unser Hochzeitsmorgen. April 1960: blauer Himmel, fliegende Vögel, dahinziehende Flugzeuge, reglose Wattewolken. Selbst der Mond und die Sterne schienen extra für uns in ihrer Umlaufbahn zu stehen.

Auch im Bus segneten uns Unbekannte mit ihrer Freude. Sie machten die Rückbank für uns frei. Stimmen erhoben sich, Köpfe wandten sich um, Augen blitzten vergnügt. Unbekannte beschenkten uns mit ihrer freudigen Anteilnahme. Ihr Gelächter ließ die Fensterscheiben klirren.

Ein kleines Mädchen kam vom Oberdeck herunter und jauchzte. Ältere Damen nickten und flüsterten Betty kleine Komplimente zu. »Sie sehen entzückend aus, meine Liebe! Ganz entzückend!« Männer lüpften den Hut. Ein Busschaffner kam, lehnte unser Fahrgeld ab und verkündete: »Das geht auf Kosten von London Transport. Gott segne Sie beide!«

Ein strahlender Inder mit Turban und städtischer Uniform gab uns den Segen der Stadt. Betty lächelte ihr breites Lächeln, und ich errötete. Wir hielten uns an den Händen, die Finger fest ineinander verschränkt. Sie drehte sich zu mir um, küßte mich auf die Backe und wischte mit einem Finger die Lippenstiftspur ab. All die Blicke. All die lächelnden Gesichter. Die anderen Passagiere. Der Schaffner.

Was für eine Erinnerung an die Stadt! Was für eine Feier der Stadt! Wir saßen zu zweit hinten im Bus, von dem Schmunzeln, dem Lächeln, der Freundlichkeit der Städter umgeben, ja förmlich darin gebadet. Wir plapperten aufgeregt, kicherten, schauten weg, wie zwei Kinder, die einen Aufsatzwettbewerb gewonnen haben und sich nun gleichzeitig davor fürchten und darauf freuen, ihr Werk vorzulesen.

Manchmal glaube ich, daß ich nie wieder so glücklich war wie in diesem Augenblick.

Manchmal denke ich, daß ich mich nie wieder so vollständig gefühlt habe.

Nur wenige Leute kamen zu unserer Trauung, und von Betty kam niemand.

»Was? Niemand?« wiederholte ich, als wir uns über die Gäste unterhielten.

»Nein. Ich habe niemanden, den ich einladen könnte. Keine nennenswerte Verwandtschaft. Ich habe keine Ahnung, wo meine Schwestern inzwischen sind. Habe keine Freunde mehr hier. Meine Familie bist jetzt wohl du. Du und Alfie, ihr seid meine einzigen wirklichen Freunde.«

»Aber du mußt doch irgendwelche Verwandten haben, irgendeinen uralten Onkel oder einen entfernten Cousin, an dessen Adresse du dich erinnerst. Es kann doch nicht sein, daß du überhaupt keine Verwandten hast, nirgends.« Sie schüttelte den Kopf und zündete sich mit gesenktem Blick eine Zigarette an.

»Irgendwo gibt's bestimmt noch ein paar von denen, aber die wollen mich wahrscheinlich nicht sehen – ich will sie jedenfalls ganz bestimmt nicht sehen.«

Im Hintergrund sang Miss Billie, ihre Lieblingssängerin, »You Don't Know What Love Is«. Ihre Stimme war alt und müde, verloren in der Einsamkeit jener letzten Monate vor ihrem einsamen Tod. Sie sang: »You don't know how hearts burn for love that cannot live, yet never dies.« Die Melodie wurde von den Trompeten und Streichern getragen. »Da ist keiner, der mir heute noch irgend etwas bedeuten würde, Harry.«

Sie hob langsam den Blick, ließ ihn über meine Augen wandern und strich mir dann sanft mit dem Finger über die Wange. »Akzeptiere, daß ich allein bin, Harry. Akzeptiere, daß ich meine vierzig Jahre hinter mir habe und daß ich alle Menschen verloren habe, die ich liebte oder die mich liebten. Ich habe es dir vorher gesagt. Ich habe dich gewarnt. Trotzdem hast du mich den ganzen Winter bearbeitet, damit ich dich heirate.

Und deshalb jetzt, nachdem ich ja gesagt habe, meine letzte Warnung: Ich bin eine alte Schrulle, die nie zur Ruhe gekommen ist und weder Freund noch Freundin hat, die sie gern zu dieser ihrer zweiten Hochzeit einladen würde. Wenn dich das nicht abschreckt, dann verdienst du, was du kriegst.« Sie lachte.

Ich lehnte mich über den Tisch, um sie zu küssen. Ich sagte ihr, daß ich sie liebte, das weiß ich noch.

Alfie erklärte sich bereit, ihr Trauzeuge zu sein. Ich sagte nichts dazu. Mein Trauzeuge war mein langjähriger Freund Jim Sweeney, mit dem ich mich gelegentlich traf, um über Jazz zu reden oder Kricket zu spielen. Meine wenigen Freunde, eine Tante, die in Croydon wohnte, und ein paar Cousins und Cousinen vervollständigten die Gesellschaft. Im Standesamt wurde Betty nervös. Nach der Trauung ging sie stumm durch das zerfetzte Konfetti und die heruntergefallenen Blütenblätter auf einem Londoner Platz. Dann standen wir in der frischen Luft des späten Vormittags, während der Fotograf uns knipste: Mr. und Mrs. Hudson. Ich hielt ihre kalte Hand fest in meiner.

»Glücklich?« fragte ich flüsternd.

»Glücklich«, war ihre Antwort.

Wir gaben einen kleinen Empfang in der Wohnung über dem Hudson Café. Unsere wenigen Gäste tranken Bier und aßen belegte Brote. Sie hörten sich Swing und Balladen an. Als der Nachmittag voranschritt, machte sich der Alkohol bemerkbar, und es wurde ein bißchen getanzt.

Ich sah zu, wie Betty in Alfies Armen tanzte, die Hände auf

seinen Schultern, den Kopf an seine Brust gelegt. Ohne zu reden, bewegten sie sich gemeinsam im Takt des gezupften Basses von einer alten Schallplatte, mit winzigen, trägen Schritten. Wie Liebende.

Als mit den letzten Takten auch der Nachmittag verklungen war und es für Betty und mich Zeit war zu gehen, blieben die beiden, nur einen Moment lang, ohne Musik stehen und hielten sich in den Armen. Dann lösten sie sich wortlos voneinander. Zuerst die Oberkörper. Dann die Arme. Und zum Schluß entflochten sich langsam und vorsichtig ihre Finger.

Sie sagten nichts. Sie gaben sich keinen Abschiedskuß.

Ein Taxi kam, um uns zum Zug nach Brighton zu bringen. Als wir unter dem friedlichen Winken unserer Gäste einstiegen, sah ich, wie sie ihn und er sie anschaute. Sie schenkte ihm ein winziges Lächeln, dann sah sie zu mir herüber und lächelte ebenfalls.

Der Zug von der Victoria Station nach Brighton schlängelte sich durch Süd-London, wand sich um die trostlosen Dächer von Battersea hinaus in die Vorstädte, nach Clapham und Balham. Damals fuhr man noch mit Dampf. Dicke weiße Qualmwolken stiegen in den Himmel auf. Wir saßen allein in einem Erste-Klasse-Abteil, das wir eigens für diesen Anlaß reserviert hatten. Betty löste die Ansteckblumen von ihrem Revers und legte sie auf ihren Schoß. Sie befingerte die hellen, hauchdünnen Blütenblätter und strich darüber. Dann begann sie langsam und zielstrebig die Blätter von den Köpfen abzureißen.

Wie Schneeglöckchen, wie Perlen lagen die Blütenblätter auf ihrem Rock, bis sie auf eine leise Bewegung hin – ein trauriger Anblick – zu Boden fielen. Ich hustete irritiert. Wir hoben beide den Blick und fingen gleichzeitig an zu sprechen:

»War das nicht ...«

»Hat das nicht ...«

Kichernd, die Hände vor dem Mund wie zwei schüchterne junge Dinger, sahen wir uns zum ersten Mal, seit wir in den Zug eingestiegen waren, in die Augen.

Ich bat Betty, zuerst zu sprechen.

»War das nicht eine schöne Feier? Klein, aber fein.« Mit ihren sommersprossigen Händen schob sie die Blütenblätter zusammen und steckte sie in eine ihrer Jackentaschen. Taubenblau.

»Doch. Doch, das war es wirklich«, erwiderte ich angespannt. Betty drehte ihr Gesicht zum Fenster. Die Frühlingssonne fiel auf ihre Haut und beleuchtete ihre zart erröteten Wangen. »Und du warst – du bist so schön, Betty. So schön.«

»Nicht doch ...«

Sie ließ den Blick auf ihre Knie sinken. Strich sich mit der Hand übers Haar.

»Doch wirklich. Das haben alle gesagt.«

Sie grinste.

»Ich bin doch bloß ein altes Schlachtroß, das sich einigermaßen zurechtmachen kann. Aber du und Jim, ihr wart wirklich schick. Und Alfie auch. Richtig attraktiv hat er ausgesehen in seinem Anzug. Ich war wirklich stolz auf euch drei.«

Ein goldener Ring funkelte und glänzte an ihrem Finger. Das Licht an diesem Frühlingsnachmittag war so freundlich und erfrischend, daß mir selbst die Erwähnung seines Namens die Laune nicht verderben konnte. Unsere Augen – ihre dunkel, meine hell – trafen aufeinander und tauschten Botschaften aus.

Plötzlich fing Betty hinter vorgehaltener Hand an zu lachen. »O Harry, deine arme Tante! Sie sah aus, als bekäme sie gleich einen Herzinfarkt, als sie mich erblickte.« Auch ich lachte. Betty hörte gar nicht mehr auf zu lachen, die Finger weiter vor dem Mund. Das Sonnenlicht überzog ihre Haut mit Gold. »Was für eine alte Schnalle hat sich Harry da bloß an Land gezogen!« rief sie mit ihrem besten Bronxer Akzent.

Ich errötete. »Mach dich nicht über sie lustig, Betty. Sie ist ganz in Ordnung.«

»Ach was, genau das gleiche habe ich mir doch selbst auch schon gesagt, und ich wette, sie ist nicht die einzige, die so denkt.«

Ich sah meine Frau in ihrem taubenblauen Kostüm, in ihrem Meer von Blüten unverwandt an.

»Die können mir alle den Buckel runterrutschen, Betty. Das ist mir schnurzegal.«

Betty beugte sich vor und berührte meine Hand. Ihre Finger preßten sich zart in meine Haut. Ihr Lächeln sah in der Sonne einfach wunderbar aus.

»Es war ein schöner Tag, Harry. Danke.«

Auch ich beugte mich vor und umschloß ihre Hand.

»Nein, ich habe dir zu danken, Betty. Du weißt gar nicht, wie glücklich du mich gemacht hast.«

Wir küßten uns. Eine alte Dame, die an unserem Abteil vorbeikam, schnalzte mißbilligend mit der Zunge. Wir schossen auf unsere Sitze zurück wie zwei Teenager, die beim Knutschen erwischt worden sind.

Ich weiß noch, daß Betty kicherte und daß ich mir dachte, was bin ich doch für ein Glückspilz, sie zur Frau zu haben.

Harry

Unser Hotelzimmer ging aufs Meer hinaus. Die Scheibe des großen Erkerfensters war blitzblank. Man hatte alle Spuren der vom Meer hereinpeitschenden Winterstürme von den Fenstern der Hochzeitssuite heruntergeschrubbt. Betty stand eine Weile am Fenster und blickte in die Glasscheibe oder vielleicht auch aufs Meer hinaus. Ich lief in der Suite umher, probierte die Wasserhähne aus und öffnete Schranktüren.

»New York liegt am Meer«, murmelte sie leise.

Ich sah mich um und antwortete:

»Ja, ich weiß.«

Sie legte die Finger an die Fensterscheibe und flüsterte:

»Ich war in Amerika kein einziges Mal am Meer. Ich habe das Meer immer nur gesehen, wenn ich in New York ankam oder wegfuhr.«

Ich ging zu ihr hinüber, legte ihr die Hand auf die Schulter und sagte:

»Komm weg von hier, Liebes. Es ist kalt.«

Sie wandte sich zu mir um, legte mir die Finger auf den Mund und brachte ihr Gesicht ganz nah an meines heran.

Das Abendlicht hatte einen violetten Schimmer. Die weißen Wände summten in einem indigoblauen, lilafarbenen, blauen Rhythmus. Bettys Hochzeitskostüm lag zerknittert und zerdrückt auf dem Himmelbett. Lange Falten zogen sich über den Rock. Die Jacke war auf links und von dem Gewicht unserer Körper plattgedrückt. Bettys elfenbeinfarbene Seidenbluse hing unordentlich über einer Stuhllehne. Meine Kleider – von Jackett und Krawatte bis hin zu Unterhemd und Socken – waren über den Boden verstreut. Unsere Koffer waren halb ausgepackt. Der Schlüssel steckte umgedreht im Schloß. In einer Kanne wurde Kaffee kalt.

Betty ließ sich aufs Bett sinken. Sie trug nur BH und Unterrock, und selbst der Unterrock war ihr bis zur Taille hochgerutscht, während ich mich in ihr bewegte. Ihre Füße streiften den Boden. Jedesmal wenn ich, ihr frischgebackener Ehemann, in sie hineinstieß, hoben sie sich leicht an. Ich war nackt bis auf die Unterhose, die mir in den Knien hing. Wir hörten die Wellen auf den Strand schlagen. Von der Küste drang Möwengeschrei herüber. Mit fünfundzwanzig Jahren schlief ich zum ersten Mal mit einer Frau. Und zwar mit der Frau, die ich geheiratet hatte.

Es war schnell vorbei. Ich fiel schwer auf sie. Mein Kopf paßte genau unter ihren. Bettys Hände fuhren meinen Rücken hinauf. Während sie mir übers Haar strich, legte sie mir zugleich die Lippen ans Ohr und flüsterte:

»So ist's recht, hm? So ist's recht.«

Ihre Füße lösten sich von mir. Sanken wieder auf den weichen Teppich hinunter. Als sie aufkamen, spürte ich, wie sich ihre Schenkel entspannten. Ihr Körper war warm. Ein zarter Duft nach Blumen und Parfum, nach einem langen Tag und nach Sex umgab sie. Sie zog meinen Kopf von ihrem weg. Wir sahen uns an. Mit den Fingern wischte sie mir ihren rosafarbenen Lippenstift vom Mund.

»Komm, Harry, ziehen wir uns an. Laß uns runtergehen und was zu Abend essen.«

Ich mußte lachen, als es ihr irgendwie gelang, unter mir weg aus dem Bett zu rutschen. Während sie aufstand, grinste ich ihr vom Bett aus zu und sagte:

»Na komm schon, Mädel.«

Die Frau, die seit einem Frühlingsnachmittag und einem sanften violetten Abend meine Frau war, suchte nach einer sauberen, gebügelten Bluse, die sie anziehen konnte.

»Los, Harry.« Ihre Stimme war jetzt schärfer, ungeduldiger. »Das läuft uns nicht weg. Es ist doch schön, wenn zur Abwechslung mal jemand für uns kocht.«

Während Betty im Zimmer umherging, wanderte ihr Blick wieder zu mir herüber – ich lag immer noch nackt auf dem Bett. Sie sah, wie enttäuscht ich war. Vielleicht spürte sie auch meine Angst. Meine Angst, daß ich ihren Ansprüchen nicht hatte genügen können.

Betty kam wieder zum Bett zurück und setzte sich neben mich. Sie ließ ihre Hand über meine Schulterblätter gleiten. Ganz leicht und zart streiften ihre Finger meine Haut. Ihre Lippen fühlten sich weich an, als sie mich auf den Scheitel küßte. Ich konnte ihren Seufzer durch mein Haar auf der Kopfhaut spüren, schwer und warm.

»Ich liebe dich nun mal, Betty«, sagte ich leise.

»Ich weiß«, flüsterte sie. Sie küßte mich auf die Stirn und legte mir den Arm über den Rücken, um mich an sich zu ziehen.

»Und das wird sich auch nicht ändern, Betty. Ich werde dich immer lieben.«

»Harry, immer ist eine lange Zeit für Versprechungen. Wenn ich irgend etwas gelernt habe, dann das.«

Ich richtete mich auf, so daß ich ihr jetzt gegenübersaß. Ich legte ihr beide Hände auf die Schultern und blickte in ihre großen, dunklen Augen. An der Küste schrien Möwen. Ein paar Regentropfen schlugen sanft gegen die Fensterscheibe.

»Es wird sich nie ändern, Betty, so wie ich mich fühle. Verstehst du denn nicht? Ich habe mein ganzes Leben lang auf dich gewartet. Ich habe darauf gewartet, daß du kommst und mich – ja, ich weiß nicht – erlöst.«

»Wovon?«

»Mein Gott, von meinem langweiligen Leben!« rief ich und warf gespielt melodramatisch die Hände in die Luft. »Von meiner Gefangenschaft in diesem elenden Café, von meiner Mutter, die mir immer gesagt hat, das Geschäft sei das einzig Wichtige auf der Welt, von dem Gefühl, meinen Vater, der von etwas anderem träumte, enttäuscht zu haben.« Einen Augenblick lang schwiegen wir beide, ein sanftes, unschuldiges Lächeln auf den Lippen. »Du hast meinem Leben einen Sinn gegeben, Betty, hast mehr daraus gemacht als das tägliche Aufstehen-Arbeiten-Schlafengehen.«

»Ist das wirklich so?« fragte sie leise und schlug die Augen nieder.

»Ich habe auf dich gewartet, Betty. Und du bist zu mir gekommen. So was ist doch kein Zufall, oder?«

Betty sah mich an.

»Man muß das Glück beim Schopf ergreifen, wenn es sich zeigt, Harry. Man muß zupacken, bevor es sich wieder aus dem Staub macht.«

Sie beugte sich vor, um mich zu küssen.

Vom Meer trieb Regen heran. Betty und ich liebten uns noch einmal. Das violette Licht ging langsam in ein geisterhaftes Blau über. Es wurde Abend. Bald schien der Mond auf die zerwühlten Leintücher und unsere nackten Glieder.

Betty

Zünde die Lichter an, sagte meine Mutter früher immer, zünde die Lichter an und bete.

Ich weiß nicht, warum ich mir gerade diesen Moment aussuchte, um es ihr zu sagen, den Moment, als wir aus dem Regen in die kleine katholische Kirche traten, die sie immer besuchte. Vorher, als wir uns zum Gehen fertiggemacht hatten und sie in den schweren Mantel mit dem Pelzkragen geschlüpft war, den sie von meinem Vater als letztes Weihnachtsgeschenk vor seinem Tod bekommen hatte, hatte sie noch an meiner Frisur herumgenörgelt.

»O Betty, wie siehst du denn aus!«

Sie trat auf mich zu und wollte sich mit erhobenen Händen an meinen Haaren zu schaffen machen. Ich wich ihr aus.

»Ma, fang bitte nicht damit an. So sehen heute alle Mädchen aus!«

»Hast du denn gar keine Scham im Leib, Kind, so in die Kirche zu gehen, die Haare hochgekräuselt wie eins von diesen Flittchen aus Whitechapel? Ja hast du denn gar keine Scham im Leib?«

Ich fand, daß ich aussah wie eine Schönheitskönigin. Eine Königin in einer schmutzigen, ärmlichen Welt, viel zu weit entfernt von den Lichtern entlang des nördlichen Flußufers, von extravaganten Nächten in extravaganten Clubs.

Meine beste Freundin Rita hatte mir die Haare über ihrem Küchenwaschbecken gebleicht und dabei geschimpft, ich solle aufhören zu jammern, weil das Wasserstoffperoxyd so brannte. Und als ich zusammenzuckte, weil sie mich mit ihren heißen Lockenwicklern verbrannt hatte, wurde ihr Ton auch nicht gerade sanfter.

»Schönheit gibt's nun mal nicht umsonst, Schätzchen. Und du mußt eben ganz ordentlich blechen!« Wir lachten beide, während sie mir am Küchentisch ihrer Mutter die Lockenwickler ins Haar drehte. Wir schlürften den Rum ihres Vaters aus Teetassen und lauschten den flotten Klarinetten- und Gitarrenklängen, die aus den Rillen zweier neuer Schellackplatten emporstiegen.

»Zünde die Lichter an, Kind. Und sprich ein Gebet.«

Unsere Gesichter waren auf endlose Reihen von Opferkerzen in der Dunkelheit gerichtet. Silbernes Licht flackerte über unsere winterblasse Haut. Reihenweise hüpften und tanzten die Flammen zum Gedenken an die Toten. In den Augäpfeln meiner Mutter sahen die Toten ihr Spiegelbild.

»Aber Ma, ich habe jemand, der mich heiraten will. Ich habe jemand, der sich um uns kümmern wird, und zwar einen richtig anständigen Kerl. Er weiß auch von dem Baby.«

Ihre Augen waren hell, wäßrigblau, ganz anders als meine. Sie starrte mich an. Ich konnte weiße und goldene Strähnen in ihrem wilden roten Lockenschopf ausmachen. Die Strähnen schimmerten im Kerzenlicht, so wie das Blattgold an der Kirchendecke. Die Falten um ihre Augen waren lang und tief. Sie flüsterte ungläubig:

»Soll das heißen, er ist gar nicht der Vater?«

Ich sah, wie ihre Augen über meine modellierten blonden Locken wanderten, die ich unter ihrem alten grünen Gazeschal verborgen hatte. Ich sah, wie sie sich beherrschte, um mir nicht all die Schimpfworte an den Kopf zu werfen, deren Gebrauch sie mir strengstens untersagt hatte. An der Decke und um die Fenster herum waren Engel postiert. Heilige aus Gips blickten auf uns Sünderinnen herunter. Die Scham meiner Mutter war tief wie das Meer, größer als dieses Gebäude mit all seinen angeschlagenen, rissigen Gipsfiguren.

»Ja, genau.«

»Und das weiß er auch?«

Ich nickte und wich dabei beharrlich ihrem versteinerten Blick aus.

Meine Mutter erhob sich von den Knien und lief davon. In den Ecken und unter der Decke des kalten, schwarzen Gebäudes hallte noch die Messe nach. Die flachen Absätze meiner Mutter klackerten über den Steinboden. Ihr Meer der Scham war von Erinnerungen und Schemen, von Geschichten und Lügen bevölkert. Ich war ihr ganzer Stolz, ihre ganze Freude gewesen. Jetzt war ich nur mehr eine weitere schwarze Kreatur in dieser wimmelnden, bitteren Tiefe.

Meine Mutter kam im Winter 1913/14 in der Paddington Station an. Die Stadt lag unter einer hohen frischen Schneedecke, als der Zug durch die neuen backsteinroten Vorstädte hereindampfte. Ihre lange Reise aus Irland näherte sich ihrem Ende. Sie war siebzehn Jahre alt.

Zwar war sie auf dem Schiff, das sie in Wexford bestiegen hatte, seekrank geworden, doch sie war trotzdem froh, die einsame, argwöhnische Landschaft ihrer Kindheit hinter sich zu lassen. Mochten in London auch dreißig Zentimeter Schnee liegen – in dieser unvergleichlichen Stadt pfiff einem kein kalter Seewind um die Ohren. Kein trostloser, vom Meer hereinblasender Westwind, der einem das Herz erfror, nicht hier in London.

»London ist die Königin unter den Städten, nicht mehr und nicht weniger«, pflegte sie zu verkünden, wenn sie zu Weihnachten oder am Ostersonntag eine Flasche Starkbier oder ein Glas Sherry in die Finger bekam. Hier gab es nur Menschen und Gebäude. Menschen und Gebäude, die die Seele zum Klingen brachten, wie sie immer sagte. Meine Liebe zur Stadt begann schon Jahre vor meiner Geburt, als ein kleines irisches Mädchen mit einem wilden Haarschopf alleine dastand und die beeindruckendste, größte, wunderbarste Stadt der Welt bestaunte.

Ich hatte ein Jahr lang mit Stan Porter zusammengearbeitet, als ich ihm eines Morgens mitteilte, daß ich kündigen würde. Er war damals fast vierzig und nie verheiratet gewesen.

Ein scheuer, ehrlicher, anständiger Mann war er, nicht mehr und nicht weniger. Er war der erste, dem ich das Herz brach. Er war der erste, der mich von ganzem Herzen liebte. Der erste, dem ich wirklich etwas bedeutete. Und ich nahm sein Herz, schlug es kaputt, trampelte darauf herum, verfluchte es und ließ es dann jämmerlich zugrunde gehen.

Er war Taxifahrer, hatte direkt nach dem Ersten Weltkrieg mit Pferdedroschken angefangen und war dann auf Autos umgestiegen. Ich versuchte mich damals erfolglos als Sekretärin bei dem Taxiunternehmen, für das er arbeitete. Stan kam jeden Tag bei mir vorbei und plauderte leise mit mir über das Wetter oder meine schönen Haare oder den vielen Verkehr. Er sah mich an, wenn ich lächelte, und hörte zu, wenn ich lachte. Und dann eines Tages saß ich da und weinte, als Stan hereinkam.

»Ach Betty, liebe Betty, nicht doch, ich bitte dich.«

»O Stan, es tut mir ja so leid ...«

Als ich in sein großes rundes Gesicht blickte, in dem sich Traurigkeit und Mitleid, Verlegenheit und Aufmerksamkeit mischten, mußte ich gleich wieder losheulen.

»Was ist denn los, Mädchen?« Stan gehörte zu den Männern, die hoffen, keine Antwort zu bekommen, wenn sie eine Frau so etwas fragen, gleichzeitig jedoch zu aufrichtig und anständig sind, um gar nicht erst zu fragen. Mit tränenerstickter Stimme flüsterte ich:

»O Stan, ich muß weg. Ich muß von hier weggehen.«

»Aber warum denn, Betty? Hast du Ärger mit einem der Chefs?«

Ich schüttelte langsam den Kopf und tupfte mir mit einem Taschentuch die Augen trocken. Große wäßrige Schminkflecken breiteten sich auf dem weißen Leinen aus.

»O Stan, ich sollte mich vor dir wirklich nicht so gehenlassen. Tut mir leid, daß ich mich so aufführe.«

Und so ließ mich Stan Porter an meinem Schreibtisch zurück, erleichtert, daß meine Tränen getrocknet waren und er sich meine alberne Geschichte – wahrscheinlich ging es um irgendeinen Jungen, wahrscheinlich war es gar nichts Ernstes, jedenfalls nichts, weshalb ich gehen müßte – nicht hatte anhören müssen.

Doch damals gaben junge Mädchen eine gute Stelle nicht einfach so auf. Damals gab es für alles einen Grund. Sobald bekannt wurde, daß ich gekündigt hatte – ohne Aussicht auf eine neue Stelle und ohne bevorstehende Hochzeit –, ging das Getuschel los.

Die anderen Sekretärinnen zogen es vor, sich auf dem Flur nicht mehr mit mir zu unterhalten, und gelegentlich sah ich, wie sich die Fahrer süffisant zulächelten, wenn ich vorbeiging. Bald war klar, daß alle erraten hatten, daß ich schwanger war und gekündigt hatte, um irgendwo anders hinzugehen.

»O Betty, was für eine wunderbare Zeit, um aufs Land zu fahren«, lästerte eine der Sekretärinnen. »Du gehst wohl eine Tante oder einen Freund der Familie besuchen?«

»Das nenne ich impulsiv!« trompetete eine andere durch den ganzen Flur. »Zu kündigen, ohne daß du eine andere Stelle hast, und keinen Ring am Finger. Man könnte gerade meinen, da wäre was im Busch – du weißt schon ...«

Und dann fand ich eines Tages im Briefkasten meines Chefs einen Brief an mich. Auf dem Umschlag stand in Blau mein Name, »Betty«, und er enthielt ein Blatt, das aus einem der Fahrtenbücher der Fahrer herausgerissen war.

Auf dem rotlinierten Papier bot mir jemand in derselben krakeligen blauen Handschrift voller Rechtschreibfehler und dicker Kleckser an, mich zu heiraten. Stan bot mir an, mich zu heiraten. Durchgedrückt auf dem Papier konnte man die fein säuberlich aufgelisteten und für die Steuer addierten Einnahmen des vorigen Monats erkennen. Stan Porter, Besitzer eines goldenen Herzens, hatte ein Blatt aus seinem Fahrtenbuch herausgerissen, um einem schwangeren Mädchen, das er kaum kannte, einen Heiratsantrag zu machen.

Meinen Hochzeitstag – meinen ersten natürlich – bestritt ich in einem gebraucht gekauften weißen Kleid und mit einem ausgeliehenen Brautstrauß. Neben mir stand ein kleiner Mann mit Halbglatze, rundem Gesicht und falschen Zähnen. Stan Porter fragte mich nie, wer der Vater meines Kindes sei. Er erwähnte nie, selbst in der erbittertsten Auseinandersetzung nicht, daß das kleine Mädchen, das zu unseren Füßen spielte, nicht seine Tochter war.

Ich begann ihn dafür zu hassen.

Harry

Wenn sie mich gebeten hätte, sie über die Schwelle zu tragen, hätte ich sie in meinen Armen emporgeschwungen. Hätte sie dahin gebracht, wo wir jetzt beide zu Hause waren. Doch – ich hätte sie am hellichten Tag quer durchs ganze Hudson Café getragen. Der Jubel der Gäste, das Hurrageschrei, ihr nervöses, glückliches Lachen, die Frühlingssonne, die durch die große Fensterscheibe auf unseren Rücken gefallen wäre, das alles hätte uns warm umfangen. Die Rückkehr eines glücklichen Paars.

Aber nein.

Wir schlichen uns durch den Seiteneingang hinein, schlossen behutsam die Tür, versuchten, so leise wie möglich zu sein. Dabei hatte Alfie das Café noch gar nicht aufgemacht. Das Schild – »Wegen Hochzeit für eine Woche geschlossen« – hing noch an der Tür. Es war totenstill. Keine Stimmen, kein klapperndes Geschirr, kein sorgloses Geplauder drangen aus dem Hudson Café zu uns nach hinten, um uns zu empfangen, uns zu wärmen. Nein, wir glitten wortlos, lautlos die Treppe hinauf, die Koffer angehoben, um nirgends anzustoßen. Nur der Staub, der in der Luft hing und im einfallenden Sonnenlicht still glitzerte, sah uns kommen. Nur Staub feierte unsere Rückkehr.

In der Stille des Raumes, der jetzt *unsere* Küche war, legte mir Betty die Arme locker auf die Schultern und sah mir in die Augen.

»Wir sind lebende Gegensätze, du und ich«, seufzte sie.

Ich runzelte die Stirn und strich ihr über den Rücken.

»Wieso?«

»Na ja«, meinte sie lächelnd, »du hast strahlend hellblaue

Augen, während meine aussehen wie große schwarze Untertassen.« Sie grinste. »Ich bin fett und alt, du dagegen bist dünn und jung noch dazu.« Ein meckerndes Lachen, fröhlich und rauh von den Zigaretten und ihrer Müdigkeit, stieg aus ihrer Kehle auf. »Ich bin laut, du bist leise. Du hast einen Ort, wo du herkommst, bist von deiner Geschichte umgeben, meine dagegen scheint in den Nebeln der Zeit verloren, so als käme ich von nirgendwo.«

»Du redest vielleicht ein Zeug daher – manchmal frage ich mich wirklich, wo du das alles hernimmst.« Sie grinste wieder. Ich küßte sie auf die Backe und löste mich aus ihren Armen. »Möchtest du eine Tasse Tee?«

Sie ignorierte meine Frage, wandte sich um und setzte leise hinzu:

»Weißt du, Harry, als ich aus Amerika weggegangen und hierhergekommen bin, hatte ich irgendwie das Gefühl, ich wäre am Ende der Fahnenstange angelangt. Aber du hast mir noch mal eine Chance gegeben. So kommt es mir zumindest vor.« Ein Anflug von Rührung knisterte in ihrer Stimme. »Und diese neue, unerwartete Chance ist deine Liebe zu mir. Dabei war ich schon an dem Punkt, wo ich dachte, das war's, eine weitere Chance bekomme ich nicht.« Sie brach ab. Im Nachmittagslicht konnte ich eine Träne auf ihren Wimpern glitzern sehen.

Ich stellte die Teekanne ab und drehte mich zu Betty um. »Selbst in New York nicht? In den Jazzclubs? Oder sonst irgendwo in Manhattan?«

»Alles hört irgendwann einmal auf, Harry.« Sie senkte für einen Moment den Kopf. Erst mein Finger unter ihrem Kinn und meine Hand, die ihren Arm streifte, ließen ihre untertassengroßen schwarzen Augen wieder aufblicken. Sie lächelte. »Aber alles fängt auch immer wieder von vorn an.«

Wir tranken Tee und plauderten fröhlich über die vor uns liegende Arbeit. Das Leben schien mir plötzlich ganz neu. Die Strapazen des Cafélebens, das frühe Aufstehen, die Schufterei sechs Tage in der Woche, das erschöpfte Wegdämmern in zu kurze Nächte schienen sich in Luft aufzulösen. Wir lachten, als sie versuchte, sich auf einem wackeligen Rohrstuhl auf meinen Schoß zu setzen, kippelten hin und her, hörten den Stuhl knarren.

Dann sprang sie auf, strich sich das Haar glatt und erklärte, sie müsse ihre Koffer auspacken und ihre Kleider aufhängen, bevor sie noch mehr zerknitterten. Mit heller fröhlicher Stimme vor sich hin summend, spazierte sie aus der Küche hinaus. »I Hear Music« war das Lied.

Alfie kam wenige Minuten später durch den Seiteneingang herein. Ich hörte, wie er sich mit einem Freund in seinem Dialekt unterhielt. Ich wandte mich um, als ich ihre schweren Schritte auf der Treppe hörte. Ihr Gelächter, das spielerische Hin und Her ihrer Bemerkungen und Scherze erfüllten das Haus bis in den letzten Winkel. Als die Männer das Wohnzimmer betraten, beide tipptopp gekleidet und mit Büchern unterm Arm, konnte ich nur noch daran denken, wie meine Tante Betty mich angeguckt hatte und wie ich durchs Schlüsselloch geguckt hatte, die Augen an die Tür und die Hand zwischen die Beine gepreßt.

»Oh, Harry. Ihr seid zurück, Mann.« Die beiden Männer nahmen ihre Hüte ab. Sein Freund, den ich nicht kannte und der mir nicht vorgestellt wurde, nickte vorsichtig.

»Ja, gerade erst vor fünf Minuten. Alles in Ordnung hier?«

Alfie und ich starrten uns an. Ein Teil von mir wollte ihm die Hand geben, dem Mann, der auf meiner Hochzeit gewesen war, dem Mann, der vor Bettys Kommen für mich noch am ehesten das gewesen war, was ich als einen echten Freund bezeichnet hätte. Doch ein anderer Teil von mir wollte ihn ohrfeigen, ihm seinen Kamelhaarmantel von den Schultern reißen, ihn hinauswerfen. Wußte er, daß ich wußte, daß er und Betty ein Paar gewesen waren? Wußte er womöglich, daß sie es noch immer waren?

»Waren eure …« Fast hätte er »Flitterwochen« gesagt. »War euer Urlaub schön? Das Wetter, meine ich?« Er wollte die Frage nicht stellen, und ich wollte sie nicht beantworten.

»O ja, es war sehr schön. Das Hotel, das Wetter, alles bestens.« Ich errötete und wurde ganz zappelig, während wir irgendwie versuchten, ein Gespräch aufrechtzuerhalten. »Und hier? Alles in Ordnung?«

»Keinerlei Probleme, Harry. Alles in bester Ordnung.« Alfie strahlte mich an. Er schien nie nervös oder verunsichert. Die Befangenheit zwischen uns schien ihn kaum zu betreffen.

»Und Mrs. Hudson?« fragte er.

Ich erinnerte mich daran, wie sie auf der Hochzeitsfeier eng umschlungen miteinander getanzt hatten, wie sie sich zur Musik bewegt hatten, ihre Hüften, ihre Schenkel. Wie sie sich locker, doch innig in den Armen gehalten hatten. Zwei Körper, die miteinander vertraut waren. Ich erinnerte mich daran, wie sie sich auf einem zerwühlten Bett geliebt hatten, an ihre Nacktheit, seine sanften Finger auf ihrer Haut, das Weiß ihres Körpers, das in das Dunkel des seinen gepreßt war. Und jetzt besaß er wahrhaftig die Frechheit, sie Mrs. Hudson zu nennen. Jetzt bezeichnete er sie als meine Frau, wo sie doch für ihn, genauso lange wie für mich, immer nur Betty gewesen war.

»Betty geht es sehr gut, Alfie. Danke.«

Harry

Wir waren quietschvergnügt in diesem ersten Frühling, Betty und ich.

Wie Kinder. Sie sang bei der Arbeit oft »I Hear Music«. Nachdem sie ein oder zwei Minuten lang den Refrain wiederholt hatte, sprang ich ein und pfiff die ersten paar Töne der nächsten Strophe, woraufhin sie errötete und lachte.

Sonntags lagen wir im Bett, hörten stundenlang Radio, irgendein knackendes und knisterndes Jazzkonzert vielleicht, liebten uns am frühen Morgen und sprachen, die Gesichter nebeneinander auf dem Kissen, über unsere Zukunft.

Denn das war es, was sie mir schenkte: eine Zukunft. Was für ein wundervolles Geschenk.

Harry

Die Hände in die Hüften gestützt, erzählte Betty Hudson im Café den Gästen zum Jazz aus der Jukebox ihre Geschichten.

»Und wer dann zur Tür hereinkam, das werdet ihr nie erraten: kein Geringerer als Mr. Miles Davis – von dem habt ihr sicher alle schon gehört –, und er hatte auch prompt seine Trompete dabei und fing an zu spielen. Ich sah ihm zu und mußte fast heulen, so schön war es.«

An der Marmortheke mehrere junge Zuhörer, das Kinn in die Hände gestützt. Sie rührte in ihrem Kaffee und sprach ganz beiläufig, an niemand Bestimmtes gerichtet.

An einem anderen Tag waren die Zuhörer vielleicht andere, doch die Geschichte war fast die gleiche. Es war eine ihrer Manhattan-Geschichten. Sie hatten ein richtiges Eigenleben.

»Und dann kam der grandiose und heute weltberühmte Mr. Miles Davis in den Club hereinspaziert, in dem ich damals arbeitete – er kam geradewegs auf mich zu, schaute mir in die Augen und fragte, ob ich mit ihm tanzen wollte. Und sämtliche Mädchen im Club, ob schwarz oder weiß, haben zugeguckt, während mich dieser ulkige kleine Kerl in den Armen hielt und mich wieder und wieder im Kreis herumwirbelte.«

Manchmal fand ich Fotos von Jazzstars, von Miles Davis oder jemand anderem, die aus einer Zeitung oder einem Magazin ausgeschnitten und dann wie Blumen zwischen Buchseiten gepreßt worden waren. Und noch ehe das Papier Zeit gehabt hatte, sich wieder zu wellen, gab Betty – worauf man sich verlassen konnte – irgendeine Geschichte über die jeweilige Sängerin, den Trompeter oder den Pianisten zum besten.

Betty war eine begnadete Geschichtenerzählerin. Sie konnte beschreiben, wie Sänger Luft holten, bevor sie sangen.

Sie konnte beschreiben, wie es sich anfühlte, wenn einem der Klang einer Trompete unter die Haut fuhr. Und bei Gott, man meinte selbst Luft zu holen. Man spürte, wie es einen durchfuhr.

Man mußte nur die Augen schließen, und schon sah man Namen über Theatern leuchten. Man fühlte die Schneeflocken, die durch die Nachtluft stoben, und hörte das Orchester der Taxihupen.

Harry

Betty Hudson war nicht gerade das, was man eine Dame nennt. Das fand jedenfalls die Frau des Schneiders, dessen Werkstatt auf unseren gemeinsamen Hinterhof hinausging. Dieser kleine Hof, mochte er auch schmutzig und unordentlich sein, hatte seinen ganz eigenen Charme. Er lag den ganzen Tag in der Sonne, inmitten einer hohen Umfriedung aus schiefen viktorianischen Dächern und Schornsteinen.

Aus den Hintertüren schwirrten und girrten die Geräusche von Stadtmenschen bei der Arbeit. Kaffeemaschinen und beim Abwasch klapperndes Geschirr, richtig. Doch auch die Musik der Sprachen, der verschiedenen Sprachen und Akzente, die der Luft gleichsam Farbe und Kontur gaben. Aus einer geschäftigen Küche kam von Englisch durchsetztes Italienisch. Flüche und Straßennamen mischten sich unter herüberwehende toskanische und sizilianische Klänge.

Aus einem offenen Fenster gleichmäßiges Klopfen, Nägel, die in Schuhsohlen getrieben wurden. Eine Hand, ein Hammer und die Klezmermelodie jiddischer Rufe. Und die verschiedensten Dialekte. Die Londoner Dialekte, Cockney und andere aus den Vorstädten, aber auch der warme Rhythmus von Alfie und seinen Freunden aus Trinidad, die draußen im Hof würfelten. Die Sonne brannte auf ihre Haut, während sie verträumt von hier und von ihrer Heimat sprachen.

Oh, und was für Erinnerungen an die Heimat! Alfie schwärmte mit der bedingungslosen Liebe des Auswanderers von Trinidad. »Schwarze, Inder, Weiße, alle sind wir miteinander ausgekommen, ganz anders als hier in diesem Land.« Italien wurde zu einem Land der ockerfarbenen Felder und endlosen Orangenhaine. Düfte schwebten über einen ganzen

Kontinent hinweg und würzten die Unterhaltungen auf Bänken sitzender alter Männer. »Was haben wir geschmaust! Was haben wir gefeiert! All die Heiligenfeste, die Hochzeiten ...« Früher war in London alles besser gewesen als heute. Die Leute waren freundlicher, die Sommer länger, die Straßenbahnen schneller. Alten jüdischen Augen stellte sich plötzlich selbst Polen oder Rußland in einem positiven Licht dar. »Wirklich gut aufgehoben ist man heutzutage nur in Israel. In England kann sich einer wie ich doch seines Lebens nie ganz sicher sein.«

Und wenn das Würfelspiel zu Ende war oder der Schuster seine Werkstatt zugemacht hatte, war das violette Abendlicht von einer Tapisserie der Erinnerungen durchwirkt. In sie eingewoben waren Angst und Reue, Zuneigung und Hoffnung. Während er die Flucht ergreift, weiß der Auswanderer doch zugleich, daß das Korn auf des Nachbars Feld auch nicht besser steht.

Der Auswanderer weiß, daß eine Stadt gleichzeitig warm und kalt, sicher und beängstigend sein kann.

Die Frau des Schneiders unterhielt sich mit einer unsichtbaren Komplizin. Ich kannte ihre Stimme gut. Sie sprach ein grobes, konsonantenloses Cockney, das sie mit kaufmännischem Gebaren und ungebildeter Vornehmheit bemäntelte. Es war an einem späten Vormittag Anfang Juni, es wurde langsam warm. Sie bemerkte nicht, daß sie versehentlich eins der hinteren Fenster offengelassen hatte. Noch daß ihre schrille, affektierte Stimme so weit trug. Die Luft schien stillzustehen. Ich lehnte am Türrahmen, das Gesicht im Schatten, die Finger vor dem Mund. Ich frage mich, ob sie das alles womöglich auch gesagt hätte, wenn sie gewußt hätte, daß ich zuhörte.

»Nicht gerade das, was man eine Dame nennt, diese Betty Hudson. Nein, wirklich. Und ich habe andere, weniger freundlich gesinnte Menschen noch ganz andere Sachen über sie sagen hören. Also, ich geb den Leuten ja immer eine Chance, aber mal ehrlich – wie die schon aussieht! Minnie

Shepherd hat gesagt, sie hätte ihr erzählt, daß sie vierunddreißig ist, aber mein Sidney meint, Harry hätte was von siebenunddreißig gesagt. Also, wenn Sie mich fragen: Diese Frau hat ihren Vierzigsten längst hinter sich, und ihr Fünfundvierzigster läßt auch nicht mehr lange auf sich warten!«

Das hämische Gelächter der beiden waberte durch den Hof. Ihre Stimme kroch in jede Ecke, in jedes Rohr, ging durch Mark und Bein. Ich stand wie angewurzelt an der offenen Hoftür des Hudson Café.

»Gott im Himmel – wie wir daherreden! Aber ich sag Ihnen noch was: Diese Geschichten über Amerika, das ist alles erstunken und erlogen. Das erkennt doch wohl jeder halbwegs vernünftige Mensch, oder? Keine Frage. Wenn ein kleines Kind solche Geschichten erfinden würde, bekäme es kräftig was hinter die Ohren, und zwar zu Recht.

All dieses Zeug über New York. Über Jazzclubs und diesen Club und jenen Club. Selbst wenn es stimmt – und da habe ich doch meine gehörigen Zweifel, Sie etwa nicht? –, was hat sich eine Frau wie die mit all diesen Negern herumzutreiben? Wenn ihr ihre Herkunft irgendwas bedeutet, sollte sie sich mit solchen doch nun wirklich nicht abgeben.«

Die Stimme ihrer Gefährtin pflichtete ihr bei. Die Schneidersfrau schien kaum zuzuhören, sie schwatzte einfach weiter. Alfie hatte eins seiner Bücher im Hof liegenlassen. Es war aufgeschlagen, und der Text war von oben bis unten mit Bleistift angestrichen und mit Kommentaren versehen. Eine leichte Brise schlug die Seiten um, eine nach der anderen.

»Tja, und jetzt kommt sie daher mit ihren frechen Sprüchen und ihren ordinären rotgefärbten Haaren, schwenkt die Hüften, daß einem ganz schwindlig wird, und die Männer um sie rum fallen um wie die Fliegen. Männer – einfach hoffnungslos. Aber so ist es nun mal.

Und dann – aber sagen Sie niemand, daß sie das von mir haben –: Das farbige Mädchen, das unsere Werkstatt putzt, hat mir erzählt, daß Betty was mit dem Kerl hat, den Harry in seinem Café beschäftigt.«

Der Himmel, die Wolken, ja die Luft schlechthin schien aufzustöhnen. Ein einzelnes, pfeifendes Keuchen. Fieberhafte Erregung erfaßte mich. Der Virus kroch mir ins Mark. Ich, Harry Hudson, frischgebackener Ehemann, fiel in ein schwarzes Loch. Ich taumelte, bebte, erschauerte, und dann floh ich, so schnell ich konnte, vor dem, was ich da in der warmen, reglosen Luft hörte. Der Wahrheit.

Die Stimme der Schneidersfrau gellte weiter und ließ mir das Blut in den Adern gefrieren.

»Können Sie sich das vorstellen? Also wirklich! Sie hat gesagt, und ich hoffe bei Gott, daß es nicht stimmt – armer Harry –, daß die beiden, na ja, Sie wissen schon, und zwar in seinem eigenen Bett, während er unten arbeitete, und sogar dann noch, als sie schon eingewilligt hatte, ihn zu heiraten. Können Sie sich das vorstellen?

Armer Harry. Und denken Sie nur an Harrys Mutter, die echte Mrs. Hudson, wie ich doch meine – die würde sich im Grab umdrehen, wenn sie wüßte, was sich da in ihrem Haus abspielt, denn es war ja nun wirklich immer ein anständiges Haus, zeit ihres Lebens, das muß man ihr schon lassen.«

Stimmen verwandeln sich. Obwohl sie weiterredet, entschwindet die Schneidersfrau aus dem Bereich meiner Wahrnehmung. Wie wenn eine Hand am Radioknopf dreht, spricht weiterhin eine Stimme, ohne jedoch gehört zu werden, sie wird verdrängt, als das Ohr des Zuhörers etwas anderes erfaßt. Andere Frequenzen.

Erinnerungen an meine Mutter – die echte Mrs. Hudson, zeit ihres Lebens eine anständige Frau –, unter dem Putz vergraben. Erinnerungen an meinen Vater – den ursprünglichen Abenteurer, der nie reiste –, eingeschlossen in den gequälten Fugen und Trägern der Wände und Decken. Ihre Stimmen flüsterten drohend:

»Was hast du uns angetan, Harry?«

»Was hast du uns da ins Haus gebracht? Was für eine Frau sitzt da in meiner Küche und schläft in meinem Bett?«

»Was bringst du für eine Schande über uns, nun, da wir hilflos in unseren Gräbern liegen, nun, da wir hier im ewigen Leben festsitzen und zusehen müssen, wie du lauter falsche Schritte tust und unser Innerstes nach außen kehrst?«

Als ich mich umwandte, sicher, mich gleich übergeben zu müssen, sah ich Betty hinter mir in der Küche des Cafés stehen. Sie stand ein Stück vom Fenster entfernt. Bis in den Nachmittag hinein war es in diesem Raum immer ziemlich düster. Im Halbdunkel wurde sie durch ihre blauen Kleider und ihre helle Haut zu einer verschwommenen grauen Gestalt. Zu einem Schatten.

Sie hatte alles gehört, was die Frau des Schneiders gesagt hatte. Trotz des trüben Lichts konnte ich sehen, daß ihr Zornestränen in den großen schwarzen Augen standen. Ich wollte, daß sie herkam, mir die Hand auf die Brust legte. Daß sie ihre warme Hand auf meinen Körper legte und die Wunde in meiner Brust fühlte.

Doch sie blieb im Halbdunkel stehen. Auf ewig ein Schatten.

Treiben im Meer, schweigend.

»Es tut mir leid, Harry ...«

Ich ging auf sie zu. Sie rührte sich nicht.

»Was tut dir leid?« Eine Träne lief ihr übers Gesicht. Weinst du für mich, Betty Hudson?

»Es tut mir leid, daß du dir das anhören mußtest.«

Ich zitterte am ganzen Leib. Zischte meine Frage:

»Aber was du getan hast, tut dir nicht leid?«

»Was meinst du damit?«

»Es tut dir nicht leid, daß du die Hure eines Schwarzen bist?«

Betty trat vor und schlug mir ins Gesicht. Das laute Klatschen ihrer Hand auf meiner Haut erfüllte den Raum, wie ein Bläsersatz, wie das unter den Besen erschauernde Fell einer Trommel.

Wir standen in der Küche, im Halbdunkel.

Ich beobachtete sie, und sie beobachtete mich. Wir bedauerten beide, was wir getan hatten, und zugleich auch wieder nicht. Hatten beide Angst und zugleich auch wieder nicht. Ihr Zorn trieb ihr die Tränen jetzt schneller in die Augen. Ich hielt ihrem herausfordernden Blick stand.

In all den Monaten, die wir nun schon zusammen waren, hatte sie es nie erlebt, daß ich ihrem Blick standgehalten hatte. Sie hatte es nie erlebt, daß ich nein sagte. Durch die Wut in meinem Blick aus der Fassung gebracht, zitterte sie am ganzen Leib.

»Dafür entschuldigst du dich, Harry ...«

»Und du benimm dich gefälligst wie meine Frau!«

»Ach so – du meinst, nicht wie die Hure eines Schwarzen?«

»Genau. Genau das meine ich!«

Sie schlug mir noch einmal ins Gesicht, wandte sich ab und wollte gehen. Meine Haut brannte. Ich packte sie an der Schulter, als sie sich wegdrehte, und zog ihr Gesicht näher heran.

Und dann schlug ich zurück. Schlug sie hart auf die Wange. Sie stolperte nach hinten in die dunkle Küche. Tränen, die kein Weinen waren, die nicht durch den Schmerz, sondern allein durch die Wucht des Schlags ausgelöst wurden, strömten über ihre sich rötenden Wangen.

Treiben im Meer, Schweigen.

Harry

Wir lagen beide auf dem blanken Linoleum der Café-Küche. Der rote Abdruck auf ihrer Wange verschwand langsam. Unsere Körper berührten sich nicht, wir lagen nebeneinander wie die Opfer eines Verkehrsunfalls. Arme und Beine gerade auf dem Boden ausgestreckt, den Blick auf die Decke geheftet. Ich weiß nicht, wie viele Minuten – oder Stunden – vergangen waren, als das warme Sonnenlicht eine mittägliche Morgendämmerung in der Küche aufkommen ließ. Hellgelbes Licht fiel auf den kühlen Linoleumboden. Wie Eidechsen warteten wir darauf, gewärmt zu werden.

»Tut mir leid, daß ich dich geschlagen habe, Betty.«

Betty lachte in sich hinein. Sie faßte sich an die Wange.

»Nein, das tut es dir nicht. Vermutlich findest du, daß ich es verdient habe.«

»Nein, das ist nicht wahr!« rief ich.

Ich setzte mich kerzengerade auf und berührte ihren nackten Unterarm. Sie rollte sich auf die Seite, zu mir hin, als ich das tat. Mit den Fingerknöcheln streichelte sie mir über den roten Fleck auf meinem Gesicht.

»Harry, wir waren doch bisher glücklich, oder?«

»Mein Gott, ja.«

»Laß uns das nicht aufs Spiel setzen. Nicht wegen ein paar bösen Zungen.«

»Ja, du hast recht.«

»Nicht wegen so was.«

»Nein, natürlich nicht.«

Ich fand wirklich nicht, daß sie diese Ohrfeige verdient hatte. Wenn überhaupt, dann war ich derjenige, der zu Recht geohrfeigt worden war. Als ich sie jetzt an mich zog und wir uns leidenschaftlich küßten, sehnte ich mich nach Bettys Liebe. Ich wollte, daß ihre Liebe ganz offensichtlich war, wollte darin schwelgen, darin aufgehen. Wir liebten uns dort auf dem Küchenboden, schnell und leidenschaftlich, fast vollständig bekleidet.

Betty

Er umwarb mich so hartnäckig, den ganzen langen, bitterkalten Winter. Jedesmal wenn er mich fragte, ob ich ihn heiraten wolle – viermal insgesamt –, überlegte ich es mir, und dreimal lehnte ich ab. Doch immer nur mit den besten Absichten.

Immer.

Ein paar Monate nachdem ich ihn geheiratet hatte, sagte er zu mir: »Ich bin mir gar nicht mehr so sicher, wer eigentlich hinter wem her war. Je mehr ich darüber nachdenke, desto mehr denke ich, daß ich kaum eine andere Wahl hatte, als mich in dich zu verlieben, Betty.«

Ich tat es mit einem Lachen ab, doch mir brach fast das Herz.

Harry

Ich hatte alles für sie tun wollen. Hatte sie glücklich machen wollen.

Doch aus Frühling wurde Sommer, und er war immer noch da. Alfie. Zu wissen, daß er immer noch im Haus war, sich immer noch mit *meiner* Frau unterhielt, machte mich krank vor Eifersucht. Heute weiß ich nicht mehr, wann ich den ersten Stich spürte. Ich erinnere mich nur noch an Momente, in denen meine Eifersucht stärker wurde, eindeutiger.

O ja, zunächst hatte ich so getan, als mache es mir nichts aus. Ich hatte versucht, nicht daran zu denken. Doch ich wollte ihn nicht mehr dahaben. Ich wollte, daß er aus unserem Leben verschwand. Sie war mein. Sie war etwas Besonderes. Ein Star. Und meine Liebe, meine Eifersucht begann mich wahnsinnig zu machen.

Leuchtende zinnoberrote Abende begleiteten uns durch einen gewittrigen Sommer. Ich, sie und Alfie Edwards saßen in der schwülen Hitze fest und warteten auf den Abend, wenn durch die offenen Fenster kühlere Luft hereintreiben und unsere Haut baden würde.

Wenn wir wieder mal einen arbeitsreichen Tag hinter uns gebracht hatten, kam Betty oft zu mir und bat mich, mit ihr tanzen zu gehen. Von Neugier und Lebensfreude erfüllt, wollte sie sich nach einem harten Arbeitstag erst recht bewegen, wollte reden, singen. Sie fegte wie ein Wirbelwind durch Sohos Straßen. Zusehen zu müssen, wie der Rest der Welt an Drinks nippte oder zum Tanzen in irgendwelche Kellerclubs hinunterstieg, war eine grausame Folter für Betty Hudson. Es kam ihr vor, als lebte sie mitten in einem großen, roten Herzen, dürfe es aber nie schlagen fühlen.

»Komm, Harry, laß uns in den Cottage Club gehen. Ich habe mal ein Bild von Billie Holiday gesehen, als sie dort war, vor sechs Jahren oder so. Ganz in Pelz gehüllt – sie hat ausgesehen wie eine Königin. Ach, komm doch! Ich werde mich auch herausputzen wie eine Königin, und dann stehlen wir allen die Schau.«

Sie faltete die Hände. Ihre Augen leuchteten sehnsüchtig. Betty hatte mir erzählt, daß sie katholisch erzogen worden war, und in solchen Momenten sah sie immer aus wie eine vergoldete Heilige auf einem alten Triptychon, voller Hoffnung. Eine Schutzheilige des Vergnügens.

»Komm, Harry, wir haben so einen guten Tag im Café gehabt, laß uns doch heute abend ausgehen. Laß uns tanzen gehen. Wir könnten mal diesen neuen Club am Cambridge Circus ausprobieren. Da spielt die ganze Woche eine Oldtime-Jazzband, ich habe das Plakat im Fenster gesehen.«

Sonntags, wenn das Café geschlossen war, hatten wir einen ganzen langen Nachmittag Zeit, um uns zu amüsieren.

»Harry, jemand hat mir erzählt, daß heute nachmittag im Regent's Park alle möglichen Bands spielen. Amerikanische Bands. Richtig gute. Wir könnten hinlaufen, durch Marylebone, und im The Crown was trinken oder ein Eis essen gehen. Komm schon, Harry, geh mit mir aus.«

Es muß im Frühsommer gewesen sein, jener Morgen, als wir im Bett lagen, das Schrillen des Weckers noch in den Ohren, und ich zu ihr sagte:

»Brauchen wir Alfie eigentlich wirklich?«

»Bitte?« sagte sie und rieb sich die Augen, ohne richtig zugehört zu haben.

»Brauchen wir wirklich noch jemanden, der ganztags bei uns arbeitet? Ich meine, würde nicht auch eine Halbtagskraft reichen?«

»Das meinst du doch wohl nicht ernst!« rief sie und guckte mich erschrocken an, während sie sich aufsetzte und an die Kissen lehnte.

»Warum denn nicht?«

»Na, erstens haben wir mehr zu tun als je zuvor, es wäre also reiner Wahnsinn, einen guten Mann wie Alfie gehen zu lassen.« Sie schaute mich an, als wäre ich völlig übergeschnappt.

»Und zweitens?« fragte ich vorsichtig.

»Na, wenn du noch ein Zweitens brauchst: Alfie ist unser Freund. Mein Gott, außer dir ist er der einzige, der so was wie eine Familie für mich darstellt! Warum sollte ich ihn wegschicken wollen?«

Bis dahin war meine Eifersucht ein eher vages Gefühl gewesen. Doch ihre Worte – ich will nicht, daß du ihn wegschickst – gaben dem Gefühl mit einem Schlag eine brutale Eindeutigkeit. Alfie wohnte, schlief und arbeitete in meinem Haus. War es nicht bloß eine Frage der Zeit, so konnte ich nicht umhin zu denken, bis er mit meiner Frau ins Bett ging? Es wäre schließlich nicht das erste Mal.

Doch wegschicken konnte ich ihn nicht. Betty hatte es mir ja jetzt explizit verboten. Schick ihn nicht weg, hatte sie gesagt. Und eben weil sie das gesagt hatte und ich jetzt genauer hinsah, auf alltägliche Kleinigkeiten achtete, war ich mir bald sicher, daß die Affäre in Kürze wieder aufflammen würde – wenn es nicht sogar schon geschehen war. Meine Angst speiste meinen Verdacht. Mein Verdacht speiste meine Eifersucht. Alfies Anwesenheit begann mir angst zu machen: Ich fürchtete, er könne sie mir – wenn er es wollte – wegnehmen. Und so beschloß ich, Betty zu zwingen, einen Fehler zu machen, einen so groben Fehltritt zu begehen, daß mir nichts anderes übrigbliebe, ich gar keine andere Wahl hätte, als Alfie rauszuwerfen. Eine Konsequenz, eine Entscheidung, die sie würde akzeptieren müssen, da sie sie selbst herbeigeführt hätte. Betty, nicht ich, mußte ihrer Affäre mit Alfie den Todesstoß versetzen. Und so wuchs mit jedem Mal, da sie mich bat, mit ihr auszugehen, meine Entschlossenheit, es nicht zu tun. Den ganzen Sommer saßen wir Abend für Abend oben im Hudson Café.

So wurde der Juni zum Juli. Und der Juli zum August. Erst dann begriff Betty Hudson, daß ich nicht die geringste Absicht hatte, mit ihr tanzen zu gehen, daß ich lieber gestorben wäre, als mit ihr einen Spaziergang durch Marylebone zu machen, ihr ein Eis zu kaufen und den Schwänen zuzuschauen. Es dauerte nicht lange, bis die Schutzheilige des Vergnügens aufhörte, mich zu fragen, ob ich mit ihr ausgehen wolle. Sie wandte ihre hoffnungsvollen, sehnsüchtig leuchtenden Augen jemand anderem zu, wie erwartet.

Eines dunklen, heißen Abends hingen draußen perlengroße Regentropfen in der Luft. Überall auf Sohos Straßen lief man geradewegs in diese feuchten Juwelen hinein. Es war ein herrliches Gefühl, wenn sie auf der Haut zerplatzten – ein langer heißer Sommer neigte sich langsam seinem Ende zu.

Nach einem Treffen des Gewerbevereins ging ich mit einigen der Standinhaber noch kurz etwas trinken. Ich verabschiedete mich früh, und noch vor zehn steckte mein Schlüssel in der Glastür des Hudson Café. Als ich eintrat, wußte ich, daß der Moment gekommen war.

Über mir, als musizierten Engel unsichtbar in den Wolken, hörte ich einen Pianisten im Radio seine Melodien spielen. Duke Ellingtons Musik drang durch die Dielen. Die über den Boden schleifenden Füße hätte ich auch aus hundert Meilen Entfernung noch gehört. Und auch das Schlagen des großen roten Herzens hätte ich gehört, an dem meine Frau sich zum ersten Mal seit Monaten wieder erfreute.

Ich folgte einer vertrauten Melodie die Treppe hinauf, zunächst in den ersten, dann in den zweiten Stock. Jenseits des dunklen Treppenabsatzes, in Alfie Edwards' Zimmer, konnte ich zwei lachende Stimmen hören. Dukes Musik knisterte auf einer Hochfrequenz, und Betty tanzte und sang dazu.

Ich riß Alfies Zimmertür weit auf und sah vor mir, in nacktes Licht getaucht, Betty Hudson. Betty Hudson, alt und betrunken, die sich in den Armen von Alfie Edwards lächelnd zu einem flotten Rhythmus bewegte. Das Haar offen. Kein Lippenstift mehr auf den Lippen.

»Harry!« Ein betrunkener Aufschrei zuckte durchs Zimmer, als sie sich seinen Armen entwand. Dann hob sie die Hände vor den Mund wie ein unartiges Mädchen, das bei etwas Unerlaubtem erwischt worden ist.

»Das also passiert, wenn ich mal nicht da bin«, sagte ich.

»Es ist überhaupt nichts passiert, Harry. Alfie, sag du es ihm.«

Alfie schwieg, er sagte nichts, sondern musterte mich bloß voller Verachtung, voll des Hasses, den er in den ganzen zwei Jahren, die er für mich jetzt schon arbeitete, erfolgreich verborgen hatte.

»Und was soll dann das hier? Übt ihr Polka tanzen?«

Betty kam näher, mit erhobenem Kinn und stolzem Blick. Doch ihre Augen waren gerötet und ihre Aussprache verwaschen.

»Tja, Harry Hudson. Du wolltest mich ja nicht ausführen. Kein Trinken, kein Tanzen.« Sie drohte mir scherzhaft mit dem Finger. »Du wolltest mich nicht ausführen, mein alter Freund Alfie dagegen schon.«

»Und wohin hat *dein alter Freund* dich ausgeführt?«

Betty stolzierte direkt auf mich zu, mit einem Katzenlächeln auf den Lippen und blitzenden Augen.

»Wir waren in einem Club in der Poland Street, wo ich einfach nur getanzt, getanzt und noch mal getanzt habe, Harry. Und dann bin ich nach Hause gekommen und habe noch ein bißchen weitergetanzt.«

»Das war bestimmt schön, Betty!« Ich wurde lauter.

»Allerdings war es das!« Sie lachte und wiegte sich betrunken zur Musik. Betty Hudson tanzte vor mir wie eine alte Salome unter einer nackten Glühbirne. »Und wie schön es war – der schönste Abend, den ich gehabt habe, seit wir zusammen sind, Harry Hudson.«

Ihr Kopf schoß vor, als sie meinen Namen fauchte, ihre Augen blitzten verächtlich, und ihre Stirn und Wangenknochen glänzten im Licht. Alfie stand hinter ihr und beobachtete uns schweigend, und er hielt nicht nur ungerührt meinem

Blick stand, sondern starrte auch ohne Hemmungen zurück, bis ich die Augen abwandte.

Ich drehte mich um, schloß die Tür und ging zu Bett. Betty kam nicht nach. Die ganze Nacht lag ich wach, den Arm über ihre Seite des Betts ausgestreckt, während über der City und dem östlichen London das letzte Gewitter grollte.

Harry

Am nächsten Morgen erschien mir der vorige Abend so fern, so vage. Das Morgenlicht fiel durch die Vorhänge. Es besaß eine Klarheit, eine goldene Schlichtheit, von der ich mich träge in Bann schlagen ließ. Das Gesicht ins Kissen gepreßt, sah ich schläfrig zu, wie das helle Licht mit dem Morgen spielte, wie es den herunterschwebenden Staub glitzern ließ, von den Oberflächen reflektiert wurde und durch den Spalt zwischen den Vorhängen funkelte wie die Sterne von Bethlehem.

Ich blieb viel länger als sonst im Bett liegen und ließ Betty und Alfie unten im Hudson Café herumfuhrwerken und die Vorbereitungen für den bevorstehenden Arbeitstag treffen. Ich beklage mich nie über die Schufterei im Café, über die langen Arbeitszeiten, über die Verantwortung. Doch in diesem Moment sah ich meine Mutter vor mir, wie sie im Bett lag, als sie zum letzten Mal krank wurde, das Gesicht ins Kissen drehte und flüsterte: »Es gibt Tage, da will man einfach nicht aufstehen und zur Arbeit gehen. Es gibt Tage, da will man den lieben Gott einfach mal einen guten Mann sein lassen.«

Ich drehte mein Gesicht ins Kissen. Meine Backe drückte sich in die klumpige Kühle. Meine Haut rieb sich an einem alten, zerschlissenen Baumwollbezug. Stunde um Stunde verging, doch ich schlief nicht; ich lauschte auf das laufende Wasser, die pfeifenden Wasserkessel, die Stimmen der Standinhaber draußen auf der Straße.

Betty klopfte an die Zimmertür, kam herein und sagte leise: »Ich bringe dir eine Tasse Tee, Harry ...«

Ich gab nicht vor zu schlafen. Ich hatte das Gesicht abgewandt, preßte es ins Kissen. Ich lag da und atmete ganz ruhig. Ein Zuhörer.

»... und will mich für gestern abend entschuldigen.«

Sie setzte sich aufs Bett, das unter dem zusätzlichen Gewicht nachgab. »Aber ich möchte, daß du weißt, daß zwischen Alfie und mir nichts gewesen ist. Überhaupt nichts. Ich bin angezogen auf seinem Bett eingeschlafen, und er hat in meinem Zimmer übernachtet.« Sie hielt inne. »In dem Zimmer, das früher meins war.«

Als ich mich umwandte und meiner Frau ins Gesicht blickte, sah ich, daß Betty die Augen niedergeschlagen und den Mund traurig verzogen hatte. Ihre Hände lagen gefaltet auf ihrem Schoß. Die Tasse Tee hatte sie auf dem Nachttisch abgestellt. Für einen Augenblick, gerade so lange, wie ein gebrochenes Herz braucht, um einmal zu schlagen, wollte ich sie an mich ziehen, sie neben mir haben, sie fragen, was wir da eigentlich trieben, warum wir solche Spielchen spielten, einander so verletzten.

Doch statt dessen blitzte ich sie böse an.

»Alfie war natürlich der vollendete Gentleman, nehme ich an?« Ich fing an zu schreien. »Schließlich habt ihr euch ja wirklich genau wie alte Freunde benommen!«

Eins der Fenster hatte die Nacht über offengestanden. Auch nach Sonnenuntergang war die Hitze immer noch drückend. Betty stand auf, um es zu schließen, und sagte dabei:

»Bitte schrei nicht so. Die Leute werden es hören ...«

»Gut. Ich habe nichts, wofür ich mich schämen müßte.«

»Ich auch nicht. Niemand mißachtet dich, Harry. Ich jedenfalls ganz gewiß nicht, und ich sage dir noch einmal, daß gestern abend nichts vorgefallen ist. Du weißt, daß ich schon lange ausgehen will, und du hast nie Lust dazu. Ich will mich einfach ein bißchen amüsieren, Harry. Es ist schon so lange her, daß wir mal etwas zusammen unternommen haben ...«

»Ach so, es ist also meine Schuld, daß ihr zwei was miteinander habt, direkt vor meiner Nase!«

Betty stellte sich vors Bett und sah auf mich herab. Das

Morgenlicht fiel von hinten auf sie, so daß ihr Gesicht und ihr Körper im Dunkeln lagen. Sie wirkte groß und bedrohlich, als sie jetzt mit erhobener Stimme sagte:

»Wir haben nichts miteinander, und wenn es so wäre, dann würde ich dir nicht die Schuld daran geben. Ich habe nicht mehr gesagt, als daß ich mich gelangweilt habe und ausgehen wollte – ich wollte was trinken und ein bißchen tanzen gehen. Du hattest keine Lust, also habe ich Alfie gefragt. Ich habe doch sonst keine Freunde! Ich habe niemanden außer dir und Alfie. Wir sind tanzen gegangen, und ich habe zuviel getrunken, das stimmt, und es tut mir leid, daß ich dich gekränkt habe, aber mehr ist nicht gewesen!«

»Es ist sowieso egal.«

Betty setzte sich neben mich aufs Bett. Ihre Augen waren groß und glasig.

»Was in aller Welt soll das heißen, Harry?«

»Genau das. Es ist egal, ob etwas gewesen ist oder nicht, oder ob ich es weiß oder nicht …«

»Es ist nicht egal! *Mir* ist das wichtiger, als du denkst!«

Als ich ihre Hand nahm, sah ich, daß sich Tränen in ihren Wimpern verfangen hatten und daß ihr Ärger ihre Wangen mit einem zarten Rosa überzog.

»Ich liebe dich, Betty. Das weißt du. Und du weißt auch, daß sich daran nichts geändert hat.«

Ein Moment der Zärtlichkeit, und schon lassen die Wimpern locker. Die Träne rollt.

»Ich will, daß du mich liebst, Harry. Ich will, daß du glücklich bist.«

»Selbst wenn ich jetzt sagen würde, daß ich dir glaube, wäre es doch nicht okay – schon morgen wäre es nicht mehr in Ordnung.«

»Aber es könnte doch alles in Ordnung sein. Wir könnten das Ganze einfach vergessen.«

»Es war eine Demütigung, Betty!« fauchte ich. »Ob nun etwas gewesen ist oder nicht – du mußt doch einsehen, daß ich wie ein Hanswurst vor euch beiden dastehe!«

»Vor mir nicht«, sagte sie erschrocken und hob eine Hand vor die Brust.

»Aber vor ihm. Wie kann er jetzt noch hierbleiben, nach dem, was gestern abend vorgefallen ist?«

»Ich weiß nicht.« Betty wischte mit dem Finger die Träne weg und lächelte sanft.

Es gibt Momente, in denen die Zeit aussetzt. Bestimmte Punkte, Markierungen auf der Karte, wenn sich etwas verändert. Ein Leben, eine Liebe oder nur eine Stimmung. Als ihre dunklen Augen auf meine hellen trafen, spürte sie, daß sich die Stimmung verändert hatte, und ich sah, wie ihr Gesicht einen anderen Ausdruck annahm. Als ich zu sprechen anhob und sie sah, wie sich mein Mund bewegte, wußte sie, daß sie durch ihr eigenes Tun das Spiel aus der Hand gegeben hatte.

»Ich muß Alfie rauswerfen. Du siehst doch wohl ein, daß ich keine andere Wahl habe?«

»Wirklich nicht?«

»Du weißt es, Betty. Du weißt, daß mir nichts anderes übrigbleibt.« Sie schmiegte sich an mich, und wir lagen wie Liebende zusammen auf dem Bett. Das Ticken der alten Uhr war das einzige Geräusch im Raum. Es dokumentierte den Fluß der Zeit. Gab ihm etwas Hektisches, Tyrannisches. »Aber ich muß dich selbst sagen hören, daß er gehen soll. Ich muß dich sagen hören, daß du willst, daß er geht, und daß du bleiben willst.«

Sie hob ihren Körper ein wenig an und drehte sich von mir weg.

»Du hast doch schon gesagt, daß du ihn rauswerfen willst.«

»Aber es muß auch deine Entscheidung sein, Betty. Du mußt sagen, daß er gehen soll – für uns.«

»Habe ich denn eine Wahl?«

»Ja, das hast du. Du kannst verschiedene Entscheidungen treffen, mir dagegen steht nur ein Weg offen, wenn ich dich behalten und nicht verrückt werden will.«

»Und was für Entscheidungen wären das ...?«

»Du kannst mich verlassen.« Ich spürte, wie sie sich stärker der Liebe zuwandte, wie sie sich an mich band, als sei schon allein die Tatsache, daß ich diese Worte überhaupt aussprechen konnte, erschreckend, als wolle sie zurück zu meiner Wärme, zu der Leidenschaft, die ich für sie empfand. Damit sie sich wieder wie ein ganzer Mensch fühlen konnte. Lebendig. »Du kannst mit ihm gehen, oder du kannst bleiben, Betty. Das sind mehr Möglichkeiten, als mir offenstehen.«

»Ich bin deine Frau, Harry. Ich verlasse dich nicht!«

»Das heißt, ich soll ihn rauswerfen?«

Sie antwortete nicht.

»Betty, ich muß es dich sagen hören.«

Sie zitterte am ganzen Leib. Mit einem Mal sprang sie vom Bett auf, lief zur Tür und rief:

»Dann wirf ihn halt raus! Wirf ihn raus, damit endlich Schluß ist! Und dann laß es endlich gut sein!«

Als sie aus dem Zimmer stürmte und die Tür hinter sich zuknallte, hatte ich nur die denkbar unwilligste Zustimmung erhalten.

Um Viertel nach neun hörte ich Betty zu Alfie sagen, sie gehe einkaufen. Ihre Stimme drang über die Treppe nach oben, wo ich mich über dem Küchenwaschbecken rasierte. Während ich mich im Spiegel betrachtete und den Schaum vom Rasierpinsel ins Waschbecken fallen ließ, hörte ich, wie sie zu Alfie sagte, sie werde den ganzen Tag unterwegs sein. Sonst nichts. Keine Warnung. Keine Aufforderung, so schnell wie möglich gemeinsam das Weite zu suchen. Kein hastiges Packen. Keine Flucht auf den Schwingen der Liebe. Der Rasierschaum klatschte auf das weiße Porzellan.

Um zehn vor elf warf ich Alfie Edwards raus. Er beteuerte weder seine Unschuld, noch fragte er nach einem Grund. Er sah mich nur mit zusammengekniffenen Augen an und ließ mich seine Verachtung spüren. Obwohl es an der Situation nichts zu deuteln gab, zitterten meine Hände, als ich ihm zehn Pfund – einen Wochenlohn – und ein gutes Zeugnis anbot, damit er den Mund hielt.

Er musterte mich von oben bis unten, seine Augen gleich pechrabenschwarzen Leuchtfeuern. Auf Wiedersehen, auf Wiedersehen, flüsterten die Stimmen im Putz des Hudson Café. Gute Nacht, gute Nacht, seufzten die Geister meiner Eltern, als sie einen weiteren Darsteller von der Bühne des Hudson Café verabschiedeten. Und ich, ich hätte Alfie Edwards in diesem Moment fast alles Gute gewünscht. Ich, Harry Hudson, nie gereister Entdecker, in meinem großmütigen Siegestaumel.

»Gib mir fünfzehn, und dann bist du mich los«, erwiderte er. »Ich kriege auch ohne deine beschissene Barmherzigkeit eine andere Stelle, Mann. Es gibt jede Menge Leute hier in der Gegend, die mich sofort nehmen würden. Jede Menge Leute, die wissen, daß ich arbeiten kann, daß ich nicht der Trottel bin, als den du mich immer hingestellt hast. Fünfzehn Pfund, und du siehst mich nie wieder, und keiner wird aus meinem Mund je Bettys Namen hören.«

Seine Augen, schwarz wie die Nacht und ungestüm wie ein Fluß, der über die Ufer tritt, wanderten forschend über mein Gesicht. Ich hätte ihm fast alles Gute gewünscht. Ich hätte fast gesagt: »Der Bessere hat gewonnen.« Doch als Alfie Edwards sein Geschirrhandtuch einfach auf den Boden fallen ließ, verging mir die Freude an meinem Sieg.

Er ging hoch, um seine Siebensachen zu packen, und kam dann in die Küche des Cafés herunter. Ich sagte ihm, er solle durch die Hintertür verschwinden. Während ich ihm den einen Wochenlohn, den ich ihm noch schuldete, sowie die zusätzlichen fünfzehn Pfund aus meiner Geldkassette gab, fragte ich ihn:

»Versprichst du mir, nie mehr zurückzukommen?«

Alfie lachte, als er mir die Scheine aus der Hand nahm.

»Mann, ich will deine Frau nicht. Schon allein die Tatsache, daß du das glaubst, ist völlig lächerlich. Ihr wißt doch beide gar nicht, was ihr aneinander habt, wie gut es euch eigentlich gehen könnte. Ihr lauft rum wie ein paar um sich schlagende Kleinkinder. Und das alles wegen nichts und wieder nichts!«

»Und warum dann *das alles*? Warum hast du es soweit kommen lassen?«

Die letzten Töne seines Gelächters verhallten im Hudson Café. Auf Wiedersehen, gute Nacht, sagten die Stimmen der Vergangenheit. Ohne dich wird nichts mehr sein wie früher, schienen sie zu seufzen.

»Betty hatte nie Angst vor mir. Es hat sie nie verunsichert, daß ich bin, wie ich bin. Sie ist mir nie ausgewichen. Sie hat mir in die Augen gesehen. Sie hat sich nie vor mir gefürchtet, aber sie hat auch keine Dankbarkeit dafür erwartet.«

Alfie Edwards schlüpfte zur Tür hinaus. Wir sahen ihn wirklich nie wieder. Hörten nie mehr etwas von ihm, noch über ihn. Es stimmte, was er über Betty Hudson gesagt hatte. Sie hatte nie Angst. Geriet nie ins Wanken. Außer an dem Tag, als sie mir sagte, ich solle Alfie Edwards rauswerfen. An dem Tag lief sie, bis sie nicht mehr konnte, tränenüberströmt und davon überzeugt, ihr Herz sei in tausend Stücke gebrochen.

Betty

Doch gebrochene Herzen heilen wieder.

Harry

Wie kleine Wellen, wie über Kies plätscherndes Wasser kroch uns der Herbst in die Knochen.

Ohne Alfie, der ihr Zuflucht und Versuchung hätte sein können, gaben Betty und ich vor, glücklicher zu sein. Wir gingen wieder aus. Betty liebte die Hitze in den Nachtclubs, blühte immer noch auf, wenn der erste Ton einer Trompete, der erste verminderte Akkord auf einem Klavier erklang, und sie tat ihr Bestes, um ihn zu vergessen. Als sie an jenem letzten Tag, den Alfie bei uns verbrachte, von ihrer Flucht zurückgekehrt war, flüsterte sie, die dunklen Augen auf den Boden geheftet: »Ist er weg?« Und als ich nickte, spürte ich ihr Herzklopfen, ihren Atem auf meiner Haut, die Schluchzer in ihrer Brust.

Doch sie biß sich auf die Lippen. Sie sagte nichts. In meiner Vorstellung sammelte sie damals die Scherben ihres gebrochenen Herzens auf. Jahre später, mit mehr Abstand, denke ich, daß es vielleicht nur mein Zweifel an ihr war, der sie so aufwühlte. Und die Tatsache, daß sie – als Folge dieses Zweifels – einen Mann verlor, den sie als ihren Freund betrachtet hatte.

Ihre Hand streifte meine, als sie an mir vorbei die Treppe hinaufging.

Wieder segelten rings um den Soho Square rote Blätter durch die Luft. Autoreifen rollten über die regennassen Straßen und drückten die Blätter einzeln in den Asphalt. Die Tage wurden kürzer. In der regnerischen Dunkelheit glänzten die Autoscheinwerfer auf der Straße wie Sterne und Monde. Die Wochen vergingen. Alfie geriet nicht in Vergessenheit, weder bei ihr noch bei mir. Doch irgendwie vergaßen unsere Münder, wie das Wort geformt wurde, A-L-F-I-E. Vergaßen, ob die Zunge dazu von innen gegen die Zähne zu stoßen hatte. Und so verschwand Alfie im Laufe des Herbstes zumindest oberflächlich aus unserem Leben.

Harry

Herbst 1960.

Als Betty zu klagen begann, daß ihr dauernd schwindlig sei und sie zugenommen habe, war es bereits Oktober. Ein kalter Wind blies durch Londons Straßen, und ich fragte mich, ob sie Alfie wohl so sehr vermissen konnte, daß sie davon krank wurde. Die Leute gingen in Schals und Mützen zum Einkaufen, und ihre geröteten Gesichter prickelten, wenn sie endlich in einen Bus oder in ein Taxi springen konnten. Ich preßte die Hände aneinander und betete um eine ganz normale Krankheit.

Ich schlug vor, sie solle zu Dr. Hargreaves gehen, und sie willigte ein. Ich wartete einen ganzen Nachmittag, während sie bei ihm war, und jede Stunde erschien mir wie eine kleine Ewigkeit. Gäste kamen und gingen. Ihre Stimmen dröhnten wie Kirchenglocken. Während ich ihnen Tee oder Kaffee vorsetzte und lächelte, wenn sie sich bedankten oder irgend etwas sagten, dachte ich doch nur an Betty, stellte mir vor, wie der Arzt ihre Temperatur maß, ihr irgend etwas Furchtbares eröffnete, ihr riet, ihrem Herzen zu folgen, ihr vorschlug, nach Hause zu gehen, sich zusammenzureißen und besagten Namen nie wieder in den Mund zu nehmen.

Irgendwo über Soho läuteten Kirchenglocken. Der Wind trug jeden einzelnen warmen, tiefen Glockenschlag über die Dächer und durch die Straßen zu mir herüber. Zwei kleine Jungs mit schmutzigen Gesichtern ließen auf der Straße einen Knallfrosch explodieren und wurden von einem der Standinhaber fortgejagt, der laut schimpfend und mit einer Karotte fuchtelnd hinter ihnen herrannte.

Stimmen, Glocken und Knallfrösche. Und auf Betty warten, an einem Nachmittag im Oktober.

Als sie zurückkam, schlugen die ersten Regentropfen gegen die Fensterscheibe des Cafés. Sie schob sich rückwärts durch die Cafétür und schüttelte dabei nach draußen ihren Regenschirm aus. Als hinge es in der Luft wie Rauch oder Nebel, spürte ich, daß irgend etwas nicht stimmte. Ich spürte, daß irgend etwas anders war.

Als sie sich mir zuwandte, glitzerten Regentropfen in ihrem Haar; sie trug fast kein Make-up. Ohne zu lächeln, ging sie durchs Café auf die Marmortheke zu. Vielleicht goß ich gerade einen Kaffee ein. Vielleicht trocknete ich ein Glas ab. Oder ich nahm eine Bestellung entgegen. Sie ging an den Gästen vorbei, die Augen auf mich gerichtet. Schlängelte sich zwischen Tischen und Stühlen hindurch, die Augen auf mich gerichtet, mit glitzernden Regentropfen im Haar und tropfendem Schirm.

Und als sie nur noch einen Meter von mir entfernt war und nur die Marmortheke uns noch voneinander trennte, flüsterte sie:

»O Harry – ich bin schwanger.«

Ihre Augen waren braun, fast schwarz. Meine sind hell und blau. Vielleicht schnitt ich gerade belegte Brote durch oder zählte das Geld in der Kasse. Ich weiß nicht mehr, was ich tat, als sie es mir sagte. Aber ich weiß noch, daß ihre Augen braun waren, fast schwarz, und meine blau.

Mrs. Mitchell, unsere neue Aushilfe, hatte die Neuigkeit mitgehört und war ganz außer sich. Sie zog vom nächsten Tisch einen Stuhl für Betty heran und erzählte uns ganz aufgeregt, sie hätte sich das schon gedacht, sie hätte gerade erst mit ihrem Mann darüber geredet. Betty lächelte, während die Frau sprach. Ein Gast gab Betty Feuer.

Ich machte um Punkt sechs zu, schickte Mrs. Mitchell nach Hause und verschob das Aufräumen auf den nächsten Morgen. Als ich hineinkam, saß Betty vor ihrer Frisierkommode. Während sie in den breiten Spiegel starrte, bewegten sich ihre Finger langsam über ihre Haut und ihre Augen. Sachte und sorgfältig zogen sie die Haut unter den Augen und Wangenknochen straff. Sie tanzten über ihre Oberlippe. Pausierten unter ihrem Kinn. Ja, ich wußte, was sie dachte. Und ich staune immer wieder, wenn ich heute höre, zweiundvierzig sei doch kein Alter. Damals war zweiundvierzig alt.

Ich ging durchs Schlafzimmer und legte die Hände auf ihre Schultern. Sie ließ ihren Blick von ihrem Spiegelbild zu meinem wandern und lächelte müde, während ich sie sanft massierte.

»Es ist schon ein Schock, Harry. Damit habe ich nun wirklich nicht gerechnet.«

»Na gut, aber es ist doch eigentlich eine tolle Nachricht. Keiner von uns hat es erwartet, aber jetzt ist es passiert, und vielleicht ist es sogar genau das, was mir noch gefehlt hat.«

»Hast du eine Zigarette?«

Meine Hände blieben wie von selbst stehen. Und ihr Blick wandte sich ab.

»Stimmt was nicht, Betty?«

Sie ließ sich mit ihrem ganzen Gewicht nach vorne auf die Frisierkommode sinken, bis ihr Gesicht in ihren Armen vergraben war. Ihr lauter Seufzer erfüllte das Zimmer. Es traf mich mit der Wucht eines Unwetters, wie ein Blitz aus schwarzen Gewitterwolken. Es riß mir den Boden unter den Füßen weg …

»Ich will kein Baby, Harry! Ich will es nicht! Was soll ich denn mit einem Baby?« Sie schüttelte den auf ihre verschränkten Arme gebetteten Kopf. Ich starrte sie im Spiegel an, sah, wie sie sich wand. Und dann schrie ich ihr Spiegelbild an:

»Du hast doch noch nie ein Baby gehabt! Woher willst du denn wissen, daß du keins willst? Vielleicht ist es genau das, was du am meisten brauchst!«

»Du hast doch keine Ahnung«, fauchte sie. »Du hast nicht die geringste Ahnung, was ich will oder nicht will.«

»Na ja, jedenfalls ist das Baby jetzt da. Wir müssen es akzeptieren, da führt kein Weg dran vorbei.«

»Oho – daran werde ich dich noch erinnern, wenn es sich morgens um vier die Seele aus dem Leib brüllt! Daran werde ich dich noch erinnern!« Sie stand auf und drehte sich zu mir um. »Hast du jetzt eine Zigarette oder nicht?«

Ich gab ihr eine. Im Schlafzimmer hatten wir ein kleines grünes Onyxfeuerzeug liegen. Sie ignorierte mein Streichholz und griff nach dem Feuerzeug.

»Was passiert ist, ist passiert, Betty. Du bist schwanger, da hilft kein Wenn und Aber.«

Das Feuerzeug blitzte auf. Bettys Lachen klang höhnisch und freudlos.

»Da hast du verdammt recht, Harry. Ich bin im sechsten Monat ...«

»Im sechsten Monat?«

»Ja, im sechsten, und niemand halbwegs Seriöses würde im sechsten Monat noch einen Eingriff vornehmen.«

Blauer Zigarettenrauch driftete durchs Zimmer, als Betty und ich uns auf unser Bett setzten. Einen Moment lang war es still. Sanfter Kummer und eine Spur von Hoffnung mischten sich in den schweren, wabernden Rauch. Das Bett gab unter uns nach.

»Wie kannst du im sechsten Monat sein? Wie konntest du das nicht merken?«

»Na ja, ich dachte, es ist mein Alter. Als ich meine Regel nicht bekam und zunahm, dachte ich bloß, tja, Mädchen, jetzt bist du wirklich alt. Jetzt kannst du einpacken, hab ich mir gedacht.

Ich bin überhaupt nicht auf die Idee gekommen, daß ich schwanger sein könnte. Jetzt kommt es mir richtig albern vor.« Sie hielt inne. »Ein Neujahrsbaby, Harry, fast jedenfalls.«

Ich nahm ihre Hand und sagte:

»Also, ich freue mich darüber.«

Sie stand auf. Die Matratze federte ein winziges bißchen nach oben.

»Tut mir leid, es ist wohl einfach der Schock.« Sie lächelte und strich sich das Haar glatt. »Ich werde mich schon an den Gedanken gewöhnen. Und ich werde mich auch darüber freuen.« Ich lächelte sie an, überlegte kurz, ob ich ihr zuzwinkern sollte, entschied mich dann aber dagegen. »Doch wirklich – es ist schon okay«, setzte sie nach.

Harry

Ein paar Tage waren vergangen, seit sie mir gesagt hatte, daß sie schwanger sei. Aus schwarzem Vinyl ergossen sich Trompeten- und Posaunenklänge in unser kleines Wohnzimmer. Von meinen eisigen Gedanken, meinen eisigen Zweifeln angefressen, wandte ich mich ganz unvermittelt an Betty und fragte:

»Betty. Woher soll ich wissen, daß dieses Baby von mir ist?«

In meiner Stimme schwang kein Ärger, keine Anklage mit. Zumindest nicht für meine Ohren. Betty las gerade in einer Zeitschrift. Sie blickte auf und musterte mich bedächtig mit ihren großen dunklen Augen. Erst dann sagte sie:

»Wie bitte?«

»Woher soll ich wissen, daß dieses Baby, das du bekommst, von mir ist? Woher soll ich wissen, daß das Baby von mir ist und nicht von Alfie?« Betty rutschte auf ihrem Sessel herum. Ich sah sie mit ruhigem Blick an. Mit der Ruhe, die sich einstellt, wenn man eine Vermutung hat und die möglichen Konsequenzen, die es haben könnte, sie zu äußern, abgewogen hat. Die eisige Kälte hatte sich ganz allmählich in mich hineingefressen.

»Wie bitte?« Ihre Fingerknöchel verfärbten sich weiß, als ihre Hände die Sitzfläche umklammerten und ihre anfängliche Verwirrung, ja Bestürzung sich in Ärger verwandelte. Doch ich ließ nicht locker.

»Woher – *woher* – soll ich wissen, daß du uns nicht demnächst mit einem kleinen Mischling beglücken wirst? Wie kannst du dir da so sicher sein?«

Ich konnte mir mein ironisches Lächeln beim besten Willen nicht verkneifen. Was alles nur noch schlimmer machte.

»Ich höre wohl nicht recht!« Sie schüttelte den Kopf. Schwer atmend, den Tränen nahe.

»Wie kannst du dir da so sicher sein?«

»Ich habe dir doch gesagt, daß zwischen Alfie und mir nichts gewesen ist …«

»Das ist nicht wahr. Bevor wir geheiratet haben, habt ihr …«

Und schon war der Streit vom Zaun gebrochen.

»Ja, davor, davor! Aber ich bin zwei Wochen nach der Hochzeit schwanger geworden, und ich habe dir doch gesagt …«

Wir schrien uns an, fielen uns gegenseitig ins Wort.

»Du hast mir überhaupt nichts gesagt. Nichts! Also sag es mir jetzt. Sag mir, daß nichts gelaufen ist, daß das Baby so weiß sein wird wie du und ich …«

»Wofür hältst du mich eigentlich? Bin ich ein Kind, dem man nicht glauben kann? Mich zu zwingen …«

»Du mußt es bloß sagen, denn du wirst es ohnehin nicht verbergen können, weder vor mir noch vor sonst jemandem.«

»Ich soll es also bloß versprechen?«

»Genau. Das ist ja wohl nicht so schwer, oder? Etwas zu versprechen?«

»Wenn das so ist: Ich verspreche es.«

Betty sprang auf. Ihr Gesicht war rot angelaufen. Und ihre Stimme bebte vor Zorn.

»So was kann man nämlich nicht verbergen, Betty. Ein schwarzes Baby kannst du nicht verstecken. So was kannst du nicht einfach für dich behalten wie eins deiner kleinen Geheimnisse!«

»Also gut, hier ist mein Versprechen, Harry Hudson: Das Baby ist nicht von Alfie, und falls doch, dann erlaube ich dir hiermit, mich auf die Straße zu setzen! Dann setz mich und das Baby auf die Straße, und zwar mitten auf die Empire Row, wenn du willst, damit es auch alle mitbekommen! Und, reicht dir das?«

»Weißt du«, sagte ich, »ich dachte immer, wenn Alfie erst mal weg ist, ist alles in Ordnung, aber das stimmt nicht. Es wird nie in Ordnung sein. Was wir auch tun, Betty, was auch passiert, er ist wie ein Geist, der uns nicht verläßt.«

Sie warf den Kopf in den Nacken, entblößte ihre spitzen Zähne und erwiderte:

»Du bist in die Vergangenheit vernarrt, Harry! In das, was vor Monaten, vor Jahren passiert ist. Die Vergangenheit ist vorbei, Harry! Kapier das doch endlich!«

»Nein, das stimmt nicht, Betty. Wir tragen sie immer mit uns herum, überall ...«

Eine Jazzplatte lief – welche, weiß ich heute, dreißig Jahre später, nicht mehr. Wir saßen zitternd da, schweigend, fürchteten uns vor unseren Versprechungen und davor, daß die Zukunft ihre Nichtigkeit zutage bringen könne.

Der Poppy Day 1960 kam und ging, doch während die roten Papierblumen im vorweihnachtlichen Einkaufsrummel plattgetreten wurden, rückte der Frieden im Hudson Café immer weiter in die Ferne.

Harry

Niemand ist eine Insel, heißt es immer. Aber das stimmt nicht. Genau das sind wir. Einsam und voneinander isoliert, versuchen Mann und Frau, sich zu erreichen, sich zu berühren. Doch die weite, kalte See trennt sie voneinander. Macht sie zu Inseln.

Ich saß da, den Kopf in die Hände gestützt, und stöhnte. »Ich fasse es einfach nicht.«

»Bitte?« fragte sie, während sie sich langsam zu mir umdrehte.

»Ich fasse es einfach nicht, was du getan hast.«

Sie seufzte tief, als ihr klar wurde, was ich meinte.

»Harry, ich habe nichts getan, wofür ich mich schämen müßte. Ich habe nichts getan, wovon ich irgendwann mal behauptet habe, daß ich es niemals tun würde. Und ich habe dir vorher gesagt, daß du mich eines Tages hassen wirst. Ich habe dir gesagt, daß du mich irgendwann wirst verlassen wollen. Allerdings habe ich nicht damit gerechnet, daß es so schnell dazu kommen würde. Damit habe ich nun wirklich nicht gerechnet.«

Wie leise und traurig ihre Stimme war, wenn sie ihre Unschuld beteuerte. Mir fielen dann all die Gründe ein, warum ich mich in sie verliebt hatte. Die Herbstsonne, die durch die Fensterscheibe des Hudson Café fiel und goldene Tupfer auf ihre Haut und ihr rotes Haar setzte. Ihr Lachen, das meinen ganzen Körper durchflutete und soviel Freude, soviel Lebendigkeit in mein Herz und meine Lungen trug. Wie sie sich zu dem mitreißenden Rhythmus einer Tanzkapelle bewegte oder von der verzehrenden Sehnsucht in Billie Holidays Liedern zu Tränen gerührt wurde. Dann wollte ich sie anfassen, sie in den Arm nehmen, sie küssen, ihr sagen, daß ich sie noch immer liebte. Doch ich konnte es nicht. Meine Eifersucht war genauso verzehrend wie das Verlangen in jenen Liedern, so unüberhörbar wie eine schmetternde Tanzkapelle. Irgendwie schaffte ich es, mir einzureden, daß ihre Reaktion auf Alfies Weggehen doch eigentlich alles sagte. Sie hatte mir ihre Achillesferse gezeigt. Und darauf zielte jetzt meine Eifersucht.

Es gibt einen Schmerz, der so groß ist, daß er angst macht. Es gibt einen Zorn, der so überwältigend ist, daß er berauscht.

Wir lagen in unserem gemeinsamen Bett, beide wach, mit zusammengekrümmten, voneinander abgewandten Körpern. Keiner sagte ein Wort. Keiner deutete dem anderen an, daß er nicht schlief. Wir lagen einfach nur da. Schwammen wie Fische, wie Delphine oder Meerjungfrauen in unserer Isolation. Zogen durch das tiefe, dunkle Wasser. Hinauf und hinunter in den eisigen Wellen, auf der Suche nach einem Wort, einer Geste, die alles wiedergutmachen würde. Suchten den ganzen Ozean ab nach einem Signal, einem Rettungsring, einem Floß, auf das wir klettern könnten.

So schwarz, so kalt war die Nacht. Und in einem großen Bett lagen zwei Menschen – Mann und Frau –, die nichts hatten, was sie warm halten oder aus der weiten, feindlichen, einsamen See erretten konnte. Unser gemeinsames Glück schien mit bestürzender Geschwindigkeit zu zerrinnen. Ich wußte, daß in gewisser Hinsicht ich derjenige war, der dieser Entwicklung ein Ende setzen konnte. Doch ich konnte es nicht. Ich konnte der Versuchung nicht widerstehen, ihr die Augen auszukratzen. Heute schäme ich mich dafür. Ich schämte mich auch damals. Doch es war wie ein innerer Zwang. Ein Bedürfnis, sie leiden zu lassen. Nicht Schmerz, sondern Ungewißheit.

Jetzt hatte ich sie. Alfie war fort. Ich verspürte den unwiderstehlichen Drang, Macht auszuüben. Derjenige zu sein, der bestimmte, wo es langging. Damit sie merkte, wie ich mich im vergangenen Jahr gefühlt hatte.

Wir kamen an den Punkt, wo das Baby überhaupt nicht mehr erwähnt werden durfte. Wo schon allein das Wort »Baby« einen Ansturm von Gespenstern entfesselte. Manchmal taten wir geradezu so, als sei Betty gar nicht schwanger, als handele es sich bei der Wölbung in ihrer Körpermitte um etwas ganz anderes. Eine kleine Unpäßlichkeit. Kein Grund, den Arzt zu belästigen.

»Harry, ich will wirklich keinen Streit, aber ich brauche einen Kinderwagen für das Baby. Ich muß einen Kinderwagen kaufen.«

Ich blickte von meiner Zeitung auf. Berichte über einen Krieg in Kuba, über die Kämpfe in Afrika, über Ausschreitungen im East End.

»Ist dir klar, was ein Kinderwagen kostet? Die Dinger sind wahnsinnig teuer.«

»Ich weiß, aber ich brauche nun mal einen.« Sie hielt inne. »*Wir* brauchen einen.«

Wenn sie sich für das Baby einsetzte, setzte sie sich für ihn ein: Alfie. Wenn sie mich um Geld für einen Kinderwagen bat, bat sie für ihn.

»Ach ja? *Wir* brauchen einen? Für *unser* Baby?«

Sie schlug mit der flachen Hand auf den Tisch. Das Zimmer erbebte. Die Tassen hüpften von den Untertassen und kamen klirrend wieder auf.

»Hör auf damit! Hör endlich auf!«

Heute stelle ich mir das Baby in einem dieser großen Kinderwagen vor, die man jetzt nirgends mehr sieht. Diese riesigen Eisendinger, dunkelblau oder grün, die von lächelnden Frauen mit Kopftüchern und Handschuhen geschoben werden. Ich stelle mir ein strammes, rosiges Baby vor, mit feinem blonden Haar und hellen blauen Augen. Eigentlich, so denke ich nach all den Jahren, zweifelte ich nie ernsthaft daran, daß das Kind von mir war. Ich rechnete nie wirklich damit, daß uns ein braunes Baby sanft in die Wiege gelegt würde. Doch ich wollte, daß Betty zugab, was sie getan hatte. Ich wollte, daß sie mir die Wahrheit sagte. Ein strammes, rosiges Baby ist ein hoher Preis für die Wahrheit. Doch ich bezahlte ihn. Meine Eifersucht begrub alles unter sich – sicher, sie war Teil meiner Liebe zu Betty, doch ein bitterer, unangenehmer Teil, der besser hätte verborgen bleiben sollen. Irgendwie hatte ich die Vorstellung, wenn ich ihre Schuld beweisen und ihr dennoch verzeihen könne, würde sie endlich begreifen, wie sehr ich sie liebte. Meine Liebe würde absolut sein, über jeden Zweifel erhaben. Betty würde zugeben müssen, daß ich die ganze Zeit recht gehabt hatte, was uns beide betraf. Daß meine Liebe, mein Bedürfnis, mit ihr zusammen zu sein, sie zu besitzen – Gefühle, die sie so oft nicht geteilt zu haben schien –, gerechtfertigt waren.

»Mir ist klar, daß sie teuer sind, Harry, aber ich weiß, wo ich einen aus zweiter Hand kriegen könnte.«

Ich schleuderte die Zeitung auf den Tisch. Aus einer Tasse spritze Tee. Die Tasse fiel auf den Boden und zersprang in tausend Stücke.

»O ja, eine tolle Idee!« Ich stand über ihr und schrie sie an. Sie duckte sich. »Eine ganz tolle Idee! Ein Kinderwagen aus zweiter Hand für ein Baby aus zweiter Hand!«

Schließlich rief mich unser Hausarzt an und teilte mir mit, daß er sich Sorgen um Bettys Gesundheit mache. Dr. Hargreaves hatte meine Mutter während ihrer langen Krankheit behandelt. Ihn hatte ich angerufen, als ich meinen Vater tot auf dem Boden des Hudson Café gefunden hatte. Seine Stimme schob sich wie weicher, dickflüssiger Sirup durch die Telefonleitung. Ich konnte seine Pfeife am anderen Ende riechen, spürte, wie er mir tröstend oder freudig seinen schweren Arm um die Schultern legte.

»Harry, mein Junge. Wie geht's dir? Ich habe dich ewig nicht mehr gesehen. Ich hoffe, das bedeutet, daß es dir gutgeht.«

»Ja, ich kann nicht klagen, Dr. Hargreaves. Und selbst?«

»Immer zuviel zu tun, aber an der nötigen Energie fehlt's nicht. Es ist also ganz in Ordnung.« Sein Atem klang wie eine alte Wippe – auf und ab, und zwischendrin ein gleichmäßiges, heiseres Quietschen. »Und wie geht es Ihrer Frau?«

»Gut, danke.«

Ich hörte, wie er beim Sprechen an seiner Pfeife saugte. Vor meinem inneren Auge tauchte das Bild meiner Mutter kurz vor ihrem Tod auf. Eine kleine alte Frau in einem schmalen Bett, allein mit ihren Erinnerungen an ihre jugendliche Schönheit und ihrer koketten Freude über die Besuche eines gutaussehenden Arztes, der zwanzig Jahre jünger war als sie.

»Harry, ich mache mir große Sorgen um Mrs. Hudson.«

»Ja, sie hat mir erzählt, Sie fänden, daß sie nicht genügend zunimmt.«

»Na ja, das ist die eine Seite.« Er schwieg einen Moment. Sein ernster Tonfall wurde plötzlich heiter. »Bei euch gibt es den besten Kaffee in ganz Soho, Harry. Die Italiener meinen ja immer, ihrer wäre so gut, aber eurer ist wirklich um Klassen besser. Wann kann ich denn mal wieder auf eine Tasse vorbeikommen?«

»Wann Sie mögen. Sie sind jederzeit willkommen, Dr. Hargreaves.« Ich lächelte, während ich das sagte, und meinte ihn am anderen Ende leise lachen zu hören.

»Worüber ich mir wirklich Sorgen mache, das ist Mrs. Hudsons – darf ich Betty sagen? – das ist Bettys seelische Verfassung.«

Ich tat überrascht. »Ja Harry, ich fürchte, eure ständigen Streitereien wirken sich negativ auf sie und die Gesundheit des Babys aus.

Sie hat mir nicht gesagt, wo es zwischen euch beiden hakt, und es ist mir, ehrlich gesagt, auch egal, wie ernst das Ganze ist. Ich bin in erster Linie der Gesundheit von Mutter und Kind verpflichtet, und bei dir sollte das nicht anders sein.«

»Ja, Dr. Hargreaves.« Ein Schauer überlief mich. Ich schämte mich für mein Verhalten, doch noch mehr ärgerte ich mich darüber, daß sie mich bloßgestellt hatte.

»Schau mal, ich bin mir sicher, daß ihr all eure Probleme lösen könnt, wenn das Baby erst einmal geboren ist. Doch im Moment steht das Baby an erster Stelle, und seine Bedürfnisse sind wichtiger als alles andere. Nichts anderes zählt, Harry. Nichts.«

»Ja natürlich, Sie haben recht.«

»Tja, und wenn ihr beide eure Probleme nicht lösen könnt, dann gibt es da durchaus Mittel und Wege. Das ist heute alles nicht mehr so dramatisch. Doch zunächst müßt ihr alles dafür tun, daß es Betty, und damit auch dem Baby, gutgeht.«

»Ja, Dr. Hargreaves.«

»Bist du wirklich bereit, das zu tun, mein Junge?«

»Aber ja doch, natürlich.«

Ich liebte Betty. Ich hatte sie geliebt und liebte sie immer noch. Ich erklärte mich bereit, dafür zu sorgen, daß alles gut lief, zumindest bis das Baby geboren war. Ich weiß nur noch eins, nämlich daß ich Bettys Eingeständnis haben wollte, daß sie sich falsch verhalten hatte. Und daß sie akzeptieren sollte, daß ich sie liebte, damit sie mich – vielleicht – auch lieben konnte.

Betty

Ich träumte von Orchideen um Mitternacht.

Träumte davon, daß ich, Betty, mir helle Blüten unter die Nase hielt, ihre Schönheit einatmete, daß ich, von ihrer Anmut erfüllt, in einem Jazzkeller saß, wo weiße Kerzen auf den Tischen standen und eine Bedienung raffinierte Drinks servierte.

Das war mein Traum. Doch leuchtende Sonnenuntergänge über London, das Vermächtnis nächtlicher Bombenangriffe, einer Stadt, die aus der Luft belagert wurde, waren kein guter Ersatz. Gänseblümchen im Krieg, die rauchgeschwärzt aus Rissen im Mauerwerk sprießen, sind keine Orchideen. Das Klirren zerbrochenen Glases, eingedrückter Fensterscheiben, ist nicht das leise Klingen von Cocktailgläsern über weißen Kerzen auf einem feingedeckten Tisch.

New York City, seine Lichter, seine Straßen. Ich fuhr in die Bücherei und lieh mir ein Buch aus. Der Stadtplan wies eine Logik, eine Ordnung auf, die die wilden Muster des Jazz, der Menschen und Klänge und Gerüche Lügen strafte. In London, so dachte ich mir, gingen die Straßen wild durcheinander, doch dafür herrschte im täglichen Leben Ordnung. Meine Träume handelten von malvenfarbenen Lippen an Posaunenmundstücken, von braunen Fingern auf Saiten, so wie ich sie auf jenen stimmungsgeladenen Fotografien immer wieder gesehen hatte. Die Geschichten der Einwanderer, die erzählten, wie die Freiheitsstatue sie empfangen, ja sie alle, die da übers Meer kamen, willkommen geheißen hatte, war auch meine Geschichte, da war ich mir sicher. Ich konnte das alles vor mir sehen, konnte es fühlen und schmecken, konnte es selbst sein.

Doch ein jüngeres Ich sollte herausfinden, daß Träume

nicht die Wirklichkeit sind, genausowenig wie Orchideen um Mitternacht geschwärzte Gänseblümchen im Mauerwerk sind.

Ich verdankte diese Entdeckung einem Amerikaner. Und dieser Amerikaner sollte schließlich meinen Hunger nach Amerika stillen. Ein Mann aus New York City. Ein Mann, der mir helle Blüten in kalten, schwarzen Nächten versprach. Und während er mich anlog, glitzerte das Mondlicht verräterisch dort draußen auf dem Meer, doch wir lernten uns auf der falschen Seite des Wassers kennen.

Harry

Ich befand mich in einem Traum.

In diesem Traum saßen Betty und ich an einem Tisch. Wir sprachen beide abwechselnd verschiedene Fremdsprachen – ich könnte nicht sagen, welche. Ella Fitzgerald sang *The Arlen Songbook*, doch die Wörter kamen völlig falsch heraus. Rückwärts, sozusagen, drunter und drüber. Betty war unglaublich fett, doch ihr Bauch war nicht der einer Schwangeren, sondern bestand aus unzähligen kuttelweißen Speckrollen. Violette Venen überzogen wie eine Tätowierung ihre Haut, auf der Schweißperlen glitzerten. Wir plapperten laut in unseren jeweiligen Sprachen, ohne einander zuzuhören oder auch nur zu verstehen, was der andere sagte.

Durch die wild durcheinandertönenden Sprachen und den rückwärts gesungenen Harold Arlen hindurch hörte ich, wie Betty in meinem Traum in einem anderen Zimmer zu schreien begann. *Harry, Herrgott noch mal, wach auf!*

Meine Augen zuckten, Traumbilder vermischten sich mit dem silberblauen Morgenlicht. *Wach auf, Harry, bitte! Wach auf!* Ihre Stimme wurde immer lauter, bis sie schließlich durch den trommelnden, heulenden Unsinn in meinem Traum, durch Nerven- und Blutbahnen drang und mich weckte.

Wärme, Schwere. Das Schreien kam gar nicht aus einem anderen Zimmer. Ein übler Gestank. *O Gott, o Gott.* Der Gestank von Bettys Angst, ihrem Körper, der explodierte, ihrem Blut, das sich über die Laken ergoß.

Ich erwachte. Betty griff nach meiner Hand, drückte meine Finger zusammen, in der Hoffnung, ihre Schmerzen ableiten zu können. Ich begriff, daß es soweit war.

Betty wiegte sich vor und zurück und schrie, von Schmerzen geschüttelt. Unsere Laken unter der schweren Winterdecke waren schwarz vor Blut. Ihre Finger, die meine wie ein Schraubstock umklammerten, ihre Schreie, ihre krampfhaft zuckenden, glühendheißen Glieder widersetzten sich den Schmerzen, als in einer kalten Nacht unser Baby zur Welt kam, zu schnell und zu früh.

Ich sprang auf, rief irgend etwas. Was ich rief? Ich weiß es nicht mehr. Während ich meine Hose anzog, gab ich Anweisungen, Versprechungen. *Es wird alles wieder gut. Es wird alles wieder gut.* Ihr Körper wand sich in einer einzigen Bewegung über das ganze Bett. Sie stieß einen Schrei aus, der Sekunden dauerte, Minuten. Ihr Gesicht war feuerrot. Ihr Körper stand in Flammen.

Ich ging hinaus – *laß mich nicht allein* –, um im Krankenhaus anzurufen. Eine Frauenstimme beruhigte mich. Sie werde die Hebamme anrufen. Lassen Sie die Tür offen, sagte die Stimme. Gehen Sie zu Ihrer Frau – *lassen Sie sie nicht allein* –, die Hebamme werde von selbst hereinkommen.

Ich tat wie befohlen und ging wieder nach oben. Als ich schwer atmend die Treppe hinaufstieg, war die Luft geladen von Bettys Schreien.

Betty war aus dem Bett gefallen. Zusammengekrümmt wie ein Tier lag sie auf dem Boden und murmelte weinend meinen Namen, als ich zu ihr trat.

Überall war Blut, und das Blut war tiefschwarz. Ich versuchte vergeblich, ihr das Nachthemd auszuziehen. Hilflos glitt sie immer wieder unter mir weg, und ich konnte ihrem Gewicht, ihrem Wunsch zu fallen nicht standhalten. Ein riesiger, dunkler, schwarzroter Tintenfleck, mitten auf dem Betttuch. Er breitete sich entlang der Falten auf dem Baumwolllaken aus und befleckte die Nacht.

Ich versuchte, sie zu halten und ihr zu sagen, daß alles gut würde. *Die Hebamme ist unterwegs.* Sie krümmte sich in meinen Armen und flüsterte meinen Namen, während ich ihre glühendheiße Stirn küßte.

Die Nacht war so schwarz wie das Blut. Ein riesiger gelber Mond wachte über der Stadt. In den Häusern ringsum gingen die Lichter an. Die Nachbarn kauerten sich auf ihre Betten und lugten bang hinter den Vorhängen hervor, voller Angst, womöglich die Schreie von Mordopfern zu hören, die auf der einsamen Straße in den Tod taumelten.

»Harry, Harry, laß mich nicht allein. Bitte laß mich nicht allein.«

»Ich bin ja bei dir.«

»Laß mich nicht allein.«

»Nein.«

»Laß mich nicht allein.«

»Nein, mein Schatz.«

Der Mond wachte über der Stadt. Bis auf die Einwohner der Empire Row, W1, schlief die ganze Stadt, unbeeinträchtigt von den Schreien der Mordopfer und Neugeborenen.

Eine Frauenstimme rief von unten herauf. Bettys Hände krallten sich in mein Hemd. Der Stoff begann zu reißen. Angst erfüllte das Zimmer. Angst, nicht Hoffnung. Die Frau rief noch einmal herauf, und ich antwortete.

Die Hebamme trat ein, selbst nur notdürftig bekleidet, mit offenen Haaren und einer schwarzen Tasche in der Hand.

»Kommen Sie, Mr. Hudson, legen wir Ihre Frau aufs Bett.« Sie gab mir Anweisungen, und ich befolgte sie. Ihr Name sei Kathleen, sagte sie. Ich holte heißes Wasser und hörte auf ihre Stimme.

»Ist alles in Ordnung, Schwester?«

»Das Köpfchen ist schon weit unten. Es kann nicht mehr lange dauern.« Sie rieb Bettys Hand. Betty richtete den Blick ins elektrische Licht und schrie auf. Kathleen hob ihre Beine an.

»Können Sie ihr nicht etwas gegen die Schmerzen geben?«

»Dafür ist es zu spät, das würde das Ganze nur aufhalten.« Draußen wehten Stimmen durch die Nacht. Gedämpft und besorgt. Das Kind der Hudsons kommt zu früh, sagte man.

Das ist nicht gut, dachte man. Gar nicht gut – so früh, und das in ihrem Alter.

Wir mußten nicht lange warten. Das Baby komme schneller, als sie es je erlebt habe, sagte Kathleen. In zwanzig Jahren. Die Hebamme bewegte sich schnell und ruhig. Mit geschickten Händen und fester Stimme tat sie ihre Arbeit.

Ein letztes Pressen. Sie sagte, ich solle mit den Fingerspitzen auf Bettys Gesicht klopfen. Damit sie bei Bewußtsein bleibe. Die Hebamme rief Betty zu, sie solle jetzt nicht ohnmächtig werden, sie solle weiter pressen. Preß weiter, so ist's recht.

Die Hebamme hatte die Ärmel hochgekrempelt. Preß weiter. Betty erbrach auf sich selbst. Sogar im Erbrochenen war Blut. Laß mich nicht allein. Die Hebamme sagte, das sei gar nicht gut. Die Leute auf der Straße sagten das gleiche. So ist's recht; laß mich nicht allein.

Und das ganze Hudson Café zitterte vor Angst, statt vor freudiger Erwartung, und harrte voller Schrecken der Geburt des kleinen rosigen Babys, dessen erste Monate von so vielen Auseinandersetzungen, Streits und Kämpfen begleitet worden waren.

Es gibt einen Schmerz, der so groß ist, daß er angst macht. Es gibt einen Zorn, der so überwältigend ist, daß er berauscht.

Stille senkte sich über die Stadt, wie ein dichter Nebel, ein Schleier, der alles bedeckte. Mit dem letzten Pressen erstarben Bettys Schreie, und sie sank in tiefen Schlaf. Ich wagte kaum zu atmen. Die Hebamme meinte, ich solle ein kleines Gebet sprechen, blieb selbst jedoch stumm. Die Leute draußen auf der Straße sagten kein Wort. Vollkommene Stille. Denn das Baby war tot.

Die Hebamme ging eilig im Zimmer umher:

»Ach, ihr Armen – der ist ja nun zu gar nichts gut.« Auf der Straße blinkte ein blaues Licht auf, pulsierend wie ein Herz, und beleuchtete die Wände. »Oh, der Krankenwagen ist da«, sagte sie zu sich selbst.

»Wie meinen Sie das?« fragte ich sie. Kathleen hüllte den winzigen Körper in einen weißen Schal. Sie wickelte ihn ganz ein und wandte mir dabei den Rücken zu. Kopf, Rumpf, Füße, Finger. Ich versuchte näher an sie und das Baby heranzukommen. »Wie meinen Sie das, Kathleen, zu gar nichts gut?«

Sie wandte mir das Gesicht zu. Auf dem weißen Schal in ihren Armen breiteten sich schreckliche rosa-gelbe Flecken aus. Sie griff nach meiner Hand. Ihre Finger waren warm und weich. Ihr Lächeln war sanft, wie das einer Mutter.

»Es ist eine Totgeburt, Mr. Hudson. Und Sie sollten es besser nicht anschauen.« Sie hielt inne. »Es ist verkrüppelt, Mr. Hudson.« Ich versuchte, das Baby in seinem Schal zu berühren, es anzufassen, zu sehen, zu riechen. Selbst nachzusehen.

Die Hebamme sagte mit Panik in der Stimme: »Sie sollten es besser nicht anschauen, Mr. Hudson. Das würde Sie nur aufregen.« Die Sanitäter kamen in unser Schlafzimmer und trugen Betty auf Anweisung der Hebamme auf einer Trage nach unten.

Das blaue Licht blinkte gleichmäßig auf. Die Stimmen auf der Straße verstummten. Als wir zum Krankenwagen hinausgingen, stand draußen im gefrierenden Nieselregen ein Grüppchen von Nachbarn zusammen. Die Schneidersfrau kam mit dem freundlichsten, traurigsten Gesicht, das ich je gesehen hatte, auf mich zu und sagte, sie werde dafür sorgen, daß das Haus ordentlich abgeschlossen werde.

Unter einem blutschwarzen Himmel und einem gelben Mond nahm in dieser Stadt der Mordopfer und Neugeborenen eine weitere Tragödie ihren Lauf.

Betty

Ich gab meine Stelle bei dem Taxiunternehmen auf und wurde Stan Porters Frau. Unter unseren Freunden und Verwandten war nicht einer, der nicht zuerst mich, dann Stan und dann die Wölbung unter meinem Kleid angestarrt hätte, als wir für das Hochzeitsfoto posierten. Ich fröstelte in der spätherbstlichen Kälte. Die Kirche, in der wir getraut wurden, war schwarz vom Staub der Bombenexplosionen, die Fensterscheiben waren von nahen und fernen Detonationen zerprungen. Die Kälte brannte auf meinen nackten Beinen. Als sich Tränen in meinen Wimpern verfingen, sagte ich, das ist der Wind, bloß der Wind.

Stan, dessen dünnes helles Haar im Wind flatterte, stand da, fünf Zentimeter kleiner als ich, und lächelte in die Kamera. Er entzog seiner aufgeregten Mutter seinen Arm und schloß seine Finger fest um meine. Ich konnte seinen kalten Ehering auf meiner Haut spüren. Er flüsterte mir etwas zu, doch ich weiß nicht mehr, was. Was für ein Lied ging mir in diesem Moment durch den Kopf? Porter oder Gershwin? Irgendein wildes Swingstück, von Klarinetten und beseeltem Schlagzeug getragen, »sing, sing, sing«?

Nein, es war eine düstere Melodie, die ich damals im Kopf hatte. Kaum mehr als ein Rhythmus: »Dreh dich um und lauf weg, dreh dich um und lauf weg.« – »Dreh dich um und lauf weg« – das Stück war mir bald sehr vertraut. Ob Betty Hudson, Betty Porter oder Betty einst noch ganz anders, immer bin ich weggelaufen. Allerdings wird es zunehmend schwieriger. Mit den Jahren macht mir jeder Schritt mehr angst, doch der Impuls, wegzulaufen, zu fliehen, ist nach wie vor da.

Der Amerikaner hieß Mikey Weiss. Er war groß und hielt sich sehr gerade. Er hatte schwarzes, welliges Haar. Seine dunklen, von seinem eckigen Haaransatz mit Pomade nach hinten gekämmten Locken glänzten im Scheinwerferlicht der Nachtclubs genau wie im Regen unter den Straßenlaternen. Seine Augen hatten die Farbe von Milchschokolade, und sein Mund war wie zum Küssen gemacht.

Er war genau das, was sich jedes Mädchen wünschte, denke ich manchmal. Und für kurze Zeit glaubte ich, er sei mein.

Harry

Betty sagte einmal, sie wolle weiße Orchideen zu ihrer Beerdigung. Als ich sie fragte, warum, zuckte sie die Achseln und lachte in sich hinein. Weiße Orchideen, wiederholte sie. Überall weiße Orchideen. In der Kirche, auf dem Sarg, in meinem Haar. Überall weiße Orchideen, Harry – so will ich es.

Ich mußte es ihr versprechen.

Betty

Meine Mutter kam im Blitzkrieg ums Leben. Das Haus war nur noch Schutt und Asche. Ein qualmender Haufen von Erinnerungen. Als ich vom Krankenwagen zu der Ruine hinüberrannte, waberten Geister durch die staubige Luft. Doch, wirklich, ich schwöre es, als ich zwischen all den Backsteinen und dem Holz herumwühlte, sah ich Geister in den rauchigen Himmel verschwinden. Ich hörte, wie sie meinen Namen säuselten. Betty, Betty, sei ein artiges Mädchen. Sei ein artiges Mädchen, Betty.

Jahre später fuhren Harry und ich einmal auf dem Weg ins Krankenhaus durch Lambeth. Ich zeigte ihm, wo unsere Straße gewesen war. Ich erzählte ihm von dem Schutt, dem Staub, dem Qualm. Von der Stille, als ich durch die Trümmer kraxelte, nach Fingern tastend, um ihren Ehering zu retten und den Mantel mit dem Pelzkragen, den ihr mein Vater zu seinem letzten Weihnachtsfest geschenkt hatte. Er versuchte mich in den Arm zu nehmen, doch ich wandte mich ab.

Stan wurde vom Militärdienst befreit, wegen Atembeschwerden infolge einer Asthmaerkrankung in seiner Kindheit. Lange nachdem wir geheiratet hatten, wurde er in die Aula der örtlichen Schule einbestellt. Ich saß mit Maud, seiner Mutter, in der Küche unseres gemieteten Hauses in Elephant and Castle. Meine Mutter war seit drei Wochen tot.

»Gottverdammt, die werden ihn glatt noch einziehen, wart's nur ab!« rief Maud. Ich zog gerade Sylvia an, um mit ihr einkaufen zu gehen.

Maud und meine Mutter hätten unterschiedlicher nicht sein können. Meine Mutter war leise und ruhig, Maud laut und aufgeregt; meine Mutter war ganz von ihrem liebevollen Wesen durchdrungen, von ihrem Wunsch nach Berührung, Umarmung, Maud dagegen hatte etwas Hartes, Eisernes. Für Maud war nur Stan wichtig. »Sie werden ihn einziehen. Und dann muß er in diesen elenden Krieg und wird erschossen, wo er doch so ein zarter Junge ist, und du bleibst als Witwe zurück. Dabei hast du doch gerade erst deine Mutter verloren, und dann mußt du dich auch noch um mich und dein Töchterchen kümmern, armes Wurm!« War ich das arme Wurm oder mein Töchterchen? Ich entzündete in den Tiefen meiner Seele ein Licht und wünschte mir, Stan könne einfach fortgezaubert werden, auf ein fernes Schlachtfeld, wo er erschossen würde. Laß mich als Witwe zurück, laß mich mit meinem kleinen Töchterchen zurück, laß uns zwei in Ruhe. In meinen Tagträumen spielte ich oft mit der Vorstellung, jemand würde an meine Tür klopfen und mir mitteilen, daß irgendein Deutscher eine Bombe über Stan abgeworfen hätte, während er bei der Arbeit war. Nimm's nicht persönlich, Stan, dachte ich dann immer. Du hast nicht mehr getan, als mich zu heiraten und zu lieben, aber irgendwie kann ich dir das nicht verzeihen.

Sylvia quiekte vor Freude, als sie die Haustür zuschlagen hörte. Ein kalter Wind fegte durchs Haus und fuhr mir in die Knochen. Stan kam in die Küche. Maud stürzte mit ausgebreiteten Armen auf ihn zu. »Und?« Der Mann, der seit zweieinhalb Jahren mein Mann war, studierte unsere drei Gesichter, unsere drei Augenpaare.

»Untauglich. ›Chronische Atemwegserkrankung‹ haben sie auf das Formular geschrieben. Hier, guck, Mum! Guck, Bet!«

Erinnerungen und Geister, Ma, dachte ich in diesem Moment. Erinnerungen und Geister. Ich versuchte nach besten Kräften zu lächeln und Mauds Freude zu teilen. Sylvia rief: »Daddy!« und sprang Stan auf den Schoß, ohne die Freude ihres Vaters oder Mauds Erleichterung zu verstehen.

Erinnerungen und Geister können einen festhalten, Ma, und nie mehr loslassen.

Harry

Mein Sohn kam am 2. Dezember 1960 um drei Uhr morgens tot zur Welt. Ein Arzt sagte mir, das Kind sei schon tot gewesen, als die Wehen einsetzten. Er meinte, es sei möglicherweise an einer Infektion gestorben, auf die der Körper dann mit den plötzlich einsetzenden, besonders heftigen Wehen reagiert habe. Ich fragte, ob der Junge vor der Infektion normal gewesen sei.

»Schwer zu sagen, Mr. Hudson. Er war mißgebildet. Vielleicht war er dadurch anfälliger für Infektionen. Aber er wäre schwachsinnig, wenn er nicht gestorben wäre, es ist also besser so.« Er sagte, das Krankenhaus beseitige Totgeburten. Genau dieses Wort benutzte er: beseitigen. »Es tut mir sehr leid, Mr. Hudson«, sagte er, strich mir über den Arm und verabschiedete sich mit einem Kopfnicken.

Mein Sohn war so groß wie ein normales Baby. Er hatte zehn Finger und zehn Zehen. Ich habe seine Augen nie offen gesehen, doch sie werden wohl blau gewesen sein, wenn ich von dem schönen goldblonden Haar und der rosigen Haut ausgehen kann, auf die ich einen kurzen Blick erhaschte, als die Hebamme ihn in ihren weißen Schal hüllte.

Verkrüppelt, hatte die Hebamme gesagt. Sie hieß Kathleen und hatte ihr Bestes getan. Viele Jahre später lief ich ihr noch einmal über den Weg, ganz zufällig, in einem neu eröffneten Jazzclub in King's Cross. Erstaunlich, daß solche Menschen auch ein normales Leben haben. Sturzbetrunken, mit roten Augen und abgewischtem Lippenstift, beugte sie sich vor und gab mir einen Kuß auf die Wange.

Betty Hudson schlief krank und fiebrig einen Tag und eine Nacht fast ohne Unterbrechung durch. Am 3. Dezember um acht Uhr morgens wachte sie zum ersten Mal auf. Ihr Haar war über den Schädel nach hinten gestrichen, und sie trug keinerlei Make-up. Aus und vorbei, dachte ich mir. Betty Hudson war alt. Ich, so dachte ich manchmal, war noch jung. Doch ich würde die Zügel nicht lockern. Unsere Wege würden sich nicht trennen.

Als sie erwachte, saß ich neben ihr. Ihre Augen öffneten sich langsam.

»Meine Güte, habe ich einen Durst.« Auf ihrem Nachttisch stand eine Flasche Orangenlimonade. Ich goß ihr ein Glas ein.

Ihre Stirn legte sich vor Anstrengung in Falten, als sie trank. Ich nahm ihr das Glas aus der Hand, und wir saßen einen Augenblick lang schweigend da.

»Das Baby ist tot, stimmt's?« fragte sie. Es war kaum mehr als ein Murmeln.

»Ja, Schatz. Eine Totgeburt ...« Der herrliche Wintermorgen ließ den goldenen Glanz der reifbedeckten Welt durch die Krankenhausfenster fallen. Daß die Welt da draußen von soviel Licht und Freude erfüllt war, hinterließ ein bitteres Gefühl.

»Ein Junge oder ein Mädchen?«

»Ein kleiner Junge.«

Eine flüchtige Träne rann ihr über die Wange. Ich faßte sie nicht an der Hand. Ich strich ihr nicht übers Haar. Ich flüsterte nicht: »Wir schaffen es schon.«

Draußen segelten kreischend ein paar Möwen durch die Luft, und als ich ihr schnatterndes Gelächter hörte, sehnte ich mich danach, am Meer zu sein, fernab von allem, fern von diesem Moment, fern von Betty.

Nach kurzem Schweigen blickte sie mir in die Augen und fragte:

»Was für eine Farbe hatten seine Haare?«

Dieser Moment ist die Zukunft, Harry – dieser Moment. Möwengeschrei und ein goldener Morgen, eine flüchtige Träne auf ihrer Haut, und eine Frage, die nicht beantwortet werden kann, ohne daß Schaden angerichtet, ohne daß Schuld zugewiesen wird. Also entscheide, dich, Harry. Bist du der Schuldige? Oder ist sie es? Ihre Frage kann nicht beantwortet werden, ohne daß Schüsse abgegeben, Schwerter gezogen werden. Welches Ereignis ist absolut unverzeihlich? Der Tod eines Kindes.

»Harry? Was für eine Haarfarbe hatte er?«

»Schwarz.« Ihr Blick wandte sich von mir ab. Ihr Körper schien zu verschrumpeln, zu vertrocknen, zu einem Nichts zusammenzuschrumpfen. Damit gab sie ja wohl zu, daß etwas mit Alfie gewesen war? »Er hatte dichtes schwarzes Haar, Betty. Und dunkle Haut.« Die Freude, die mir ihr trauriger, schmerzvoller Gesichtsausdruck – ihre Niederlage – bereitete, war beschämend und erregend zugleich. Dieser Akt, dieser letzte Akt band uns für immer aneinander. Jetzt würden sich unsere Wege nicht mehr trennen.

Betty

Ich nahm eine Stelle in einer Fabrik an, in der Fischkonserven hergestellt wurden – fürs Vaterland. Seit Beginn des Krieges bekam Maud ihre Rente. Sie kümmerte sich um Sylvia, während ich fünf Vormittage in der Woche arbeiten ging, um das geringe Einkommen aufzubessern, das Stan mit seiner neuen Arbeit als Ausfahrer verdiente.

Jeden Morgen um kurz vor acht verließ ich die kleine Wohnung in Battersea, in die wir im Frühjahr 1944 gezogen waren, fuhr mit dem Bus bis zur Putney Bridge und lief dann am südlichen Flußufer entlang zu der rauchgeschwärzten Fabrik. Bevor ich morgens aus dem Haus ging, saß ich mit Sylvia in der Küche vor dem Herd und spielte mit ihr oder erzählte ihr Geschichten. Als ich in ihrem Alter gewesen war, hatte mich meine Mutter immer auf den Schoß genommen, und wir hatten zusammen in die roten Kohlen des Herdes gestarrt. Zwischen den geschmolzenen Steinen, im Innern der orangeglühenden Formen, entdeckte sie die Gesichter von Prinzessinnen und Aschenputteln. Ich flüsterte Sylvia die gleichen Geschichten ins Ohr, und so konnte ich mir meine kurzen Abwesenheiten verzeihen. In der Fabrik schlug mir das Gelächter und Geplapper der anderen Frauen entgegen. Um Punkt neun liefen ruckend und scheppernd die Maschinen an, und obwohl ich an die Hebel und Fließbänder gefesselt war, fühlte ich mich befreit. Nicht einmal der Fischgestank an meinen Händen und der Aspik, den ich zwischen den Fingern rollen konnte, änderten daran etwas.

Sylvia war schon über drei. Es muß im Herbst 1944 gewesen sein. Ein Mädchen namens Dolly war damals meine beste Freundin. Eigentlich hieß sie Dorothy, doch nachdem sie

Locken in ihr gekräuseltes Haar gebrannt und das dunkle Braun rot gefärbt hatte, wurde sie zu Dolly. »Ich bin schließlich keine Heilige!« rief sie, wenn sie in der Fabrik uns armen verheirateten Mädchen von ihrem neusten Abenteuer erzählte. Maud hatte sie nur ein- oder zweimal zu Gesicht bekommen. Sie meinte, Dolly hätte wohl eine Portion Negerblut mitgekriegt, worauf Dolly bloß sagte: »Besser Negerblut als Krötenblut, findest du nicht, Schätzchen?« Sie stand oft mitten in ihrem schäbigen möblierten Zimmer am Wandsworther Ende der Richmond Road und sang mit ihrer lauten, unmelodischen Stimme zu »Ain't Nobody's Business If I Do«. Sobald die kleine schwarze Scheibe aufgehört hatte, sich zu drehen, ließ sie sie erneut ablaufen. Manchmal gingen wir in ihrer Mittagspause, nachdem ich ausgestempelt hatte, zu ihr nach Hause. Sie kochte Tee, in den sie einen Schuß Whisky gab, und erzählte mir von den Lokalen, wo die Amerikaner hingingen. Ihre haselnußbraunen Augen leuchteten, wenn sie die Männer beschrieb, ihre schönen Haare und Hände und wie sie tanzten, wie sie redeten, wie sie küßten.

»Wollen wir da nicht mal zusammen hin?«

Ich lachte über ihren Vorschlag. Prüde war ich nie gewesen – dafür war Sylvia der beste Beweis –, doch Dolly war ausschweifend in einer Zeit, in der Ausschweifungen nicht gestattet waren.

»Du bist ja verrückt, Dolly.«

»Aber es wär doch schon mal was, oder?«

»Nee, ich glaube nicht, daß das geht.«

Die Platte war abgelaufen, die Nadel knisterte auf dem Vinyl. Dolly ließ sich seufzend in einen ramponierten Ledersessel fallen.

»Ach, komm schon. Du hast doch die alte Hexe – soll die sich um deine Kleine kümmern, und dein Alter soll sich um die alte Hexe kümmern.«

Wir kicherten in unsere Teetassen und freuten uns über ihre frechen Sprüche. Ich genoß es, daß jemand Maud endlich mal als das bezeichnete, was sie, verdammt noch mal, auch war.

»Meine Mutter hat immer gesagt, sie reißt mir den Kopf ab, wenn sie mich fluchen hört oder mitkriegt, daß ich irgendwelchen Jungs nachlaufe.«

»Ja so was aber auch, Bet – das hat sie gesagt? Was würde sie dann wohl über mich sagen?«

»Ach, die hätte doch nie jemandem den Kopf abgerissen – Gott hab sie selig. Dazu hatte sie ein viel zu gutes Herz, ganz anders als Stans Mutter.«

»Die alte Hexe«, höhnte Dolly. Sie hatte mich oft genug von den ständigen Seitenhieben und Kränkungen, den Vorwürfen und Demütigungen erzählen hören. »Also, was hältst du davon?«

»Wovon?«

»Von dir und mir und ein paar gutaussehenden Amerikanern, die mehr als nur das Geld für unsere Getränke in der Tasche haben?« Und wieder prusteten wir los, hielten uns die Seiten vor Lachen wie zwei Backfische.

Nachdem ich wochenlang nein gesagt hatte, gingen wir eines Abends schließlich doch tanzen.

Auf meine Lüge, ich müsse am nächsten Morgen schon um fünf bei der Arbeit sein, bot mir Stan an, mich im Morgengrauen hinzufahren. Maud, die nichts anderes im Kopf hatte, als wie sie meiner Kleinen das Leben möglichst schwermachen konnte, wenn sie mit ihr allein war, verzog ihre bösen Lippen zu einem Schmollmund und sagte, er solle mich bei dem Mädel aus Putney übernachten lassen.

»Daß du überhaupt den Nerv hast, ihn zu bitten, dich in aller Herrgottsfrühe da hinzufahren, wo er zur Zeit doch bis spät abends arbeiten muß! Du bist wirklich ganz schön egoistisch, Bet, das muß ich schon sagen!«

Stan und Maud nannten mich immer Bet. Nachdem ich sie verlassen hatte, korrigierte ich jeden, der mich so nannte.

Zwei Mädchen mit gelockten Haaren und leuchtend roten Lippen trafen vor einem kleinen Tanzlokal ein. Die lange Busfahrt über die Wandsworth Bridge endete nicht weit von Hammersmith entfernt. Glänzende blaue, gelbe und grüne Fliesen umrahmten den Eingang. Das Foyer wurde von Strahlern erleuchtet, und hier und da stand eine Palme. Man kam sich vor wie in einem arabischen Palast. Als ich Dolly sagte, daß ich mich hier völlig fehl am Platz fühlte, lachte sie nur.

Sie warf einen Blick auf mein Haar, das sie vor zwei Wochen kastanienbraun gefärbt, und auf das Kleid, das sie mir geliehen hatte, und flötete dann: »Du siehst aus wie ein Filmstar, Bet. Wie ein echter Filmstar.«

»Du meinst, wie Betty Grable?« Wir tranken Whisky-Soda aus Kristallgläsern.

»Nein, ich meine es ganz ernst. Du siehst aus wie eine von diesen echten Schauspielerinnen. Wie die Garbo oder so.«

»O Doll, doch nicht die Garbo …«

»Dann halt wie Rita Hayworth.«

»Ja genau, Rita Hayworth …«

Der erste Mann, der mich zum Tanzen aufforderte, hieß Mikey Weiss. Er kam mit seinem selbstbewußten Lächeln und seinem selbstbewußten Gang zu unserem Tisch herüber, der erste und letzte Mann, der mich an diesem Abend zum Tanzen aufforderte. Er führte mich auf die Mitte der Tanzfläche, der erste und letzte Mann, mit dem ich tanzte, bis ich fast ein Jahr später nach Amerika fuhr.

Heute, Jahre später, kann ich mich kaum mehr daran erinnern, worüber wir damals redeten, was wir in unseren intimsten Momenten zueinander sagten, wie er mir zum ersten Mal sagte, daß er mich liebte, und wie ich es zu ihm sagte. Aber ich weiß noch, daß Mikey mir das Gefühl gab, er liebe mich, er liebe mich wirklich und wahrhaftig. Ich weiß noch, wie ich in diese schokoladenbraunen Augen blickte, diese vollen Lippen küßte, wie ich mit der Hand über sein stoppeliges Kinn fuhr, sie unter sein Hemd gleiten ließ, um die Wärme seines harten Körpers zu spüren, und wie ich meine Freiheit schmeckte.

Er habe sein Leben lang in New York City gewohnt, erzählte er mit seinem breiten Brooklyner Akzent. Damals kannte ich den Akzent noch nicht. »Mwy whoal life lwong.« Ein schnelles rhythmisches Auf und Ab. Eine Sprache mit Spitzkehren. Er sprudelte schier über vor Witzen und Geschichten, vor lustigen Kindheitserinnerungen und »Da bin ich doch neulich …«-Anekdoten.

Von Downtown und Uptown redete er, von Coney Island, dem Central Park an Feiertagen, Pastrami mit Mayo und schwarzem Kaffee mit viel Zucker.

Heute sehe ich unsere Liebe als etwas Momentanes, ein plötzliches, hell auflodorndes Feuer in einem farblosen Leben. Es war eine Liebe, die nie von der Fadheit eines gemeinsamen Alltags erstickt wurde. Wir kamen gar nicht dazu, Überdruß zu empfinden oder uns über irgendwelche Fehler den Kopf zu zerbrechen. Es gab nur strahlende, kostbare Momente – wenn wir in dunklen Tanzlokalen eng umschlungen zu Swing tanzen konnten, der für ihn so normal wie er für mich besonders war. Oder wenn Dolly einen ihrer Männer dazu bewegen konnte, woanders mit ihr hinzugehen, vielleicht sogar in eins der feinen Hotels, wo sie sich wieder mit Seife und Bettwäsche eindecken konnte. Dann steckte sie mir ihren Zimmerschlüssel zu, wenn sie das Tanzlokal verließ. Und wünschte mir mit einem Augenzwinkern viel Vergnügen.

Wir liefen durch Schnee oder Regen nach Hause. Das Jahr 1944 näherte sich seinem Ende, doch unsere Affäre wurde immer intensiver. Allerdings erinnere ich mich kaum noch daran, worüber wir uns unterhielten. Bloß an seine knappe, zackige Art zu reden erinnere ich mich, an das Tempo, in dem er seine

Witze und Geschichten erzählte, und wie sehr er mich damit zum Lachen brachte.

Auch an Küsse erinnere ich mich.

Ich erinnere mich an einen frühen Morgen in Dollys Zimmer in der Richmond Road. Die Dämmerung erfüllte das Zimmer mit violettem Licht. Wir standen da, er und ich, langsam tanzend, obwohl die Platte schon vor einer Stunde abgelaufen war und wir nur das Kratzen und Hüpfen der alten, kaputten Nadel auf dem Vinyl hörten.

Ich erinnere mich daran, wie wir uns gegenseitig auf Dollys schmales Bett herunterzogen und dann langsam und feierlich entkleideten, und wie es sich anfühlte, als seine Finger meine kalte Haut berührten. Draußen war alles still. Vielleicht schneite es, oder es hatte schon geschneit, und die ganze Stadt lag unter einer Schneedecke. Vielleicht mußten wir nur die Vorhänge aufreißen, um das herrliche morgendliche Weiß vor uns zu sehen.

Ich erinnere mich daran, wie er versprach, aufzupassen, kein Risiko einzugehen, und wie wir lachten, als wir uns im indigoblauen Licht mit dem Gummipräser abplagten, das er von seinem Freund Fredo bekommen hatte.

Ich erinnere mich daran, wie wir dalagen, während es draußen langsam hell wurde, und die ersten Verkehrsgeräusche hörten – Milchflaschen, die hinten auf einem Wagen gegeneinanderschlugen, vereinzelte Stimmen. Diese große schwarze Stadt, meine Stadt, erwachte aus dem Schlaf. Er hatte seine Lippen in meine Halsbeuge geschmiegt und flüsterte mir zu, in seiner Stadt, jenseits des großen grünen Ozeans, gehe es jetzt erst so richtig los. Während er sprach, küßte er immer wieder meinen Hals. Es durchzuckte mich heiß, als laufe eine brennende Zündschnur durch meinen Körper.

»Ich muß weg, Betty«, sagte er dann ganz unerwartet.

»Ach so, ja ... Wann sehen wir uns wieder?«

Mikey Weiss schaute mir in die Augen.

»Nein, ich meine, ich muß ganz weg. Aus England. Ich habe Marschbefehl nach Frankreich bekommen ...«

Schweigend zog er mich an sich.

»Wann?« fragte ich schließlich.

»In zwei Wochen, nicht ganz.«

»Oh …«

Hellgelbe Sonnenstrahlen flitzten durchs Zimmer. Mit kußzarten Lippen küßte mich Mikey Weiss sanft aufs Kinn.

»Ich liebe dich, Betty. Und irgendwann werde ich kommen und dich holen. Ich werde dir eine weiße Orchidee mitbringen, die kannst du dann für mich im Haar tragen. Ich laß dich nicht gehen, mein Schatz.«

»Laß mich nicht allein, Mikey. Noch nicht.«

»Nein, Kleines …«, sagte er, während er mich fest an sich drückte, fest genug, um mir die Knochen zu brechen, mich in Stücke zu brechen.

»Erst wenn's gar nicht mehr anders geht. Erst wenn du wirklich gehen mußt. Das kannst du doch für mich tun?«

»Ich tue alles für dich, Betty Porter, alles auf dieser Welt.«

Ich weinte nicht, als wir in Dollys kleinem Bett lagen. Ich spürte seine Haut an meinem Körper, von Kopf bis Fuß, überall. Ich war sechsundzwanzig Jahre alt. Ich war Ehefrau und Mutter. Doch dies war das erste Mal, daß ich nackt neben einem nackten Mann im Bett lag, wir uns in den Armen hielten, unseren gleichmäßigen, warmen Atem auf der Haut spürten und uns mit dem Finger zärtliche Kreise auf die Schultern malten.

Eine Woche später traf ich mich noch einmal mit Mikey Weiss, in einem Café in Soho. In London fiel Schneeregen. Die Straßen rund um die Dean Street glänzten schwarz wie eine Schallplatte. Ich schaute in seine klaren braunen Augen und sagte ihm, daß ich wahrscheinlich schwanger sei. Er fragte, ob ich es sicher wisse, und ich sagte, nein, aber falls ich schwanger sei, dann auf jeden Fall von ihm und nicht von Stan. Mikey bat den Besitzer des Cafés um einen Bleistift, zerriß eine Zigarettenschachtel und schrieb mir seine Adresse in New York auf.

»Paß auf, Kleines, der Krieg ist bald vorbei. Sobald ich weiß, wie's weitergeht, telegrafiere ich dir. Wenn du schwanger bist, kannst du ja wohl kaum bei Stan bleiben, oder? Wir können heiraten, wenn du willst. Und wenn du nicht schwanger bist, na, dann warte einfach auf mein Telegramm und schau, wonach dir ist. Wenn ich mich aus irgendeinem Grund nicht selbst melden kann, dann laß ich dir über Fredo eine Nachricht zukommen, mach dir also keine Sorgen.« Ich langte über den Tisch nach seinen Händen – es war ein sehr dürftiger Heiratsantrag, wenn es denn überhaupt einer war. Die Liebe hält den Verstand zum Narren. Und das Ende einer Liebe gleich noch mal.

April 1945, Kriegsende in Europa. Bei Dolly wurde ein an mich adressiertes Telegramm abgegeben. Sie nahm es entgegen. Es lautete schlicht und einfach:

KRIEG VORBEI. MW NOCH IN DEUTSCHLAND, DEMNÄCHST ZURÜCK NACH NY. KOMM BALD. ALLES OKAY.
ALFREDO MANCINI, BADEN-BADEN, 30. APR.

Briefe, Telegramme. Was verbirgt sich dahinter? Mit welcher Absicht werden sie geschrieben und was hat sich geändert, bis sie ankommen? Auch ich hinterließ einen Brief, mit einer Erklärung und einer Entschuldigung für Stan. Ich schrieb, ich ginge nach Amerika und er könne sich von mir scheiden lassen, wenn er wolle. Er habe Veranlassung dazu, fügte ich hinzu. Ich hätte eine Überfahrt von Southampton gebucht. Wegen des Geldes brauchten er und Maud sich keine Gedanken zu machen. Ich hätte den Schmuck meiner Mutter verkauft.

Ich bat ihn, Sylvia zu meiner Schwester Kitty nach Pentonville zu bringen oder sie von Kitty abholen zu lassen. Ich würde sie später nachkommen lassen. Dolly brachte mich zur Victoria Station. Sie weinte, als der Zug abfuhr, in dicke graue Rauchwolken gehüllt.

Der Krieg ist vorbei, dachte ich. Der Krieg ist vorbei.

In den letzten Wochen des Jahres 1944 fiel nasser Schnee in rauhen Mengen. Während Mikey Weiss und ich im Hudson Café in der Empire Row saßen, gingen draußen Schneeschauer nieder. Mikey küßte mich auf der obersten Treppenstufe und sagte mir, daß er mich liebe. Er sagte, ich solle mir keine Sorgen machen. Der Krieg sei bald vorbei.

Als ich Jahre später nach London zurückkehrte, erinnerte ich mich an das Café, in dem ich mich von ihm verabschiedet hatte, und ging als erstes dorthin. Um Arbeit zu suchen, aber auch deshalb, weil im Laufe der Jahre – und das ist heute noch so – meine Erinnerungen an Mikey Weiss und den Platz, den er in meinem Leben einnahm, immer mehr zu verblassen schienen.

2

Harry

Und dann begann sich der Jazz zu verändern.

Er wurde hart. Viele Clubs schlossen. Die Jugendlichen spielten und hörten ihn nicht mehr. Folksänger und hübsche Jungs in engen Anzügen entsprachen der Stimmung in den Städten jetzt eher. Der neue Jazz aus Amerika klang seltsam, er tat in den Ohren weh. Ein heiserer, kreischender Sound. Aggression vibrierte in den Mundstücken, und auf den Baßsaiten wurde zum Krieg getrommelt.

Auch London veränderte sich.

Zumindest veränderte sich Soho. Zunächst entfaltete es eine Art hungrigen Glamour, zog Boutiquen und Starlets an, doch dann verkam es langsam, wurde schäbig. Familien mit eigenen Betrieben zogen weg. Die neuen Wohngebiete am Stadtrand – Islington, Camden – brauchten die geschäftigen Familienrestaurants und die Feinkostläden mit ihren von der Decke baumelnden roten Würsten und den Blechen voller geformter Brote in den Schaufenstern dringender als Soho mit seiner wachsenden Schar von Prostituierten.

Und so veränderten sich auch die alten Gesichter.

»Schon komisch«, sagte Betty eines Tages kurz vor Weihnachten, als sie aus dem Fenster des Cafés blickte. »Schon komisch – selbst der Schnee kommt mir schmutziger vor, und die Straßen dreckiger.« In Pelz gehüllte Fußgänger schoben sich vorsichtig an Junkies und Nutten vorbei. Beide Seiten beäugten einander – die einen neideten den anderen ihre hübsch verpackten Weihnachtseinkäufe, die anderen wandten sich voller Abscheu von dem Fleisch ab, das da auf verschiedene Weise zur

Schau gestellt wurde. Ich lachte und sah von meiner Zeitung auf:

»Es geht halt einfach bergab mit Westminster! Die da oben werden uns eines Tages noch allesamt ans Messer liefern, nur um ihre eigene Haut zu retten.« Betty zuckte lächelnd die Achseln. Auf dem Plattenspieler, den wir hinter der Theke stehen hatten, sang ihre alte Heldin Billie Holiday »No Good Man« vor sich hin. Eine träge Trompete begleitete sie.

Eine Handvoll Teenager in Schaffelljacken und albernen Mützen machte sich über die spröde, rauchige Stimme der Sängerin lustig. Betty schwebte hüftenschwingend an ihnen vorbei und strich sich dabei das Haar glatt. Ihre Verachtung für uns, für unser Alter, für unseren Platz in der Vergangenheit kam uns bitter an.

Und genau wie London, genau wie der Jazz, veränderte sich auch Betty Hudson. Auch sie wurde langsam zu einem Relikt der Vergangenheit. In manchen Bereichen hatte sie sich verändert, in anderen auch wieder nicht. Doch die Nähte wurden brüchig. Die Maske, mit der sie so erfolgreich gespielt hatte, begann zu verrutschen. Gelegentlich, wenn wir ein paar Wochen lang viel zu tun hatten, zeigte sich an ihren Haarwurzeln ein Hauch helles Eisengrau – in einem bestimmten Licht. Doch es dauerte nie lange, bis sie zu Maxwell's in Marylebone geeilt und in alter Pracht zurückgekehrt war.

Als sich die Sechziger langsam ihrem Ende zuneigten, zogen die Mieten in Soho dermaßen an, daß in seiner alten Gegend nur bleiben konnte, wer seinen Wohnraum selbst besaß oder sich auf irgendeine Weise prostituierte – Designer, die verwöhnten Popstars nach der Pfeife tanzten, oder Nutten, die unter einer nackten roten Glühbirne Geschäftsmänner befriedigten. Die mit Tüten und Päckchen beladenen Fußgänger wurden weniger.

Bettys Make-up wurde dicker.

»Um die Sprünge zu verstecken«, sagte sie manchmal lachend. Sorgfältig legte sie eine Schicht nach der anderen um die Augen auf. Einmal mehr als früher betupfte sie ihr Gesicht mit rosafarbenem Puder. »Das kann nur helfen!« rief sie.

Betty wurde zu einer Zeit fünfzig, als man schon mit dreißig als scheintot galt. Von mir, Harry, behaupteten die Leute, ich sähe aus wie immer. Es war schon eigenartig – während sie nur noch an ihre grauen Haare, ihre Raucherfalten, ihre Tränensäcke und die Haut an ihrem Hals denken konnte, wurde mein Altern von niemandem bemerkt. Die Leute waren so an uns gewöhnt, an ihren Glamour neben meiner Mittelmäßigkeit, daß sie es überhaupt nicht registrierten, als mein helles Haar etwas stumpfer und dünner wurde, als meine Haut nicht mehr ganz so glatt und straff war, als ich einen kleinen Bauch bekam. Sicher, ich wirkte älter als ein Mittdreißiger, doch das lag daran, daß Betty noch immer einen solchen Glanz verbreitete. Obwohl sie Jahre älter war als ich, kamen die Leute, um Betty zu sehen. Aber als die Sechziger langsam in die Siebziger übergingen, ließ selbst Betty Hudsons Anziehungskraft in der Empire Row nach.

Die Jugendlichen, die vor zehn Jahren an der Marmortheke gesessen und ihren Geschichten über New York und Manhattan zugehört hatten, über Lichter und Schneeflocken und über Jazz, immer wieder Jazz, waren lange fort. Die Jugendlichen, die jetzt auf denselben Stühlen saßen und aus denselben Tassen tranken, wollten Felder, Los Angeles, Sonne, Rockmusik. Betty war eine Königin der Stadt. Sie liebte die hoch oben an Theatern und Wolkenkratzern funkelnden Lichter. Sie liebte die kleinen Parks, die in dem kalten, steinernen Straßenlabyrinth versteckt waren. Sie liebte enge heiße Clubs. Sie liebte schmetternde Trompeten. Diesen Jugendlichen, ja dieser Zeit schlechthin erschien sie wie ein Wesen von einem anderen Stern.

»Selbst der Schnee kommt mir schmutziger vor«, sagte sie mit müdem, faltigem Gesicht. Sie steckte sich noch eine Zigarette zwischen die Lippen, zündete sie mit klickendem Feuerzeug an und fügte dann, an einen der Teenager gewandt, sarkastisch hinzu: »Meinst du, du könntest deinen Kaffee so rationieren, daß er dir bis zur Revolution reicht?« Sie deutete auf einen Aufkleber auf einem Gitarrenkoffer und starrte gebieterisch auf die Horde langhaariger Schlaghosenjungs hinunter. In ihrem Rock und ihrer taillierten Bluse, mit ihrer Hochfrisur und ihren gefärbten Haaren verkörperte sie einen Stil, der vor zehn Jahren modern gewesen war. Für diese Jugendlichen, die überhaupt keinen Stil hatten, war sie ein fremdes Wesen.

»Mach dir nicht in die Hose, Alte«, höhnte einer von ihnen und drehte sich beifallheischend zu seinen Freunden um.

Und die ganze Zeit sang Miss Billie. Ich stand auf, um zu protestieren, doch Betty hob nur müde die Hand und winkte ab. Die Zeiten hatten sich geändert.

Der Jazz war anders geworden. London war anders geworden. Ja, und auch wir waren anders geworden.

Wir beide kamen uns älter und häßlicher vor als früher. Billie Holiday sang ihr Lied, und Betty wischte sich eine hohle Träne aus dem Augenwinkel.

Harry

Es hatte gerade angefangen zu regnen, als wir zwei uns eines Morgens auf einer Krankenstation mit gedämpften, traurigen Stimmen unterhielten. London im Regen – wie sehr sie es liebte. Sie liebte das Wasser, das durch die Rinnsteine schoß. Die Regentropfen, die auf den flappenden Flügeln rußgeschwärzter Tauben tanzten. Sie liebte den Duft der Blätter an den grünen, feuchten Bäumen, den kreidigen Geruch nassen Steins und nasser Ziegel. Es war eine berauschende Mixtur für Betty, wie Chemikalien, die in einer Flasche glucksen. Eine kurze Handbewegung, und die regnerische Stadt stieg ihr in die Nase. Ein Genuß. Doch an diesem Morgen wandten wir unsere ernsten, furchtsamen Gesichter von der regengemusterten Scheibe ab. Denn in diesem Moment hatten wir Angst vor der Zukunft. Wir hatten Angst voreinander.

Auch als ich Betty aus dem Krankenhaus nach Hause holte, regnete es wieder. Obwohl sie schnell genas, wollte der Arzt sie eigentlich noch ein paar Tage dabehalten. Sie lag auf einer Geburtsstation, von lauter jüngeren Frauen umgeben, die kleine Bündel in den Armen hielten. Liebevolles Gemurmel und Babygeschrei erfüllten den Raum, doch für uns klang es wie entferntes Maschinengewehrfeuer. Zur Besuchszeit erntete Betty nervöse Blicke von den Familienangehörigen und haßerfüllte Blicke von den Müttern. Mit ihren alten, leeren Armen verdarb sie ihnen ihr Mutterglück. Und so entließ sich Betty selbst und stieg, auf meinen Arm gestützt, in ein Taxi. Und dann schmiegte sie ihr Gesicht an meine Schulter und weinte herzzerreißend.

Ich bat den Taxifahrer, uns direkt vor der Tür des Hudson Café abzusetzen. Als wir uns zwischen den Marktbesuchern hindurchschlängelten, um Obststiegen und Blumenstände herum, starrten die vertrauten Gesichter der Standinhaber zu uns herein. Keiner von ihnen lächelte. Der eine oder andere tippte sich an den Hut. Das Taxi hielt direkt am Bürgersteig an. Ich bezahlte, stieg aus und öffnete Bettys Tür. Ihre Absätze klackerten aufs Pflaster, als sie meine Hand ergriff.

»Danke.«

Ihre kalten, eiskalten Finger schlossen sich fest um meine. Betty trug nur ein wenig Wimperntusche und Lippenstift. Ihre Tränen hinterließen schwarze Spuren. Wie ein Liebender, wie ein Vater spuckte ich in ein Papiertaschentuch und tupfte das Gröbste ab.

Das Taxi fuhr los.

Während ich ihr die Tür zum Hudson Café aufhielt, sah ich, wie Betty das Schild anstarrte, das ich ins Fenster gehängt hatte. »Aufgrund eines Trauerfalls in der Familie bleibt das Café leider geschlossen. Die Geschäftsleitung.«

Sie hielt sich die Hand vor den Mund, ihre Finger zitterten auf den Lippen, und Tränen liefen ihr die Wangen hinunter, ganz langsam, wie Wachs, das an einer Kerze hinunterläuft.

Sie ging zwischen den Tischen hindurch, auf denen die umgedrehten Stühle standen, und sah sich dabei ganz genau im Café um, starrte die Wände an, den Boden, die nicht angeschlossene Jukebox und schließlich die Marmortheke, die sie schon immer geliebt hatte. Ich stellte ihr einen Stuhl auf den Boden. Die gelbe Jalousie war heruntergezogen. Sie saß im trüben Licht, und ihr Blick wanderte zu mir herüber, nackt, fröstelnd, ängstlich.

»Meine Güte, Harry. Meine Güte.«

»Na komm schon, Mädel. Genug geweint.« Ich kniete mich neben meine Frau, nahm sie in den Arm, küßte sie und sagte noch einmal: »Genug geweint.«

»Ein Trauerfall in der Familie, Harry. In der *Familie*.«

Sie ließ den Blick über die Wände schweifen, über die alten gemusterten Kacheln, den uralten Stuck, all die Einzelheiten, die man normalerweise nicht wahrnimmt. Sie blinzelte zweimal mit ihren großen dunklen Augen und löste ihren Dutt. Rote und goldene Strähnen fielen herab.

Und dann hielten wir uns im trüben Licht in den Armen und fingen an zu weinen. Ich, der ich in der Vergangenheit getäuscht worden war, weinte um unser totes Baby, um seinen strammen rosigen Körper, seine blonden Locken, seine blauen Augen. Und Betty, die in der Gegenwart – und auf alle Zeit – getäuscht wurde, weinte um ihr Baby mit seinen schwarzen Haaren und seinen braunen Augen.

Seltsam, wie einem Geräusche in Erinnerung bleiben. Noch heute, dreißig Jahre später, erinnere ich mich an das leise Klappern ihrer flachen Absätze auf dem Pflaster an jenem Tag. Wie Fingernägel, die auf Holz trommeln. Eine Snaredrum. Ja, oder wie Regentropfen auf Stein oder Glas.

Noch seltsamer ist, daß es Geräusche gibt, die nie gehört werden, die nie Gelegenheit haben, sich zu ereignen, und die trotzdem erklingen, als Rufen, als Klopfen, als Hämmern. Das sind die verlorenen Geräusche. Die gestohlenen Geräusche. Sie verstecken sich – in Holz, in Metall, unter Glas, im Putz, in einem Klavier, in einem Abflußrohr –, und dort warten sie hungrig und wütend darauf, zurückkehren zu können. Uns heimzusuchen. Gehört zu werden. Endlich einmal gehört zu werden.

Man könnte sie wohl als Geister bezeichnen. Viele Leute tun das auch. Doch es sind keine Gespenster, keine Phantome. Wie die Erinnerungen an meine Eltern oder auch an Betty, die wie Blumen in die Wände und Böden des Hudson Café gepreßt sind, sind diese Geräusche nur allzu real. Sie sind Erinnerungen an das, was hätte sein können, nicht an das, was war.

Manchmal hörten wir ein Baby schreien, mitten in der dunklen Nacht. Hörten den Gesang eines Kindes, hoch und engelsgleich, durch die Zimmer unter uns wehen. Manchmal hörten wir im Hinterhof jemanden Himmel und Hölle spielen. Kinderschuhe, die übers Pflaster trappelten. Dann rannte ich hinaus in die Sonne, in den Sommer, doch niemand war da.

»Hast du auch was gehört?« fragte einer von uns. Woraufhin der andere von seiner Zeitung aufblickte oder sich im Bett umdrehte:

»Wir haben wohl wieder Mäuse im Haus.«

Und so ging ich zur Haushaltswarenhandlung in der Old Compton Street und kaufte Rattengift, das nie gefressen wurde, oder Mausefallen, die nie zuschnappten. Diese Geräusche verfolgten uns, doch wir benannten sie nie. Wir lagen im Bett und quälten uns zusammengekrümmt durch die frühen Morgenstunden und die entsetzlichen, einsamen, blauschwarzen Momente kurz vor der Morgendämmerung.

Wir hätten uns scheiden lassen können.

Wenn wir zwanzig Jahre später auf die Welt gekommen wären. Wenn Betty nicht schon über vierzig gewesen wäre. Wenn ich ihr nicht versprochen hätte, daß ich es mir nicht anders überlegen würde. Wenn sie nicht so viele Lügen erzählt hätte. Wenn ich nicht noch mehr Lügen erzählt hätte. Wenn uns der Regen nicht so dicht auf den Fersen gewesen wäre, Tag für Tag. Wenn, wenn, wenn. Doch wir ließen uns nicht scheiden. Ich erinnere mich nicht eimal daran, daß wir auch nur darüber gesprochen hätten. Zumindest nicht sachlich, nicht ernsthaft. Wir blieben zusammen.

Von dem Tag an, als sie aus dem Krankenhaus zurückkam, und in den darauffolgenden Wochen, Monaten, Jahren, Jahrzehnten wurde Betty schwächer. Ihr Zauber, ihre unwiderstehliche Ausstrahlung ließen nach. Sie wurden unbeständig.

Wir saßen schweigend in der Küche. Das Wasser kochte, eben begann leise der Kessel zu pfeifen. Ich stand auf und nahm ihn vom Feuer. Betty saß einfach nur da, still und leer, noch im Mantel, die Handtasche achtlos auf den Tisch geworfen.

»Zieh den Mantel aus, Schatz«, sagte ich leise.

Sie öffnete drei Knöpfe, hörte wieder auf. Dann ließ sie sich plötzlich vornüber auf den Tisch sinken, so daß ihre Tasche auf den Boden fiel.

»O Harry«, schluchzte sie. »Wie kannst du mir das je verzeihen?«

Ich ging zu ihr hinüber, kniete mich hin und legte ihr den Arm um die Schultern.

»Komm, Schatz – was vorbei ist, ist vorbei.«

Sie wandte mir ihr Gesicht zu. Das bißchen Wimperntusche, das sie aufgetragen hatte, begann in die Falten um ihre Augen zu rinnen. Schniefend starrte sie erst auf meinen Mund und dann in meine Augen.

»Aber wie ist das möglich, Harry?«

»Weil ich dich liebe, Betty. Das weißt du doch.«

Ein schwaches, hoffnungsvolles Lächeln.

»Ich war mir nicht sicher, ob es immer noch so ist«, murmelte sie.

»Aber ja.«

»Sag es noch einmal«, flüsterte sie.

»Ich liebe dich, Betty.«

Einen Moment lang schwiegen wir, die Gesichter nah beieinander.

»Ich liebe dich auch.«

Ihre Stimme war kaum mehr als ein heiseres Kratzen in der Kehle. Ein Seufzer. Sie kuschelte sich an mich, schmiegte ihren Kopf in meine Halsbeuge, und so blieb sie lange, lange sitzen.

Worte sind natürlich immer einfacher zu handhaben als Gefühle. Und was man an so einem Tiefpunkt sagt, kann eine momentane Laune sein, ohne realen Bezug, ohne Bestand. Doch damals lagen noch viele Jahre vor Betty und mir. Und einige davon habe ich durch diese paar heiseren Worte über ihre Liebe besser durchgestanden.

Betty

Dic Stadt und die See schlafen nie.

Die Überfahrt von Southampton nach New York dauerte drei Wochen. Ich staunte über das Wasser, grün, blau, schwarz, das nie stillstand, nie schlief, sich dem ewigen Hin und Her nie verweigerte. Es war das erste Mal, daß ich mit einem Schiff fuhr, abgesehen von einem Bootsausflug während unseres einzigen Familienurlaubs in Clacton, als ich sechs Jahre alt war. Fasziniert vom Klatschen der Wellen, dem Möwengeschrei über mir, der salzigen Luft, stand ich bei Wind und Wetter auf Deck und sah der Meeresbewegung zu. Was für ein großes, majestätisches Schiff, mit seinen Schornsteinen, aus denen dicke Qualmwolken in den Nachthimmel aufstiegen. Wie beeindruckend, was der Kapitän und seine Mannschaft alles wußten. Wie erstaunlich, was die Technik alles bewirken konnte. Doch wenn ich so im Dunkeln unter dem Sternenhimmel stand, vom Mond beschienen, während aus dem Tanzsaal der Ersten Klasse Musik herüberwehte, wußte ich, daß in dieser Beziehung die See das Sagen hatte.

Sie war in ständiger Bewegung, riesig, wie sie war, stampfte, rollte, wogte vor und zurück. Ignorierte die See uns? Nein, nein, sie beobachtete uns. Ein ganzer Ozean voller Fische, Seesterne, Wale und Delphine, Algen und Salz – ganz zu schweigen von all den glubschäugigen, grünhäutigen Leichen – wisperte mir nachts ins Ohr. Wisperte die Namen der Fische, die in Schwärmen mit der Strömung schwammen, die Namen der Schiffe, die er eingefordert hatte, die Namen der Ärmsten, die mit ihnen untergegangen waren. Ob ich auf Deck stand oder in meiner Koje lag, die Hände auf dem Kind in meinem Bauch, die Gedanken bei meinem anderen Kind in

London – immer flüsterte die See mir zu: Ich kenne dich, Betty Porter. Ich weiß, was du bist. Jede Nacht erwachte ich irgendwann in meiner schwankenden Koje, fühlte mich krank, wie gelähmt von der Angst, daß nach allem, was ich getan hatte, nach meiner Flucht, die See mich und mein Baby verschlingen könnte, bevor ich Mikey und Sylvia noch einmal gesehen und gefühlt hätte.

»Liebe See, bitte verschling mich nicht«, flehte ich, die Augen wegen des durch die Bullaugen hereinfallenden Sternenlichts fest zugekniffen. »Bitte verschling mich nicht.«

Wenn ich eins über mein Leben sagen kann, dann daß es eine Hommage an die Stadt gewesen ist. Eine Hommage an jene, die so mutig, so ängstlich, so klug oder so dumm waren, ihr ganzes Leben dort zu verbringen, die die Abgase und die Straßen lieben, das Grollen aus U-Bahn-Schächten und Jazzclubs, und die einen Horror vor Kirchenglocken auf dem Land haben, dort, wo jeder jeden kennt. Ja, genau – auch ich bin so jemand. Ein absoluter, hundertprozentiger Ganz-oder-garnicht-Stadtmensch: Ich liebe die Rhythmen der Nacht, das Neonlicht und hasse Orte, an denen ich keine elektrische Leitungen über mir summen höre, wo der nächtliche Himmel nicht orange und lebendig ist und wo es keine Fremden gibt.

Doch nichts, was ich bis dahin erlebt hatte, rüstete mich für New York City. Nichts bereitete mich auf den Lärm dort vor. Auf die Symphonie der Stadt. Auf das niemals endende Hupkonzert der Taxis und Trompeten. Niemand hatte je zu mir gesagt: »Jetzt hol aber mal tief Luft, Mädel. Das ist ein Sprung ins kalte Wasser.« Tausendundeine Sprache war auf der Straße zu hören, soviel gab es zu sehen und zu tun, so viele verschiedene Arten von Essen konnte man ausprobieren. Müde schwarze Gesichter in der U-Bahn Richtung Uptown, von der Nachtschicht unterwegs nach Hause, voll glücklicher, trauriger, wütender, zärtlicher Erinnerungen an den Süden, den Norden – wie sich die Zeiten änderten, ja überhaupt, alles veränderte sich, und was zum Teufel sollte man heute abend bloß kochen. Niemand sagte zu mir: »Du wirst gar nicht dazu kommen, auf Grund zu stoßen, Mädchen.« Italienische Frauen, Papiertüten mit Tomaten, Basilikum und Würsten auf den Knien, die sich lauthals in den verschiedensten Dialekten unterhielten und klagten, daß es mit der Mott Street bergab ging. Pelzgewandete Gespräche zwischen hochgewachsenen, dünnen Damen von Welt, die nach einem Taxi winkten und den weißen braunen gelben alten jungen amerikanischen Amerikaner am Steuer anwiesen, sie mitsamt ihren Nerzmänteln, ihren schicken Ledertäschchen und ihren französischen Haute-Couture-Kleidern zu irgendeiner göttlichen Adresse in der Upper East Side zu fahren. Niemand sagte: »Na los, Mädchen. Schwimm um dein Leben.«

Ich stand auf den Straßen von New York City und schaute hoch, immer nur hoch. Zu gestreiften Markisen und den Schildern von Feinkostläden, zu baufälligen, fünfstöckigen Wohnhäusern, in denen gestritten wurde, daß die Fetzen flogen – auf spanisch, jiddisch, deutsch, mit Akzenten wie dem meiner Mutter, mit den gesammelten Stimmen eines ganzen Kontinents, eines ganzen Planeten. Und dazwischen die gefährlichen Klänge, die aus zerkratzten oder neuen Schellackplatten aufstiegen, die Luft zerrissen und die schwarzen Regenwolken über der Stadt auf Trab brachten. Ich schaute an den senkrechten, glitzernden Wänden von Wolkenkratzern und Museen hoch, hinauf zum allerhöchsten Punkt – das Empire State Building, Madam, ein paar Cents nur, und die Welt liegt Ihnen zu Füßen! –, und weiter hinauf in den strahlend hellen Nachthimmel.

In diesen ersten Tagen lief und lief ich, kostete die Stadt, war einfach da, schmeckte sie auf den Lippen, auf der Zunge, rollte sie zwischen den Fingern. Ich, allein in der Königin der Städte. Ich, allein mit den Millionen, die auch hierhergekommen waren. Die ihre Dörfer in der Ukraine und Irland, in Sizilien und Alabama verlassen hatten, Dörfer, in denen sie nie hatten frei atmen können; die nach New York City gekommen waren, um endlich wieder durchatmen zu können. Tief durchatmen, ohne Angst. Solche wie ich, die ihre alte Welt verließen, als dort das Mauerwerk vom Himmel stürzte und knöchelhoch das Blut in den Straßen stand.

Ich hatte die Zigarettenschachtel, auf die Mikey mir seine Adresse geschrieben hatte, sorgfältig aufbewahrt. Nachdem ich in New York angekommen war, hob ich sie noch zwei Jahre lang in einer leeren Puderdose auf, die ich mit einem roten Band zugebunden hatte. Auf dem Weg zu der angegebenen Adresse platzte ich fast vor Aufregung. Als ich klingelte, öffnete mir eine ältere Frau, die sagte, sie habe den Namen noch nie gehört. Am nächsten Tag war ich wieder da und am übernächsten wieder, bis sie schließlich sagte, wenn ich noch einmal käme, würde sie die Polizei rufen. Ich klingelte überall und wiederholte den Namen meines Geliebten, doch keiner kannte ihn. Einer sagte, zur Zeit der Weltwirtschaftskrise habe es mal einen Al Weiss gegeben, doch der müsse jetzt um die fünfzig sein. Ein anderer mutmaßte, die Drei auf der Adresse sei womöglich eine Acht. Doch seine Frau meinte, diese Hausnummer gebe es gar nicht. Ich trottete dennoch hin, nur um festzustellen, daß die Hausnummern nicht weiter als bis sechs gingen. Tag für Tag lief ich durch das Viertel, im siebten Monat schwanger, und wartete auf ein Zeichen. Doch nichts und niemand tauchte auf. Ich sah im Wählerverzeichnis nach, in Telefonbüchern, überprüfte jeden einzelnen aufgelisteten M. Weiss, erkundigte mich in der Austrian-American Society, lief abends durch die umliegenden Bars, fragte bei katholischen Priestern nach, doch keiner kannte den Michael Weiss, den ich kannte. Ich saß bis in die frühen Morgenstunden in meinem winzigen gemieteten Zimmer und weinte. Immer wieder überprüfte ich die Adresse, überlegte mir, ob ich seinen Nachnamen vielleicht falsch verstanden hatte, ob ich alles nur geträumt hatte, ob ich langsam verrückt wurde, ob ich schon verrückt geworden war.

Enttäuschung – eine so furchtbare, bittere, maßlose Enttäuschung – hat ihre eigene Sprache. Es ist eine Sprache, in der sich die Enttäuschten miteinander oder mit sich selbst unterhalten können, die jedoch kein anderer zu verstehen scheint. Alles, was man sagt, kommt verdreht und zu laut heraus. Wie ein heiseres Tenorsaxophon. Wie eine klagende Trompete. Ja, wie Jazz.

Und dann brach ich eines Tages, hungrig, erschöpft und fast pleite, in Mikey Weiss' Viertel ohnmächtig auf der Straße zusammen. Die Frau, die mir aufhalf, war eine Schwarze mittleren Alters namens Martha, die aus den Südstaaten kam und oben in Harlem einen großen Nachtclub besaß. Sie erbarmte sich meiner, eines armen englischen Mädchens auf der Suche nach ihrem Geliebten, und gab mir Arbeit und ein Dach überm Kopf. Martha rief dann auch den Arzt, als während meiner Schicht die Wehen einsetzten, und sie war dabei, als mein Sohn geboren wurde. Auf ihren Rat hin nannte ich ihn Michael Weiss jr. und meldete ihn als Mikeys Sohn an. Und so wurde mein Sohn, zu meinem späteren Leidwesen, als amerikanischer Staatsbürger geboren.

Martha besaß ein großes, wildes Tanzlokal in Harlem. Tagsüber putzte ich dort ein paar Stunden, und abends stand ich ein paar Stunden hinter der Bar. Nachmittags hatte ich frei, und so ging ich mit Michael in den Central Park, wo wir uns an einen der kleinen Teiche setzten, wanderte mit ihm durch eins der kühlen, hallenden Museen oder zeigte ihm die Läden und Verkaufsstände in Little Italy. Ich und mein Sohn in der Stadt. Er war noch zu klein, um sprechen zu können, doch seine runden braunen Augen – die Augen seines Vaters – und seine weichen, feisten Fingerchen auf meinem Gesicht und meiner Brust zeigten mir, was er dachte. Eine ganze Schar von Mädchen arbeitete für Martha, und die meisten von ihnen wohnten, genau wie ich, in einem der vielen engen Zimmer über dem Nachtclub. »Zu irgendwas sind die Zimmer ja schließlich da. Und so hab ich die dummen Luder wenigstens im Blick, das kann gar nichts schaden«, verkündete Martha oft. Die Mädchen waren völlig vernarrt in meinen hübschen, dunkeläugigen Kleinen, spielten mit ihm und betüddelten ihn, während sie sich von mir die traurige, romantische Geschichte seiner Herkunft erzählen ließen. Nachts lag ich mit ihm in meinem schmalen Bett, roch seine Haut, spürte sein flaumiges Haar zwischen meinen Fingern und weinte mich in den Schlaf. Mitten im größten Abenteuer meines Lebens war ich wie gelähmt durch ein gebrochenes Herz.

Doch gebrochene Herzen heilen tatsächlich, wie ich festgestellt habe.

Es kam immer mal wieder vor, daß eins von uns Mädchen die anderen abends bei der Arbeit auf irgendeinen Jazzstar aufmerksam machte. Meist waren es Musiker, die entweder am Anfang oder am Ende ihrer Karriere standen. Irgendein großspuriger Trompeter oder Pianist, der im Glanze zukünftiger großer Taten durch den Raum stolzierte. Der nur so sprühte vor Charme angesichts seiner glorreichen Zukunft. »Und die Mädels können wieder mal nicht genug davon kriegen«, brummte Martha dann. »Wie die Fliegen vor dem Honigglas.« Oder irgendein alternder Sänger oder bekannter Arrangeur, der, vom Heroin oder Alkohol oder einfach von der niemals endenden Plackerei zerrüttet, allein in einer dunklen Ecke saß oder abgedroschene Geschichten über die Zwanziger erzählte. »Damals, ja, da hat der Jazz seinen Namen noch verdient – ganz im Gegensatz zu dieser unmelodischen Scheiße heute!«

Ich bekam diese Geschichten nur selten erzählt. Für die Frauen war ich zu sehr Weiße und für die Männer zu sehr Frau. Doch während ich Geschirrtücher in Gläsern drehte oder Aschenbecher ausleerte, kam ich trotzdem zu meinen Manhattan-Geschichten.

Ende 1946 erhielt ich einen Brief von meiner Schwester in London. Sie schrieb, daß Stan ihr nach monatelangen Entschuldigungen und Verzögerungen schließlich mitgeteilt habe, daß er Sylvia nicht herausgeben werde. Sie habe ihm mit dem Anwalt gedroht, doch er habe erklärt, auf der Geburtsurkunde stehe sein Name, er sei der Vater und kein Gericht im ganzen Land werde seine Tochter zu ihrer weggelaufenen Mutter nach Amerika schicken. Meine Schwester schloß mit den Worten: »Mir scheint, daß du zwei Möglichkeiten hast: Entweder du vergißt die kleine Sylvia und läßt sie bei Stanley, oder du kommst zurück und holst sie selbst.«

Ich ging zu Marthas Wohnräumen hinüber, es war an einem frühen Nachmittag. Da der Club nachts sehr spät zumachte, schlief Martha immer bis mittags und trödelte dann bis um drei oder vier in einem seidenen Morgenmantel herum, rauchte Stumpen und trank schwarzen Kaffee.

Als ich eintrat, blickte sie von einer Zeitschrift auf. Eigentlich mochte Martha keine weißen Frauen – »Wie verwöhnte Schoßhündchen führen die sich auf, und genauso klingen sie auch!« –, aber mich mochte sie, denn sie spürte, daß mich das Leben nicht mit Samthandschuhen anfaßte. »Dein Herz jedenfalls nicht, Baby.«

Ich setzte mich hin und fing augenblicklich an zu weinen. Sie kam zu mir herüber und nahm mich in den Arm. Sie hatte einen fülligen, weichen Körper, in den ich mich jetzt hineinkuschelte. Sie duftete immer herrlich, jeden Tag ein bißchen anders. Auf den Regalen in ihrem schwarz-goldenen Badezimmer stand eine lange Reihe unbeschrifteter Fläschchen, die alle mit Parfums in verschiedenen Farben gefüllt waren, und jede Farbe wurde von einer eigenen Glühbirne an der Wand angestrahlt.

»Ist ja gut, Mädel. Ist ja gut.«

Ich wischte mir die Augen mit dem Taschentuch, das sie mir gereicht hatte, und schluchzte:

»O Martha, ich muß wieder zurück nach England.«

»Aber warum denn?«

Sie schlang ihren langen Arm um meine Schultern.

»Ach, wegen allem. Erstens werde ich Mikey sowieso nie finden. Und zweitens geht hier alles schief ...«

»Aber Kleine, ich dachte, du wärst gerne in New York.«

»Bin ich auch, Martha.« Ich hielt inne, um mir die Nase zu putzen. »Aber schau dir mal das hier an.« Ich drückte ihr den Brief meiner Schwester in die Hand, der zusammengefaltet in seinem Umschlag steckte.

Ich beobachtete sie, während sie ihn aufmerksam las, Wort für Wort. Nachdem sie ein Stückchen gelesen hatte, runzelte sie die Stirn, und gelegentlich schnalzte sie mißbilligend mit der Zunge oder schüttelte den Kopf.

Als sie den Brief auf den Schoß legte und mich ansah, sagte ich:

»Ich habe ein bißchen Geld zusammengespart. Würdest du mir etwas leihen, damit ich genug für die billigste Überfahrt habe? Ich werde es dir von London aus so schnell wie möglich zurückschicken, das weißt du.«

Sie legte mir die Hand aufs Knie und sprach ganz ruhig, wie eine Mutter, eine gütige Mutter. Was sie, wenn ich es mir so recht überlege, auch sein wollte, eine Mutter für uns alle.

»Ja, glaubst du denn wirklich, daß die dir deine Kleine einfach so zurückgeben werden, wenn du jetzt nach England zurückfährst?«

»Na ja ...«

»Nach allem, was war, Baby, werden die es sich nicht plötzlich anders überlegen und sagen, hier, bitte schön. Klar, die meisten Männer sind Windhunde, aber sie können genauso gekränkt und empfindlich reagieren wie Frauen. Du mußt diesem Mann sehr weh getan haben, Betty. Er wird sie dir nicht einfach so zurückgeben.«

Weinend erwiderte ich:

»Vielleicht nimmt er mich ja zurück.«

»Was?« schrie sie auf. »Was? Nach allem, was du über ihn erzählt hast? Mal ganz abgesehen davon, daß du das Kind von einem anderen im Schlepptau hast.

Hör zu, Betty, er war vielleicht Manns genug, um das Kind von irgendeinem Kerl aufzuziehen, der dich dick gemacht hat, bevor ihr zwei zusammen wart, aber kein Mann auf dieser

Welt wird einen Bankert akzeptieren, der mehr oder weniger in seinem eigenen Bett gezeugt worden ist. Du mußt dich entscheiden, Schätzchen – entweder der kleine Michael oder Sylvia. Beide kannst du nicht haben, das geht einfach nicht. Ich weiß, das ist nicht schön, aber es läßt sich nun mal nichts dran ändern.«

Wir saßen einen Moment lang schweigend da.

»Aber ich muß es probieren, Martha. Irgend etwas muß ich tun.«

»Ich sage dir jetzt mal, was das beste Angebot ist, das ich dir machen kann. Das beste deshalb, weil ich erstens auch nicht im Geld schwimme und du zweitens Zeit brauchst, um einen klaren Kopf zu kriegen.

Bleib hier, bis der Winter vorbei ist. Dir steht wohl eh mal eine Lohnerhöhung zu, und wenn du dein Geld zusammenhältst, kannst du dir die Kosten für die Überfahrt zusammensparen. Und falls du dann im April oder im Mai immer noch fahren willst, kannst du fahren, ohne mir was schuldig zu sein, außer ab und zu mal einen Brief. Wenn du bleiben willst, kannst du so lange hier arbeiten, wie du magst. Aber natürlich kannst du auch gehen, wenn du dich dafür entscheidest. Deine Chancen, deine Tochter zurückzukriegen, sind jetzt kein Deut besser als nächstes Jahr, glaub mir, und bis dahin hast du vielleicht damit leben gelernt, daß du sie verloren hast.«

Martha strich mir sanft mit dem Handrücken übers Gesicht. Im elektrischen Licht glitzerten zwei Diamantringe an ihren Fingern. Sie sah mich aus ihren zusammengekniffenen braunen Augen freundlich an und nickte. Und obwohl ich wußte, daß sie recht hatte, wollte ich nur das tun, was mir im Blut lag: weglaufen, vor der Wahrheit fliehen.

Die Vergangenheit ist uns auf den Fersen, sie verfolgt uns, beobachtet uns ohne Unterlaß. Und wenn wir sie am wenigsten erwarten, springt sie uns plötzlich an, aus dem Nichts.

Martha hatte mir einen Kuß auf die Backe gegeben, als ich aufhörte zu weinen, und mir ein paar Dollar in die Hand gedrückt, damit ich mal so richtig schön zum Friseur gehen konnte. Sie meinte, ich solle nicht zu einem der schwarzen Friseure gehen – »die werden dir deine Weißen-Haare mit ihren heißen Lockenscheren glatt vom Kopf brennen« –, sondern zu einem der Italiener ein paar Blocks weiter.

Der Friseursalon, zu dem ich ging, gehörte einem kleinen, tuntigen Mann namens Tony. Tony färbte mir als erster die Haare kupferrot, so wie ich sie dann fünfundzwanzig Jahre lang trug. Bald ging ich regelmäßig einmal im Monat zu ihm, und zusammen mit ein paar hübschen Spielsachen für meinen Kleinen war Marthas Lohnerhöhung damit mehr oder weniger hinüber.

Silvester 1947 fand ich heraus, daß Tony mit Nachnamen Mancini hieß. Draußen vor dem Friseursalon türmte sich der Schnee. Ich erzählte ihm, ich hätte einen Bekannten in London – einen New Yorker –, der mit Nachnamen Mancini hieß. Und so erfuhr ich, daß Fredo Mancini, Mikeys bester Freund, Tonys Cousin war und daß er nur ein paar Meilen entfernt wohnte, gesund und munter. Ich war seit anderthalb Jahren in New York.

Harry

Und dann, im April 1975, als der Jazz und Soho sich längst verändert und wir längst aufgehört hatten, von unserem eigenen Kind zu sprechen, kam Sylvia zurück.

Sylvia kam hilflos, obdachlos und mit einer beängstigenden Wut im Bauch zurück, wollte Rache, wollte Mutterliebe, Aufmerksamkeit, weiß Gott was. Sylvia kam zurück, um zu fragen, ob man sie vergessen hatte. Sylvia Joan kam zurück, um etwas einzuklagen. Vielleicht, um einen Fetzen Kleidung abzureißen und seine Farbe, seine Struktur zu begutachten. Vielleicht, um ihrer Mutter eine Haarlocke zu stehlen und sie zu verstecken. Oder um Bettys Blut unter ihren Fingernägeln zu schmecken. Vielleicht, um ihre Hände in den weichsten Teil der Vergangenheit zu drücken.

Betty hatte sich ein Jahr zuvor – oder waren es zwei? – die Haare schneiden und in einem dunklen Honigblond färben lassen. Sie hatte mir vorher nichts davon gesagt und fragte mich auch nie, ob es mir gefiel. Sie sagte bloß, sie werde eben älter. »Man kann nicht einfach weitermachen, als wäre man fünfundzwanzig, wenn man über fünfundfünfzig ist, Harry. Dieses Rot, und dann noch die Hochfrisur, das bin ich einfach nicht mehr, das war ein anderes Ich, ein früheres Ich.«

Harry

»Für solche wie den ist Erschießen doch noch viel zu milde.« Ich blickte von meiner Zeitung auf, wenn sie sich vor den Fernsehnachrichten aufregte. Irgendeine verwirrte, elende Kreatur, Opfer der eigenen Ängste und Beklemmungen, bringt ein Mädchen um. Hatte das sicher nie vor. Wollte es nie und tat es doch. Ich beobachte den Nachrichtensprecher in unserem neuen Farbfernseher, höre mir an, wie er seinen Text vorliest. Ich mache mir Gedanken über den kleinen Jungen, der sich zu so einem »Monster« entwickelt hat, und über die Wege, die ihn dorthin geführt haben. Ich denke an die kleinen Jungs, die ringsum auf der Straße spielen, an einen kleinen Jungen in einem Schal, auf dem sich Flecken ausbreiten, an einen kleinen Jungen namens Henry Hudson, dem man Geschichten über einen Abenteurer erzählt, der über schäumende Wellen segelt und sich durchs Treibeis kämpft.

Doch in ihrem blassen, faltigen Gesicht und ihren unverändert dunklen Augen breitet sich dann immer Haß aus, Haß auf jemanden, den sie gar nicht kennt, und auf das, was er dem Kind irgendeiner Mutter, die sie ebenfalls nicht kennt, angetan hat. Sie nimmt einen Schluck von ihrem heißen, süßen Kaffee und greift nach ihrer Zigarettenschachtel. Dann sieht sie mich an und sucht nach möglichst häßlichen Worten.

»Und du? Hast du nichts dazu zu sagen? Du findest das wohl alles in Ordnung?«

Womöglich falte ich dann meine Zeitung zusammen, so daß das laute Rascheln des Papiers das Zimmer erfüllt. Vielleicht riechen meine Finger nach Druckerschwärze. Und durch ein Küchenfenster blickt eine dunkle, sternenlose Nacht auf zwei Menschen herab, die einander zu gut und zugleich auch gar nicht kennen und die eine altbekannte Szene wiederholen.

Ich verspüre keinen Haß, wenn ich solche Geschichten höre. Bloß große Trauer. Die Enttäuschung mit ihren dürren Fingern und ihren scharfen Klauen erreicht noch jedes Zuhause, noch jedes Bett. O schwarze, sternenlose Nacht, sieh doch nur, wie billig und reichlich Enttäuschung zu haben ist. Und so sitze ich da, betrachte die bitteren Züge meiner Frau und fühle nur Trauer – für alle Beteiligten. Natürlich für das Mädchen. Für die Eltern, die versuchen, ihrem Schmerz, ihren Träumen und der Muße, die entsetzliche Bilder und lähmende Gedanken aufkommen läßt, zu entfliehen oder auszuweichen. Für die Eltern oder die Frau oder die Kinder des Mörders. Für zwei Familien, die zerschlagen worden sind. Ja, und auch für den Mörder. Auch er war einmal ein Kind, das in der Sonne spielte, sich am Rock seiner Mutter festhielt, um nicht das Gleichgewicht zu verlieren, das ihre Haut roch, ihre Wärme spürte. Unter einem traurigen, sternenlosen Himmel weinen sich zwei Frauen in den Schlaf, und beide erinnern sich an die Sonne, an das kleine Händchen an ihrem Rock, an die winzigen Finger. So fest hält einen nur die Enttäuschung in ihren Klauen.

Betty zündet sich eine Zigarette an.

»Betty, du weißt, wie ich über solche Geschichten denke«, antworte ich.

Rauch zieht durchs Zimmer. Ein bläuliches Licht.

»Klar – anything goes. Ganz der Liberale.«

Das stimmt nicht, doch ich lasse mich durch ihre kleinen Provokationsversuche nicht aus der Ruhe bringen.

»Betty, ich finde, daß das alles sehr schlimm ist. Es ist tragisch. Es ist unendlich tragisch.

Aber es ist nicht wichtig. Es ist traurig, aber nicht wichtig. Um uns herum werden viel schlimmere Verbrechen begangen. Schlimmere Verbrechen gegen ganze Städte oder gar Länder. Mir tun beide Familien sehr leid. Wirklich, das tun sie, und trotzdem sind das nur Banalitäten. Es ist pures Entertainment.«

Sie hielt den Blick auf mich gerichtet, während ich sprach, erhob sich, als ich fertig war, und schnaubte verächtlich.

»Du solltest dich schämen, zu behaupten, das sei nicht wichtig! Es ist eine Schande, so über den Tod eines Kindes zu reden. Etwas Schlimmeres gibt es gar nicht!«

Und vielleicht glitzerte eine Träne in ihrem Augenwinkel, als sie auf dem Absatz kehrtmachte und hinausging.

Sylvie kündigte sich diskret an, als sie zurückkehrte, mit einem kurzen, handgeschriebenen Brief. Er lautete folgendermaßen:

Liebe Mrs. Hudson,

mein Name ist Sylvie Porter. Ich wurde am 18. Mai 1941 im St Thomas's Hospital als Sylvia Joan Porter geboren. Meine Eltern hießen Stan und Betty Porter und wohnten in den vierziger Jahren in verschiedenen Wohnungen in Elephant and Castle und in Battersea. Sie heirateten im Dezember 1940. Meines Wissens trennten sie sich gegen Ende des Krieges, und meine Mutter zog nach Amerika oder Kanada. Ich glaube, daß Sie, erneut verheiratet, diese Betty Porter sein könnten.

Falls Sie diese Frau sind, dann sind Sie meine Mutter. Falls Sie es nicht sind, verzeihen Sie bitte, daß ich Sie belästigt habe. In jedem Fall wäre ich Ihnen sehr dankbar, wenn Sie so nett sein könnten, sich unter der unten genannten Telefonnummer bei mir zu melden. Sollten Sie irgendwelche Konsequenzen befürchten, so wird es Sie vielleicht interessieren, daß Stan Porter und meine Großmutter Maud Porter beide schon seit einigen Jahren tot sind.

Vielen Dank,

Sylvie

Es war eine Paddingtoner Nummer. Die Tinte war schwarz, ein feiner Strich.

Der Brief hatte im Café auf dem Linoleumboden gelegen, er war irgendwann in der Nacht von Samstag auf Sonntag durch den Postschlitz gesteckt worden und lag im indigoblauen Schatten der Morgenstunden versteckt. Betty war an dem Abend ausgegangen, wohin, hatte sie nicht gesagt. Im Laufe der Jahre hatte sich das so eingespielt, wir lebten in einer Mischung aus beidseitiger Gleichgültigkeit und der alten Eifersucht. Nur ab und zu gewann eins der beiden Gefühle die Oberhand. Mal tolerierten wir die kleinen Affären, die belanglosen Flirts des anderen, mal erfüllten sie uns mit Abscheu. Die Nächte waren finster und kalt, manchmal war ein anderer Körper wärmer, doch manchmal waren auch unsere Körper die wärmsten auf der Welt.

Kurz nach Mitternacht hörte ich die Tür zuschlagen. Betty stieg mit schwerem, betrunkenem Schritt die Treppe hinauf. Einige weitere Geräusche. Unterdessen steckte eine unsichtbare Hand – blaß, genau wie ihre – ein zusammengefaltetes Blatt durch einen Briefschlitz. Und vielleicht waren zwei nervöse Augen – schwarz und feurig, genau wie ihre – auf die Gestalt einer betrunkenen Frau mittleren Alters gerichtet, die am Schloß des Hudson Café herumfummelte, und jemand fragte sich: Bist du es?

Am Sonntagmorgen erwachte ich um sieben Uhr und frühstückte allein. Die Babygeräusche in den Wänden, das leise Geschrei in der Decke, die Erinnerungen, die in den Fensterscheiben und Glühbirnen festsaßen, waren wieder da. Ich kontrollierte die Mausefallen.

Es war Frühling. Die Vögel kehrten langsam zurück. Das Licht, das durch die Fenster des Hudson Café hereinströmte, war seltsam wohltuend. Es erfreute die Augen, dieses Licht. Es kitzelte auf der Haut. Es stimmte fröhlich. Ich hob die Sonntagszeitung von der Fußmatte auf und wollte gerade wieder hinaufgehen, als ich den Brief entdeckte.

Er war auf einem linierten Blatt geschrieben, das aus einem Schulheft herausgerissen worden war, und war an E. Hudson adressiert. Elizabeth war ein Name, den ich nie mit Betty in Verbindung brachte. Die Geschäftspost ging immer an mich, und ich hatte nie gehört, daß jemand Betty anders als eben Betty nannte. E. Hudson. E. Hudson. Ich faltete das Blatt auseinander und las es. Dann steckte ich es in die Tasche, ging hoch und las meine Zeitung, während im Radio alte Hits gespielt wurden.

Abends aßen Betty und ich zusammen. Wir saßen schweigend an dem kleinen Küchentisch. Sie war vor mir fertig und wollte gerade aufstehen, als ich den Brief aus der Tasche zog und ihn ihr über den Tisch zuschob.

Betty stand auf, den Blick auf dem zusammengefalteten Blatt. Sie wandte sich um, ging zum Herd und riß ein Streichholz für das Gas unter dem Teekessel an. Dann zündete sie sich mit demselben Streichholz eine Zigarette an. Ihre Lippen hinterließen keine Spuren mehr auf dem Filter, seit sie weniger Make-up trug. Sie fuhr sich mit den Fingern durch ihr kurzes, blondiertes Haar, während sie zum Tisch zurückging, und musterte das Blatt und meine daraufliegende Hand.

»Was ist das, Harry?«

»Diesen Brief habe ich heute morgen auf der Fußmatte gefunden. Aber er ist an dich gerichtet.«

»Und du hast den ganzen Tag gebraucht, um ihn mir zu geben?«

»Den ganzen Tag.«

Betty war nicht der Typ dazu, in so einem Moment unter lautem Geschrei ihre Privatsphäre einzuklagen, nach dem Motto, dazu hast du kein Recht, das hättest du nicht tun dürfen. Es war eine ihrer Stärken, sich nie zu rechtfertigen, nie zu protestieren. Sie nahm die Dinge, wie sie kamen. Manchmal ignorierte sie sie auch. Weder verlangte sie nach Entschuldigungen, noch gab sie selbst welche ab. Womit sie in diesem Moment wohl rechnete? Mit den Zeilen eines feindlich gesinnten Menschen, einer betrogenen Ehefrau vielleicht, die sämtliche Einzelheiten einer Affäre vor ihr ausbreitete, Uhrzeiten und Daten, Parkplätze und Hotels? Oder mit den Zeilen eines verzweifelten, verstoßenen Geliebten, der mir verriet, was sie getan hatten und wann, und was es bedeutet hatte? Was immer Betty erwartete, auf die Wahrheit war sie nicht gefaßt. Mit Sylvia rechnete sie nicht.

Sie nahm den Brief und las ihn, ließ ihre Augen von rechts nach links über das Blatt wandern und den Rauch zwischen ihren Fingern aufsteigen. Dann faltete sie das Blatt wieder zusammen und schob es zu mir herüber.

»Und was willst du jetzt von mir hören, Harry?« Ihr Blick war auf den Tisch gerichtet. Ich nahm an, daß sie ihn gleich langsam und bedächtig heben würde. So wie früher, als wir noch nicht verheiratet gewesen waren, als sie mich in sich verliebt gemacht hatte.

»Ob es stimmt oder nicht.«

Da kamen sie auch schon, ihre großen, fast schwarzen Augen. Oh, Betty Hudson, Elizabeth Hudson, Betty Porter, wer du auch bist, wer du auch für mich sein willst, für diese Spielchen sind wir schon zu lange verheiratet.

»Es stimmt.«

»Und, findest du nicht, daß du mir eine Erklärung schuldig bist?«

»Nein, das finde ich nicht. Ich habe dir nie verheimlicht, daß ich früher in England schon mal verheiratet war.«

Und ich bin schon zu lange mit dir verheiratet, um mich auf irgendwelche Spielchen einzulassen.

»Verdammt noch mal, Betty ...« Ich fing an zu schreien, ballte die Fäuste, war selbst von der Wut erfüllt, die demnächst gegen uns entfesselt werden sollte, wollte Betty angst machen, ihr zeigen, daß das Leben ernst war, daß es kein Spiel war. »Sag mir, was das soll. Sag mir, wie es angehen kann, daß wir seit fünfzehn Jahren verheiratet sind und du nie auch nur ein Wort darüber verloren hast, daß du aus deiner ersten Ehe ein Kind hast! Nicht ein Wort – daran hätte ich mich bestimmt erinnert.«

Betty stand auf und stieß einen kurzen, erstickten Schrei aus.

»Ich schulde dir keine Erklärungen! *Ist das klar!*«

Sie stürmte aus der Küche, hinauf in das Zimmer im zweiten Stock, wo sie seit einigen Monaten wieder schlief. Die Tür schlug so heftig zu, daß das ganze Haus erbebte.

Ich folgte ihr. Als ich in ihr Zimmer gestürzt kam, saß sie weinend auf dem Bett, den Kopf in den Händen.

Du bist eisenhart, Betty Hudson, dachte ich manchmal.

Du bist wie eine Porzellanpuppe, die von ihrem Regal fällt – die immer nur fällt, ohne je auf dem Boden aufzuschlagen.

»Betty, was zum Teufel geht hier vor?«

»Ach je, Harry, ach je, ach je ...«

Sie rieb sich mit den Handballen die Augen, bis sie ganz rot waren, und blickte auf. Ihre schwarzen Augen, diese tückischen, uralten Gewässer, sahen verletzlicher aus, als ich sie je gesehen hatte. Betty sah aus wie ein gehetztes Tier. Wie ein Sträfling auf der Flucht.

»Betty, stimmt es?«

»Oh, Harry ...«

»Betty ...«

»Sie ist meine Tochter, Harry. Sie ist meine Tochter.«

Harry

»Wir nannten sie Sylvia, weil am Abend vor ihrer Geburt die Tochter von Stans Cousine, also von meinem Mann – meinem ersten Mann natürlich ...« Sie lächelte. »Weil die Tochter von Stans Cousine an Scharlach gestorben war. Sie hieß auch Sylvia.

Sylvia war mein kleiner Goldschatz. Ich habe sie über alles geliebt. Ich habe sie immer hübsch herausgeputzt, meine Schwiegermutter und ich nähten ihre Kleidchen selbst, aus Vorhängen oder auch mal einem alten Schlüpfer. Wir färbten sie rosa, indem wir sie mit den roten Rüben kochten, die Stan in unserem kleinen Garten in der Nähe von Elephant and Castle anbaute. Abends drehte ich ihr immer Korkenzieherlocken, und tags schob ich sie in ihrem Wagen in den Park oder an den Fluß hinunter. Ich küßte sie erst auf die Stirn und dann auf den Mund. Einen für meinen Goldschatz, habe ich immer gesagt, und einen für den Engel in seinem Innern.«

Ich unterbrach den Fluß ihrer Erinnerungen, indem ich sie leise fragte:

»Aber wie hast du sie denn verloren?«

Bettys Lächeln erlosch, ihre Erinnerungen verblaßten.

»Harry, ich habe sie nicht verloren. Ich habe sie aufgegeben. Ich habe sie sitzenlassen.

Ich lernte damals einen Mann kennen, der mit der amerikanischen Armee hier war. Ich habe dir ja schon erzählt, daß ich meinen Mann verlassen habe. Ich habe Stan wegen diesem Amerikaner verlassen. Er hieß Mikey Weiss.« Sie lächelte. »Heute weiß ich kaum noch, wie er aussah, aber damals hatte ich das Gefühl, ich müßte mit ihm gehen, müßte mit ihm zusammensein. Also verließ ich Stan. Ich vereinbarte mit meiner Schwester, daß Sylvia bei ihr unterkommen und mir später nachfolgen würde. Doch als ich in New York ankam, konnte ich Mikey nirgends finden, und dann weigerte sich Stan, Sylvia gehen zu lassen. Ich hätte nie damit gerechnet, daß er sie festhalten würde, nicht mal im Traum. Und damals herrschten einfach noch andere Sitten.«

Betty weinte leise in ein Papiertaschentuch, das sie aus einer Schachtel auf ihrem Nachttisch gezogen hatte.

»Warum hast du mir nie von ihr erzählt, Betty? Warum nur?«

»Ich habe sie mehr oder weniger weggegeben, Harry. Habe mein eigenes Kind weggegeben. Glaubst du, darauf bin ich stolz? Glaubst du, du hättest mir noch in die Augen blicken und mir sagen können, daß du mich liebst?«

Wir schliefen miteinander, dort auf ihrem ungemachten Bett. Ein vorsichtiger, intimer Liebesakt zwischen zwei Menschen, die einander nicht beeindrucken, nicht verletzen oder ausstechen wollen. Zwei Menschen, die einander halten und gehalten werden wollen. Es war das erste Mal seit über einem Jahr, daß wir uns liebten. Danach lagen wir warm und schweigend nebeneinander. Die Nachttischlampe warf dunkle, goldene Schatten ins Zimmer.

»Weißt du was, Betty – mir gefallen deine Haare, so wie du sie jetzt trägst.«

»Na ja, ich bin inzwischen wohl ein bißchen zu alt, um noch Rita Hayworth zu spielen«, sagte sie lachend. Der volle, rauhe Klang ihrer rauchigen, durch ihr Café-Lachen abgerundeten Stimme konnte mir immer noch einen wohligen Schauer über den Rücken jagen. Meine Hand wanderte von ihren weichen Hüften hinauf zu ihrer Wange. Ich drehte ihr Gesicht in meine Richtung und küßte sie.

»Und, wann wirst du sie anrufen?«

Unsere Körper lösten sich voneinander. Sie war schon dabei, aus den Laken zu schlüpfen.

»Ich weiß noch gar nicht, ob ich sie überhaupt anrufen werde ...«

»Aber das mußt du! Meine Güte, Betty, du mußt sie anrufen!« Ich zog mich auf die Ellbogen hoch.

Betty streifte bereits ihren Unterrock über. Der seidige Stoff schimmerte im Licht, als sie sich hineinwand. Sie hob ihren Rock auf und strich sich das Haar glatt.

»Harry, wenn sie die Sache weiter verfolgen will, soll sie das tun. Aber ich werde sie nicht noch dazu ermuntern.«

»Wie bitte?«

»Ich meine, ich kann sie da nicht auch noch ermuntern!«

»Dieses arme Mädchen ist auf der Suche nach seiner Mutter, Betty! Sie ist hierhergekommen, nach all den Jahren, weil sie *dich* sucht! Es kann nicht leicht gewesen sein. Sie muß jetzt um die Dreißig sein. Sie hat ihr eigenes Leben. Vielleicht hat sie Kinder. Du kannst sie nicht einfach abweisen!«

»Ich werde sie nicht abweisen, Harry. Das werde ich nicht tun.« Betty bewegte nervös die Finger, auf der Suche nach den passenden Worten. »Wäre es nicht besser, die Vergangenheit ruhen zu lassen? Wäre es nicht besser, wenn sie mich gar nicht kennenlernen würde?«

Ich merkte, daß sie langsam die Fassung verlor.

»Aber warum denn? Daraus könnte doch etwas sehr Schönes für dich werden – für uns.«

»Aber Harry, verstehst du denn gar nichts? Gerade um uns habe ich doch Angst! Um das alles hier!« rief sie und beschrieb mit den Armen einen Kreis über ihrem Kopf, um unser Zuhause anzudeuten. »Ich habe Angst, daß durch ihre Rückkehr all das hier auseinanderbrechen könnte!«

»Herrgott, Betty, sie ist doch kein Abrißkommando – sie ist deine Tochter! Und sie ist zu dir zurückgekommen!«

»Genau, Harry. Sie ist meine Tochter. Und ich habe sie verlassen. Ich habe sie und ihren Vater wegen eines Mannes verlassen, den ich kaum kannte, und bin in ein Land gegangen, das Tausende von Meilen entfernt ist. Was ich da getan habe, war endgültig, Harry. Ich bin nie zurückgekehrt. Habe nie geschrieben. So etwas wird sie nicht einfach vergeben und vergessen, wenn ich mich dafür entschuldige.«

Harry

Betty kam Ende der Fünfziger. Sie hatte bestimmte Entscheidungen getroffen, hatte sich entschlossen, im Hudson Café zu bleiben und mich zu heiraten, zu einer Zeit, als die Welt, die ihr die schwierigsten Entscheidungen ihres Lebens abgezwungen hatte, gerade zu verblassen begann. Und als jetzt Sylvie auftauchte – im April 1975 war das –, wurde deutlich, daß auch die Welt, in die Betty hineingehörte, im Schwinden begriffen war.

Ein kleiner, zarter Schatten im diesigen Sonnenlicht, so stand Sylvie eine volle Minute lang da und beobachtete uns bei der Arbeit – Harry und Betty Hudson, an einem Donnerstag gegen Ende der Mittagszeit. Betty sprach gerade davon, daß wir zum Großhandel müßten, um Kaffee und Zucker und vielleicht auch etwas Öl zu besorgen. Unsere Hände erledigten flink alltägliche Aufgaben. Welche, könnte ich heute nicht mehr sagen. Wir achteten beide kaum auf das, was wir taten, weil es uns so vertraut war. Und wir wissen bis heute nicht, warum wir gleichzeitig aufsahen, als eine schlanke, dunkle Gestalt das Hudson Café betrat.

Sylvie schob sich zwischen den dicht nebeneinanderstehenden Tischen hindurch, lehnte sich gegen die Marmortheke und legte ihre in schwarzen fingerlosen Handschuhen steckenden Hände darauf. Ihre Fingernägel waren schmutzig und abgekaut. Doch wenn man genauer hinsah, auf die Details achtete, erkannte man schnell, daß sie eigentlich ein hübsches Mädchen war, mit den gleichen großen dunklen Augen wie ihre Mutter. Ihre in einem dunklen Hennarot gefärbten Haare fielen ihr lockig auf die Schultern. Sie trug einen langen schwarzen Poncho. Den trug sie fast immer, wie sich zeigen sollte. In vieler Hinsicht war sie ihrer Mutter nicht sehr ähnlich: Sie war kleiner, schmaler, zartgliedrig. Und ihr fehlte der Blick fürs Detail, den ihre Mutter besaß, sie trug fast nie Make-up, und ihre Kleider waren denkbar schlicht. Aber die Augen, die hatte sie von ihr: schwarz, feurig, wunderschön. Die Augen waren es, mehr als alles andere, die sie als Bettys Kind auswiesen.

»Hallo«, begann sie leise. »Hallo. Ich bin Sylvie Porter. Sylvia. Sie sind es doch, oder?«

Betty blinzelte und fragte:

»Wie kamen Sie darauf, gerade mich anzusprechen?«

Ihre Tochter lachte kurz und angespannt. Ein wildes Flakkern im Dunkel ihrer Augen. Ein Schimmer, ein Funkeln im Schwarzbraun. »Meine Güte, ich glaube, ich hätte Sie überall erkannt. Es sind die Augen.« Sylvie wandte ihren Blick einen Moment lang von Betty ab, um mich anzusehen. »Wir haben die gleichen Augen, stimmt's? Wir haben genau die gleichen Augen.«

Betty und Sylvie gingen schweigend hinauf in die Wohnung. Ich ließ sie allein. Das Café war geöffnet, und meine Anwesenheit oben war weder nötig noch erwünscht. Betty hatte mich als ihren Mann vorgestellt, ohne aber meinen Namen zu nennen. Die Minuten zogen sich quälend in die Länge, und nur gelegentlich drangen einzelne Geräusche oder Worte über das Gemurmel im Café zu mir herunter.

Café-Gäste sprachen mich an. Ich lächelte zu ihren Scherzen, gab ihnen ihr Wechselgeld heraus. Doch meine Nerven waren bis zum Zerreißen angespannt. Ich wartete sehnlichst auf eine Nachricht. Ich ging nicht davon aus, daß ich mich zu ihnen gesellen würde. Das wollte ich gar nicht, zumindest nicht bei diesem ersten Treffen. Aber ich wollte, daß alles gut würde. Ich wollte, daß Betty etwas fand, was ihr gefehlt hatte. Und insgeheim, während mein Magen sich immer mehr verkrampfte, hatte auch ich meine Hoffnungen. Auf ein Enkelkind womöglich. Eine Familie.

Nach einer Dreiviertelstunde hörte ich, wie Betty Sylvie verabschiedete und die Hintertür ins Schloß fiel. Als ich vielleicht eine Minute später in die Café-Küche kam, saß Betty am Tisch und rauchte, tief in Gedanken.

»Und?«

Meine Frau sah mich an und blies Rauch in die Luft, während sie mir antwortete.

»Na ja, sie ist es. Soviel steht mal fest.«

»Gut. Und?«

Betty fuhr sich mit den Fingern durch die kurzen blonden Locken.

»Was, und?« Betty glitt von ihrem Stuhl, das Päckchen Zigaretten in der Hand, und kam auf mich zu. Ihre undurchdringlichen Iris, diese wundervollen, irren, stahlharten dunklen Iris, waren glasig, aber tränenleer. Ich wollte dich immer lieben, Betty Hudson. Es hat Zeiten gegeben, in denen ich dich nicht geliebt habe, aber ich habe nie aufgehört, dich zu begehren.

»Na ja, wer ist sie? Ich meine, ist sie verheiratet? Hat sie Kinder? Wie sind sie?«

»Es gibt eine Tochter. Sie ist sechs oder sieben«, sagte Betty kühl, wandte sich von mir ab und stellte sich ans Spülbecken, wo durchs Küchenfenster die Sonne hereinschien.

»Und, wann lernen wir sie kennen?«

Ein zauberhaftes Licht umgab Betty, sie erschien mir wunderschön. Die zarte Helligkeit der Sonnenstrahlen, die ein feines Gelb in ihr Haar wirkten, die Sanftheit, mit der sie ihre Züge umschmeichelten, über ihre hohen Wangenknochen fielen, ihre volle Unterlippe berührten – auch mit sechsundfünfzig konnte Betty noch faszinieren. Als sie sich jetzt zu mir umdrehte, war ihre Stimme tief und ruhig und rollte über mich hinweg wie warme, sanfte Wellen im Frühling.

»Jetzt mach mal langsam, Harry. Ich weiß nichts von Sylvie und ihrem Kind. Wir haben ein bißchen darüber geredet, was ich getan habe, und sogar ein bißchen über die Gründe, warum ich sie verlassen habe. Aber das hat sie alles ziemlich aufgeregt, und deshalb haben wir beschlossen, es erst einmal dabei zu belassen. Sie ist sehr wütend, Harry, vielleicht mehr, als ich es erwartet hatte, außerdem ist sie ein regelrechtes Nervenbündel.«

Ich ging auf sie zu und faßte sie sanft an den Armen, fast umarmte ich sie:

»Aber du wirst sie doch wiedersehen?«

Betty entzog sich mir, lehnte sich ans Spülbecken, ließ den Kopf in den Nacken fallen und seufzte:

»Ich habe das Gefühl, mir bleibt gar nichts anderes übrig.«

»Aber willst du sie denn wiedersehen?«

»Ich will vor allem eins, Harry, nämlich daß keiner von uns leidet. Du nicht, ich nicht, und am allerwenigsten sie.«

Bei ihren folgenden Besuchen erwies sich Sylvie wirklich als Nervenbündel, genau wie Betty sie beschrieben hatte. In einem Strom von Anekdoten und Erinnerungen – einige offenkundig erdichtet, andere zu qualvoll, um erlogen zu sein – erzählte sie ihre Geschichte, und so nahm Sylvies Leben langsam vor uns Gestalt an. Es war eine schmerzhafte Entdeckungsreise für Betty, doch auch für mich, denn durch Sylvies schonungslosen Blick rückten uns Bettys alte Sünden auf den Leib.

Betty war auf einem Rettungsring aus Halbwahrheiten und Übertreibungen in die Empire Row getrieben, von dem sie sich über die schaukelnden Wellen eines imaginären Atlantik tragen ließ, indes sie mit salzglitzerndem Haar den großen Überseedampfern zuwinkte. Auch als wir älter wurden, gab sie ihre Geschichten über New York, die Jazzstars, den Schnee zu Weihnachten und die Lichter des Broadway nie auf. Doch inzwischen wandte ich mich ab, wenn ich sie hörte, denn ich hatte keinen Bedarf mehr nach etwas, das sich einem älteren Harry nur noch als der romantisch verklärte Lebensbericht einer Träumerin unter vielen darstellte. Für Betty schickten die Überseedampfer immer noch ihre Qualmwolken übers Meer, glitzerte das Salz noch auf ihrer Haut, liebkosten volle, geöffnete Lippen in New Yorker Jazzclubs mahagonifarbene Mundstücke. Betty hatte sich aus Liedern und aus den Bildern und Geschichten in Jazz-Zeitschriften und Klatschspalten ihre Vergangenheit selbst zusammengebastelt. Doch die Vergangenheit kennt keine Gnade, meine Liebe. Du entgehst ihr nicht.

Sylvie war von ihrer Großmutter aufgezogen worden, wie mir Betty kopfschüttelnd erzählte. Ihr Vater, Stan, hatte Betty nie verziehen, daß sie gegangen war, und er hatte das Mädchen immer auf Distanz gehalten, verfolgt von diesen Augen und den Geistern, die in ihren bestrickenden Pupillen tobten. Er starb als Alkoholiker, als sie vierzehn war. Ihre Großmutter brachte das nötige Geld zusammen, damit Sylvie Englisch studieren konnte, und nachdem sie ihr Studium abgeschlossen hatte, arbeitete sie als Journalistin. Das war im London der Sechziger, und um diese Zeit wurde aus Sylvia dann auch Sylvie. Als Maud ihren langen Kampf gegen den Krebs verlor, war auch die letzte Leine gekappt. Genau wie Betty feierte Sylvie ihre Befreiung von der Vergangenheit. Wie Betty hielt auch Sylvie sich für ihre eigene Erfindung.

Als sich das Jahrzehnt seinem Ende zuneigte, war Sylvie persönliche Assistentin des Rockstars Mick Elliott. Sie und Elliott wurden ein Paar. Für kurze Zeit war Sylvie all das, was sie sein wollte. Hinterhöfe in Süd-London, Zinkbadewannen vor der Heizung, die Hänseleien auf dem Schulhof wegen ihrer verschwundenen Mutter und ihres betrunkenen Vaters waren für immer vergessen. Ein Leben in Luxus winkte ihr – bis sie sich weigerte, abtreiben zu lassen, und Elliott sie, in panischer Angst vor dem Altern und vor jedweder Verantwortung, mit einem nicht gedeckten Scheck über £100 in die Wüste schickte. Als Sylvie achtundzwanzig war, kam Anna zur Welt.

Seither schien sich sehr wenig ereignet zu haben. Elliott hatte Sylvie nicht mehr wiedergesehen. Sie erzählte nichts von einem Freund oder gar Mann, sagte nicht, wovon sie lebte oder was sie getan hatte, um sich und das Kind über Wasser zu halten. Seit Annas Geburt hatte sie hauptsächlich in Paris und auf Ibiza gelebt. Daß sie als Übersetzerin arbeitete – sie spreche ja inzwischen fließend Französisch und Spanisch –, erwies sich als leeres Gerede. Als sie im Sommer 1974 nach London zurückkehrte, half ihr die Heilsarmee, Betty aufzuspüren. Es gelang anhand des Wählerverzeichnisses von Westminster, in das sie Anfang 1960 als Betty Porter aufgenommen worden war, sowie des Eintrags unserer Heirat ins Personenstandsregister.

»Es war dumm von mir zu glauben, ich könnte der Vergangenheit entfliehen«, sagte Betty traurig zu mir. »Das geht einfach nicht. Wie gründlich man auch für seine Fehler bezahlt hat, sie holen einen doch immer wieder ein.«

Harry

Sylvie erklärte nie, warum sie zurückgekommen war. Es war kein pubertärer Impuls. Sie war ja kein junges Mädchen mehr. Nein, sie war eine Mutter in ihren Dreißigern. Und es war auch keine Häme. Ihr Leben war ein einziges Chaos – in welchem Ausmaß, war uns damals noch nicht klar. Auch aus Liebe war sie nicht gekommen. Betty vermutete, es ginge ihr ums Geld, doch mit regelmäßigen Zahlungen gab Sylvie sich nicht zufrieden. Was auch immer der Grund ihrer Rückkehr gewesen sein mochte, was daraus folgen sollte, ahnte nur Betty. Betty als wohlhabende Frau mittleren Alters anzutreffen versetzte Sylvie einen regelrechten Schock. Eine unbändige Wut muß in ihrem Innern aufgestaut gewesen sein. Nicht Liebe überwältigte sie, sondern Zorn. Daß Betty durch ihr Leben offenbar keinen Schaden genommen hatte, machte Sylvie schier wahnsinnig. Immer wieder kam sie, getrieben, hektisch redend. Zunächst kam sie ohne ihre Tochter, doch später brachte sie sie mit.

»Mum, wir müssen *unbedingt* miteinander reden«, sagte sie, kaum daß sie hereingekommen war. Keine Begrüßung, kein Lächeln. Sie stürmte zur Theke vor, starrte ihre Mutter an, ignorierte mich.

»Worüber willst du reden?«

Sylvies zornige schwarze Augen standen keine Sekunde lang still, sie huschten durch den Raum, um sich dann wieder Betty zuzuwenden.

»Über das, was passiert ist … Die Vergangenheit eben. Wir müssen uns unterhalten, und zwar unter vier Augen.«

Manchmal schien sie betrunken, manchmal sehr müde. Gelegentlich war sie auch charmant und witzig, doch diese

Stimmung hielt nie lange an, und dann dominierten wieder Bitterkeit und Zorn. Sie hatte eine unglaubliche Kraft, die sie jedoch immer nur für eine kurze Zeit aufbringen konnte.

Ihre Besuche arteten oft in gegenseitige Vorwürfe aus.

»Ich habe zu tun, Sylvie. Um diese Zeit ist hier immer am meisten los.«

Was konnte sie garstig werden, die Kokette. Einmal brachte sie Bagels aus einer koscheren Bäckerei in Maida Vale mit. Ein anderes Mal lachten wir herzlich, als sie uns Babyfotos von Anna und Bilder von dem weißen, in der Sonne brütenden Haus zeigte, in dem sie auf Ibiza gewohnt hatten. »Ich habe zu tun, Sylvie«, sagte Betty jedesmal, unsicher, wie sie sich verhalten, was sie tun oder lassen sollte.

Und dann drehte sich Sylvie um und stürzte hinaus. Oder sie hielt ihrer Mutter vor versammelter Kundschaft eine flammende Rede. Mütter und Töchter sollten wissen, wie sie sich zu verhalten hätten, fand Sylvie. Doch Betty hatte ganz offensichtlich keine Ahnung, wie sie sich ihr gegenüber verhalten sollte. Ich konnte sehen, daß es ihr fast das Herz brach. Doch Sylvie sah nur, daß ihre Mutter ihr gegenüber bestürzend kühl war.

»Findest du nicht, daß du mir nach all den Jahren, nach all dem, was du mir und Dad angetan hast, diese fünf Minuten schuldig bist?«

»Darum geht es doch nicht …«, schob ich dazwischen.

»Findest du nicht, verdammte Scheiße, daß mir wenigstens fünf lächerliche Minuten von deiner kostbaren Zeit zustehen?«

In den stillen blauen Nächten weinte sich Betty unter der Bettdecke oder auf dem Sofa in unserem winzigen Wohnzimmer die Augen aus. Manchmal brauchte sie meine Arme um ihre Schultern und meine sanften Küsse auf ihrem Haar dringender als die Luft zum Atmen, als das Leben selbst. Und manchmal konnte sie es nicht ertragen, berührt zu werden, wollte allein sein mit ihrer Trauer, ihrer Reue.

»Aber warum sagst du ihr denn nicht einfach, wie es dir geht, Betty? Warum sagst du ihr nicht, daß du das alles nie gewollt hast? Daß du sie geliebt hast?«

Dann wandte Betty ihr Gesicht ab, zerknüllte das mit Wimperntusche verschmierte Papiertaschentuch, das sie in der Hand hielt, schluckte ihre Tränen hinunter und seufzte traurig.

»Das will Sylvie doch gar nicht wissen, und ich bin mir auch gar nicht sicher, ob ich es ihr sagen will. Stimmt es denn nicht, daß ich nicht gekommen bin, um sie zu holen? Ist es nicht genauso gewesen?«

»Schon, aber ...«

»Nichts aber, Harry. Nichts aber. Ich hätte kommen und sie holen können, wenn ich es gewollt hätte. Ich hätte mir das Geld für die Flugtickets zusammensparen können, hätte zu ihr in die Schule spazieren und schon wieder im Flugzeug nach New York sitzen können, bevor Stan auch nur gemerkt hätte, daß sie weg ist.

Aber ich habe es nicht getan. Und ich weiß selbst nicht einmal, warum. Vielleicht redete ich mir ein, daß es unmöglich sei. Aber heute weiß ich, daß es nicht unmöglich war. Heute weiß ich, daß ich es hätte tun können.«

Betty seufzte bekümmert, von Reue erfüllt.

»Und wie soll ich ihr das je erklären, hm? Wie kann ich so tun, als wäre durch ihre Rückkehr alles wieder gut geworden? Ihr geht's nicht gut, stimmt's? Es geht ihr schlechter als je zuvor. Durch ihre Rückkehr ist alles noch viel schlimmer geworden.«

Sylvie bat Betty um Geld. Zunächst sollten es zehn Pfund sein, damit sie und Anna über die Woche kamen. »Die Sozialhilfe reicht einfach hinten und vorne nicht, weißt du, Mum.« Wenn Betty ihr nur fünf gab, drückte ich ihr den Rest mit einem Augenzwinkern unauffällig in die Hand. Auf meine geflüsterte Bitte, nichts davon zu sagen, antwortete sie mit einem breiten, strahlenden Lächeln. Manchmal auch mit einem hingehauchten Kuß. Doch bald wollte Sylvie vierzig Pfund, als Kaution für eine Wohnung. Oder sechzig Pfund, um einen Flug nach Paris zu buchen, wo sich Mick Elliott gerade aufhielt, wie sie in einer Zeitschrift gelesen hatte. »Ich werde ihn um Geld für Anna bitten. Es ist einfach nicht okay, daß ich von der Sozialhilfe leben muß, während der nur so im Geld schwimmt!« Und dann hundert Pfund als Zuschuß für ein Auto, das sie sich kaufen wollte. Doch ob sie das Geld bekam oder nicht, Sylvie schien nie irgend etwas von alldem zu tun, wofür sie es haben wollte. Das Geld wanderte aus unseren Händen in ihre, oft ohne ein Wort des Dankes, und schien sich dann innerhalb weniger Tage in Luft aufzulösen. Fünf, zehn, fünfzig, hundert Pfund verschwanden, ohne sich in irgend etwas Sichtbarem niederzuschlagen. Sylvie und ihre Tochter Anna wohnten abwechselnd bei verschiedenen Freunden, in Chelsea oder in Paddington. Voller Sorge hörten wir zu, wenn sie erzählte, daß sie auf dem Boden schlafen mußten oder mitten in der Nacht auf die Straße gesetzt worden waren, und es dauerte nie länger als ein paar Wochen, bis sie wieder umgezogen war, in die Stadtwohnung einer alten Freundin in St. John's Wood oder in eine leerstehende Sozialwohnung in Rotherhithe. Wir bekamen nur selten eine Telefonnummer und nie eine Erklärung. Sie war eben durch und durch Bettys Tochter.

Anna war damals sechs. Sie war groß und schmal, mit einem Wust blaßroter Korkenzieherlocken, einem runden, rotwangigen Gesicht und den charakteristischen großen braunen Augen. Sie hatte eine fröhliche Kleinmädchenstimme, war immer zum Lachen aufgelegt und sprach mit einem kindlichen Lispeln. Schon als Kind zeigte sie die Zähigkeit ihrer Mutter und Großmutter, dabei war sie ein offenherziges, großzügiges Mädchen, ein kleines Plappermäulchen, das gerne sang und Geschichten erzählte. Bescheiden und artig, wie sie war, spürte man, daß ihre beharrliche Heiterkeit weniger ein Ergebnis ihrer Reife als eine Folge der mangelnden Verläßlichkeit ihrer Mutter war. Keine Wutanfälle, keine Tränen. Still und fröhlich wartete sie ab, während ihre Mutter uns beschwor und anbettelte. Selbst wenn ihre Mutter unter Tränen davonstürmte oder ich sie bitten mußte zu gehen, lächelte Anna uns an, ja bat geradezu für sie um Verzeihung. Einmal, nach einem fürchterlichen Krach darüber, wie unglücklich Sylvies Vater in den letzten Jahren seines Lebens gewesen sei, sah ich die beiden auf der Treppe der ehemaligen Schneiderwerkstatt in unserem Hinterhof sitzen. Sylvie weinte bitterlich, sie hatte den Kopf auf die Arme gelegt, bebte am ganzen Körper, und ihr Schluchzen lud die Nachmittagsluft auf. Und ihre sechsjährige Tochter umfing den schmächtigen, zusammengekrümmten Körper ihrer Mutter mit all ihrer Wärme, all ihrem Gewicht, murmelte tröstende Worte und wisperte Sylvie ihre Liebe ins Ohr.

Im Laufe des Jahres verschlechterte sich die Beziehung zwischen Betty und Sylvie immer mehr. Sylvie wurde ausfällig, sobald die beiden aufeinandertrafen, sie konnte ihre Gefühle einfach nicht im Zaum halten. Und in welcher Form Betty und ich auch gegenzusteuern versuchten, es war fruchtlos. Sylvie war vollkommen aus dem Ruder gelaufen. Wie hätten wir es verhindern können? Vielleicht war es albern, es auch nur zu probieren, aber wir hatten keine andere Wahl.

Gegen Ende des Sommers, während jener letzten Hitzewelle, auf die dann endgültig der Herbst folgt, hatten sie einen besonders schlimmen Streit. Die Hitze, gewittrig, drückend, von einer bleiernen Intensität, saß im alten Mauerwerk wie im neuen Stahl von Londons Gebäuden, in den Asphaltstraßen der Stadt, in den betonierten Bürgersteigen, ja selbst in den duftenden grünen Bäumen, den kränklich aussehenden, verwelkten Rosensträuchern und dem schmutzigen alten Fluß, der sich durch alles hindurchwälzte. Männer wie Frauen waren wie betäubt von der Hitze, von ihrer Allgegenwart, ihrer erbarmungslosen Dauer. Außerstande, unsere Lungen mit kühler, klarer Luft zu füllen, konnten wir Stadtbewohner nichts anderes tun, als in unseren an Brust und Rücken klebenden feuchten Kleidern darauf zu warten, daß das Gewitter losbrach, daß das Regenwasser durch Rinnsteine und Abflußrohre schoß und die Stadt wieder reinwusch.

Eines Nachmittags, es war über dreißig Grad und drückend schwül, tauchte Sylvie wieder einmal auf, in einem langen schwarzen Mantel, die Haare nach hinten gekämmt. Betty stand hinter der alten zerkratzten Theke des Hudson Café und erzählte eine ihrer alten Geschichten. Über New York. Über Jazz. Über früher. In der einen Hand hatte sie eine Papierserviette, mit der sie sich Luft zufächelte. In der anderen hielt sie ein Glas kühler Limonade, von der sie ab und zu einen Schluck nahm. Auf ihrer verschwitzten Stirn klebten ein paar blonde Locken. Ein Schimmer lag auf ihrer rosigen Haut. Ihr blaues baumwollenes Trägerkleid gab den Blick auf ihr Schlüsselbein und ihren Brustansatz frei, auf denen Sommersprossen aufleuchteten wie die Sterne, die in jenen Nächten am Himmel zu sehen waren.

»O doch, ich habe wirklich die schönsten Erinnerungen. Die allerschönsten Erinnerungen ... Habe ich euch eigentlich je erzählt, wie ...«

Ich hörte, wie Betty verstummte und kurz darauf rief: »Harry ...!«

Ich trat aus der Café-Küche und trocknete mir dabei an einem Geschirrtuch die Hände ab. Die Haare fettglänzend, die Augen mit dickem Kajalstrich umrandet, schwitzte Sylvie in ihrem riesigen, ponchoähnlichen Mantel und Handschuhen bei dieser Hitze aus sämtlichen Knopflöchern. Anna stand neben ihr, und ihre hübschen schwarzen Augen leuchteten. Während Betty und Sylvie sich anstarrten, lief Anna zu mir herüber. Ich schloß sie in die Arme und merkte dabei, wie schmutzig und mager sie war. Als sie mich strahlend auf die Backe küßte, spürte ich, wie sie zugleich aus dem Augenwinkel ihre Mutter und Betty beobachtete, die jetzt wortlos hinaufgingen. Armer Harry. Stehengelassen, wie immer. Falls ich gedacht hatte, durch Sylvie würde ich zu einer Familie kommen, hatte ich mich getäuscht. Situationen wie diese gaben mir das Gefühl, nicht mehr als eine beliebige Figur in Bettys verrücktem Leben zu sein. Betty wiederum versuchte, meine Gefühle zu schonen. Oder vielleicht versuchte sie auch zu verhindern, daß ich zu genau hinsah. Und so wartete ich unten und lauschte mit gespitzten Ohren auf das Lospoltern ihrer Stimmen.

Eine Eigenschaft, die Anna von Betty geerbt hatte, war ihre Fähigkeit, ein Publikum für sich einzunehmen. Kaffeetrinkende Gäste, Geschäftsleute und ihre Kunden, Standinhaber und Passanten wandten sich um, als Anna zu singen begann. Maureen, eine Prostituierte mittleren Alters, die Stammkundin bei uns war und ihre Nachmittage gerne vertrödelte, indem sie in aller Ruhe einen Kaffee schlürfte und ein wenig plauderte, hatte sie gefragt, ob sie singen könne. Woraufhin eine helle, melodische Stimme einen ganzen Raum voll Fremder dahinschmelzen ließ.

Sie sang »All The Year Long«. Als sie sagte, das Lied sei von ihrem Vater, blickten ein paar Leute auf. Wie sich herausstellte, war das Stück in den Sechzigern ein Hit von Mick Elliotts Band gewesen. Ein junger Mann rief ihr zu: »Aber dieses Lied hat doch ein Popsänger geschrieben. Mick Elliott ist ja wohl nicht dein Vater, oder?« Der Mann zwinkerte den anderen Gästen zu.

Anna lächelte liebenswürdig und meinte: »O doch.«

All the year long
I've been lovin' you, girl
All the year long
You've been my baby
All the year long
We've had a good thing
And you've been my special lady.

»O doch«, sagte sie. »Er hat es für meine Mummy geschrieben.« Die Gäste lachten gutmütig. Sie klatschten, als sie die erste Strophe zu Ende gesungen hatte und sich verbeugte. Das allgemeine Gelächter und Stimmengewirr legte sich etwas, und jetzt hörte man durch die Decke lautes Geschrei. Und sämtliche Gäste, ob Stammkunden oder Fremde, kippelten auf ihren Stühlen nach hinten, blickten zur Decke hinauf und fingen hinter vorgehaltener Hand an zu kichern. Ich konnte mich nicht mehr länger mit der Beobachterrolle begnügen. Ich mußte handeln.

Ich sagte zu Maureen:

»Mo, sei ein Schatz und behalte die Theke ein bißchen im Auge. Bin gleich wieder da.«

Die behäbige Mo, die gerade eine Nacht hinter sich gebracht und die nächste schon wieder vor sich hatte, blickte auf und schob sich dann in aller Ruhe hinter den Marmortresen.

»Na gut – aber es soll bloß keiner kommen und verlangen, daß ich was koche, sonst setzt's was!«

Während ich die Treppe zu unserer Wohnung hinaufeilte, schlugen mir in peitschenden Rhythmen Wut, Vorwürfe und Rechtfertigungen entgegen. Ich hörte Sylvie mit zornbebender Stimme kreischen:

»Wenn du meinst, du könntest uns einfach so abhaken, liegst du falsch!«

»Ich habe nie gesagt, daß ich das will«, erwiderte Betty ruhig.

»Du wirst uns nicht los. Wenn ich dich schon sehe! Die Nase so hoch, daß einem schwindlig wird! Aber eins sag ich dir: Du wirst dafür bezahlen. Du bist mir was schuldig, und zwar nicht zu knapp!«

Mutter und Tochter saßen sich in der niedrigen Küche am Tisch gegenüber. Sylvies Augen glühten, ihre Hände waren zu Fäusten geballt, die Fingerknöchel beinweiß.

»Herrje«, zischte ich sie an. »Man hört jedes Wort da unten!«

Als Sylvie mich anblitzte und dann verächtlich wegsah, dachte ich an all die zerknüllten Scheine, die ich ihr in die Hand gedrückt hatte, wenn Betty gerade nicht hinsah. Ich dachte daran, wie ich mich für sie eingesetzt hatte, als Betty vor ihr davonlaufen wollte.

»Na so was aber auch, Harry ... Alle Gäste hören, daß hier

oben geschrien wird … Na und? Das ist mir scheißegal. Hörst du: *scheißegal*!«

Betty sprang auf. Ihr Stuhl kippte nach hinten. Er schlug krachend auf dem Boden auf, doch keine der beiden Frauen zuckte zusammen.

»Sylvie, wie kannst du es wagen, so mit Harry zu reden! Das ist *meine* Wohnung! Ich verbitte mir, daß du dich so aufführst. Ich verbitte mir das!«

Sylvie setzte sich hin und zog ihren Mantel aus. Sie trug ein violettes T-Shirt darunter. Ihr Körper war bleich und sehr mager. Sie faltete ihren Mantel zusammen und legte ihn sich über die Arme.

»Jedenfalls wirst du mich nicht einfach so los«, murmelte sie, mehr zu sich selbst.

»Du bist mir willkommen, Sylvie. Und Anna genauso. Aber du kannst nicht so tun, als brauchtest du einfach nur hier hereinzuspazieren und schon wäre alles in bester Ordnung. Guck dich doch nur selbst mal an! Du kannst ja nicht mal mit mir reden, ohne dich gleich aufzuregen. Du kennst uns kaum, aber du behandelst uns, als wären wir der letzte Dreck!«

»Und wer ist schuld daran, daß ich euch kaum kenne, hm?« Wie wund ihre Stimme war in diesem Augenblick. Der dürre Schmerz in ihren Worten ließ Betty und mich zusammenzucken. Betty legte sich die Hand über die Augen. Ein langer, kummervoller Seufzer entrang sich ihrer Brust. Sie war müde und verstört.

»Sylvie, ich möchte … Ich möchte, daß du eins verstehst: Mein Leben ist hier. In diesem Café. Bei meinem Mann.« Betty sah mich nicht an. Sie hielt kurz inne. »Ich verstehe dich nicht, Sylvie. Wir geben dir dauernd Geld, aber wir sehen nie, wo es hinfließt. Ich möchte dir wirklich gern helfen, aber du weißt dir offenbar selbst nicht zu helfen. Und das hier« – sie schwang die Hände über dem Kopf, um die Wände anzudeuten, die Fenster, mich –, »das alles hier muß ich auch schützen! Denn das ist jetzt mein Leben. *Das* hier.«

Sylvie stand langsam und mit gesenktem Blick auf. Sie

schien leicht zu zittern. Ich konnte nicht erkennen, ob sie wütend oder verstört war. Sie blickte langsam zu ihrer Mutter auf und sagte dann sehr beherrscht:

»Wenn ihr mir jetzt zweihundert Pfund gebt – ein Scheck ist auch okay, ich weiß, daß es euch nicht weh tut –, wenn ihr mir zweihundert Pfund gebt, dann gehe ich, und ihr müßt euch nicht mehr mit mir herumschlagen.«

»Meine Güte, Sylvie, das will doch keiner von uns!« rief ich.

»Nein wirklich, jetzt sei nicht albern«, fiel Betty ärgerlich ein. »Setz dich.«

Sylvies gespenstische Gefaßtheit bröckelte.

»Na gut. Dann halt hundertundfünfzig. Hundertundfünfzig, und ihr seht mich nie wieder!«

Sie schwieg. Nervös, erregt. Ihre Augen zuckten. Sie atmete schwer.

»Nein«, sagte Betty leise. »Das will ich nicht, und ich weigere mich, dich auszuzahlen, Sylvie. Du bist meine Tochter. Egal, was passiert ist oder noch passieren wird, daran wird sich nichts ändern.«

Mutter und Tochter starrten einander sekundenlang unverwandt an. Dann lachte Sylvie kurz und bitter und wandte sich ab.

»Dann leckt mich doch am Arsch!« schrie sie, drehte sich um und ging.

Betty zog einen Stuhl heran, setzte sich und legte den Kopf in die Hände. Ich rief Sylvies Namen.

»Laß sie gehen, Harry«, sagte Betty müde und seufzte schwer. »Laß sie gehen.«

In den folgenden Tagen kamen Sylvie und Anna nicht wieder. Und als aus den Tagen erst Wochen und dann Monate wurden, gewöhnten wir uns an den Gedanken, daß das Ganze wohl einfach eine kurze, seltsame Episode in unserem Leben gewesen war. Wieder ging ein Sommer vorüber. Der Herbst erfüllte die Straßen mit Regen, mit goldenen und roten Blättern, mit kaltem Wind.

Wir wurden schweigsam. Wir wurden älter.

Harry

Drei Tage vor Weihnachten erhielten wir einen Anruf von einer Sozialarbeiterin aus Southwark. Sylvie lag mit Blutvergiftung im Krankenhaus. Sie hatte unsere Namen als Kontaktadresse angegeben. Die Sozialarbeiterin erklärte, es gebe sonst niemanden, der sich um das Kind kümmern könne.

Anna, mein Engel.

Wenn wir sie nicht aufnehmen könnten, erklärte die Sozialarbeiterin Betty, müsse das Kind in Pflege gegeben werden. Ja, verstehe, ja natürlich, murmelte Betty. Ja, verstehe. Ja natürlich.

Anna, verloren in der Stadt.

Wir fuhren vom Trafalgar Square aus mit dem Bus zu einer Adresse in Lambeth und wurden dort von der Sozialarbeiterin empfangen. Ihre Stimme war tief und rauh, kratzig vom Nikotin, müde. Während wir uns in ihrem Büro unterhielten, sah ich durch das Fenster hinter ihr in den kleinen Garten hinaus. Der harte Rauhreif verwandelte die Grüntöne in ein mattes, eisiges Blau. Er bestreute Rosenknospen mit Puderzucker und küßte Steine mit einem dünnen Netz aus Eis. Der Reif war wie ein winterliches Palimpsest: eine dünne weiße Haut, durch die man eine frühere Version der Welt erkennen konnte. Ein paar Kinder stritten darum, wer als nächstes auf einer improvisierten Schaukel sitzen durfte. Ihre Stimmen stiegen hoch in die Luft auf, wie Violinklänge. Weiß entwich ihr heißer Atem in die Kälte. Und in mir machte sich Bitterkeit breit. Ich halte mich eigentlich für ein sonniges Gemüt, aber so viele Menschen zu sehen, die nicht oder zuwenig geliebt wurden, machte mich wütend. O ja, diese Kinder hier lächelten, schrien, tobten herum, ich aber dachte an mein Kind, an mein

Enkelkind, ja selbst an Sylvie, und meine Bitterkeit wuchs zusehends.

»Ich fürchte, Miss Porter führt ein recht unstetes Leben«, sagte die Sozialarbeiterin und beugte sich über dem Schreibtisch nach vorn.

»Wir haben kaum Kontakt«, erwiderte Betty.

»Wenn Sie Anna nicht nehmen möchten, sagen Sie es mir bitte. Ich kann einen Pflegeplatz für sie finden. Allerdings wird es dann schwieriger werden, wieder ein normales Familienleben in Gang zu bringen, wenn Miss Porter sich erholt hat ...«

»Wir nehmen das Kind«, unterbrach Betty sie. Sie lächelte und fingerte an den Handschuhen herum, die auf ihrem Schoß lagen. »Wir nehmen das Kind.«

Mit Regalen voller Aktenordner, mit Bücherstapeln und Notizzetteln vollgestopft, glich das Zimmer der Momentaufnahme eines größeren, umfassenderen Chaos. Ein riesiges graues Telefon klingelte dreimal innerhalb der halben Stunde, in der wir mit ihr sprachen. Das ganze Zimmer war wie erstarrt. Staub schien wie ein Stilleben der jüngsten Vergangenheit in der Luft zu hängen.

»Da ist noch etwas«, fügte die Sozialarbeiterin vorsichtig hinzu. »Ihnen ist doch klar, daß Miss Porter – daß ihre Tochter – heroinsüchtig ist?«

Ich drehte mich zu Betty um. Ich hatte das nicht gewußt. Mir war das nicht klar gewesen. Ich war entsetzt, wenn ich das mal so sagen darf.

Ich starrte Betty stumm an, während sie antwortete:

»Na ja, ich hatte so eine Ahnung. Aber gewußt habe ich es nicht.«

Es kam mir vor, als führe ich Karussell. Als drehe sich mir alles, so wie wenn man zuviel getrunken hat und davon überzeugt ist, daß man der einzige Betrunkene ist, daß alle anderen um einen herum nüchtern sind, man selbst jedoch – und zwar nur man selbst – jeden Moment stolpern und hinknallen wird.

Die Sozialarbeiterin fuhr fort. Sie schaute immer nur Betty an, nie mich, und sprach mit fester, ruhiger Stimme. Unbeirrt.

»Nun ja, auf längere Sicht muß natürlich geklärt werden, ob Miss Porter in der Lage ist, für ihr Kind zu sorgen. Doch zunächst ist da mal ihre Blutvergiftung. Die Tatsache, daß sie drogenabhängig ist, wird keine rechtlichen Folgen nach sich ziehen, da sich zum Zeitpunkt ihres Krankwerdens kein Heroin in ihrem Besitz befand.

Aber ich werde einen Bericht schreiben müssen und würde ihr raten, eine Suchtberatungsstelle aufzusuchen. Auf diese Weise – und mit der Unterstützung ihrer Familie – hat sie noch am ehesten die Chance, das Sorgerecht für ihre Tochter zu behalten. Anna hat es nach allem, was wir erfahren konnten, in den letzten Jahren nicht leicht gehabt. Miss Porter hat sich nicht gerade als, na ja, Parade-Mutter erwiesen.« Betty starrte auf den Boden. Ich hustete. Die Sozialarbeiterin fragte, ob wir verstünden, was sie meine.

Anna hielt sich in einem Spielzimmer im hinteren Teil des Hauses auf. Sie saß im Schneidersitz auf einem Sitzsack und ließ große Plastiklastwagen über den Teppich fahren und zusammenstoßen. Sie war allein, doch ihr Gelächter schallte durch den Raum, als die Spielzeugautos laut aufeinanderkrachten.

»Anna hat eine Menge durchgemacht«, flüsterte die Sozialarbeiterin, als wir uns der Tür näherten. »Ihre Tochter war schon seit einigen Tagen krank, als sie ins Krankenhaus kam. Anna mußte sich mehr oder weniger allein durchschlagen, sie hat sich von Dosenbohnen und schimmligem Brot ernährt.« Wie kalt mir plötzlich wurde. Bettys Finger berührten meine. Sie waren eisig. »Ihre Tochter hatte ihr gesagt, daß sie keinen Arzt rufen solle, doch als Miss Porter dann in einen halb bewußtlosen Zustand glitt, besaß Anna die Geistesgegenwart, nach einem Krankenwagen zu telefonieren. Sie ist ein helles Köpfchen, wissen Sie. Sehr helle. Aber sie hat es schwer gehabt, und jetzt braucht sie viel Liebe und Zuwendung.«

Die Sozialarbeiterin betrat das Spielzimmer allein und rief Anna beim Namen. Sie wechselten ein paar Worte. Sekunden später hoben sich diese großen schwarzen Augen – genau wie ihre – und sahen uns an. Strahlendes Sonnenlicht umwogte die dunklen Iris, diesen funkelnden Stahl. Ein angedeutetes Lächeln lag auf ihren Lippen.

Dann sprang sie mit einem lauten Jubelschrei auf die Füße, warf einen Laster um und stürmte auf uns zu. Betty und ich nahmen sie in unsere Mitte, und sie wand sich kichernd, während wir sie küßten und hätschelten. Wir waren eine Familie.

Gleich am nächsten Tag, als Betty und Anna oben in der Wohnung über dem Hudson Café buken und glasierten, lief ich in die Regent Street hinüber. Es wimmelte von Menschen mit Einkaufstüten und Paketen. Familien, die einander an den Händen und gemeinsam die Luft anhielten und deren Fröhlichkeit glitzerte wie die Lichter und das Lametta in den Schaufenstern. London zu Weihnachten. Ich ging die Regent Street entlang, unter den Dekorationen hindurch, die zwischen den alten Fassaden aufgehängt waren, sah Kinder auf Puppen zeigen, die sich hinter einer Scheibe bewegten, und ihre Gesichter dann wieder ihrer Mutter zuwenden. Und ich, Harry Hudson, Entdecker, Forscher, Überlebender, durfte an ihrem Glück teilhaben. Als ich einen anderen Passanten streifte und wir uns beide fröhlich entschuldigten, konnte ich ein Stückchen davon zwischen den Fingern spüren.

In Hamley's Toy Store kaufte ich eine große Puppe, einen Malkasten und ein Puzzle. Eine Verkäuferin packte die Sachen mit Papier und Geschenkband ein und lächelte, als ich ihr erzählte, meine Enkelin sei dieses Jahr bei mir zu Besuch.

»Zum ersten Mal?« fragte sie.

»Ja, zum ersten Mal.«

»Dann wird sie das bestimmt nie vergessen. Ihr erstes Weihnachten bei ihrem Opa!«

Als ich wieder im Hudson Café war, versteckte ich die Geschenke in dem Schrank, in dem meine Anzüge hingen. Und die ganze Zeit hörte ich Annas glockenhelles Lachen, während ihre Großmutter sie neckte und mit ihr scherzte, ihr die alten Lieder vorsang und ihr Geschichten erzählte – über Weihnachten in New York, über die Neonlichter auf dem Broadway und wie schön sie aussahen, wenn es schneite in der blauschwarzen Nacht.

Am ersten Weihnachtsfeiertag wachte Anna früh auf. Schon um sechs herum schlich sie sich auf Zehenspitzen zu uns ins Zimmer, sprang aufs Bett und rief: »Fröhliche Weihnachten, fröhliche Weihnachten!« Überall in der Stadt läuteten an diesem Morgen Kirchenglocken, Rotkehlchen sangen auf den Plätzen und in den Parks, auf den Treppen versammelten sich Sternsinger, und Kinder rissen unter aufgeregtem Geschrei Geschenkverpackungen auf. Und wir, Betty und ich, erwachten an diesem ersten Weihnachtstag lachend und gingen mit einem Lächeln im Gesicht durch den Tag. Anna war ein Licht in unserem Leben. Ein helles, strahlendes Licht. Glück klapperte in den Fenstern. Freude füllte die Wände aus, bis der Putz fast Risse bekam. Wir gönnten uns ein opulentes Mahl, das Betty gekocht hatte, mehr, als wir je essen konnten. Freunde, die gehört hatten, daß das Mädchen bei uns war, brachten Kuchen und Pasteten vorbei, einer besorgte uns einen größeren Truthahn, ein anderer schenkte uns eine Christkindfigur, die aufleuchtete, wenn man sie in die Steckdose steckte. Unser Liebling redete, sang, lachte, klatschte in die Hände, tanzte und spielte. Sie erhellte unser Leben. Nicht mehr und nicht weniger. Wie eine Kerze.

Wir hatten die letzten fünfzehn Jahre mit zugehaltenen Augen und Ohren verbracht, hatten nach Kräften versucht, jede noch so winzige Andeutung von Babygeschrei, singenden Kinderstimmen, trappelnden Füßchen auf der Treppe auszublenden. Doch jetzt war sie da, unsere geliebte Kleine, und erfüllte uns mit Freude. Sie selbst war diese Freude. Die Freude, die uns veränderte. Die uns zu heilen schien.

Als wir mit dem Truthahn fertig waren und uns an den

Pudding machen wollten, stellte sich Anna auf ihren Stuhl und sang aus vollem Halse »Away In A Manger«. Von vorne bis hinten, ohne Pause, dank der Nachfrage. Unter dem Tisch spürte ich Bettys Hand ruhig auf meinem Oberschenkel liegen. Ich drehte mich zu ihr um und betrachtete ihr wunderbares Lächeln. Als das Lied zu Ende war, kicherte Anna, Betty klatschte, und ich rief: »Zugabe, Zugabe!« Und wir lachten alle drei, bis wir nicht mehr konnten, ganz und gar von Weihnachten erfüllt. »Zugabe, Zugabe!« Von Weihnachten und von Liebe.

Harry

Auf dem Weg zu dem Krankenhaus in Süd-London blickten wir in den grauen Januarmorgen hinaus. Das Taxi rollte durch eine Straße nach der anderen, alle gleich, von Männern und Frauen bevölkert, die auf dem Weg zur Arbeit waren. Auf den Fensterbrettern lag Schnee. Ein farbloses Licht sickerte durch die dicke Wolkenschicht. Die nassen Straßen sahen aus wie Spiegel.

Sylvie wurde nach drei Wochen aus dem Krankenhaus entlassen. Ihre Blutvergiftung war vorbei, der Arzt hatte angerufen und gesagt, es gehe ihr gut. Sie hatte einen Platz in einem Rehabilitationsprogramm bekommen und wurde unserer Obhut anvertraut. Wir boten ihr Arbeit und ein Dach über dem Kopf, wie die Sozialarbeiterin es uns empfohlen hatte. Betty füllte einige Formulare aus, um sich in Sylvies Namen um eine Sozialwohnung zu bewerben. Weihnachten war das pure Vergnügen gewesen. Doch der Januar war trostlos.

Das Taxi fuhr die lange Krankenhauseinfahrt hoch. Kahle Rosenbüsche sprossen aus dem harten Boden, ihre leblosen Köpfe und Dornen vor dem winterlichen Grau schwarz konturiert. Hier und da hatten sich grüne Rasenflecken gegen den schmelzenden Schnee durchgesetzt. Ein Mann und eine Frau liefen mit Blumen ins Krankenhaus hinein. Ein anderes Paar kam heraus, eine alte Dame zwischen sich, die sich auf ihre Arme stützte. Das Krankenhaus war ein großes viktorianisches Backsteingebäude. Sylvie stand am Eingang, klein, bleich und fröstelnd. Ihr schwarzer Regenmantel flatterte im kalten Ostwind.

Während das Taxi vorfuhr, fragte ich Betty:

»Woher hast du gewußt, daß sie heroinsüchtig ist?« Der

Taxifahrer rutschte unruhig auf seinem Sitz herum. »Und warum hast du nichts davon gesagt?« flüsterte ich. Betty schlug ihren pelzgefütterten Mantelkragen hoch und zupfte an ihren Haaren herum.

»Ich habe es nicht gewußt, ich habe es nur vermutet. Es gab also nichts zu sagen.«

Das Taxi hielt an. Sylvie kam mit einem gezwungenen Lächeln an die Tür.

»Aber *warum* hast du es vermutet?«

»Ich habe in Amerika einfach ... *Sachen* gesehen, die man hier nicht sieht. Nicht weiter der Rede wert. Okay?«

Sylvie öffnete die Tür, so daß der eiskalte Wind hereinblies, und stieg ein. Ihre Mutter lächelte sie an. Ich fragte sie steif, wie es ihr gehe.

»Ach, ganz okay. Doch. Du hast nicht zufällig eine Zigarette für mich, Mum?«

Erst als wir die Waterloo Bridge überquerten, fragte Sylvie nach Anna. Es herrschte starker Verkehr. Sie zündete sich noch eine der Zigaretten ihrer Mutter an, blinzelte einmal mit den so vertrauten Augen und beobachtete die vorbeifahrenden Autos.

»Wie geht's Anna?«

»Oh, der geht's gut ...«

Ich unterbrach Betty mitten im Satz.

»Sie ist ziemlich durcheinander, Sylvie. Verstört und durcheinander, aber sie hatte ein schönes Weihnachtsfest. Sie – wir müssen sicher sein können, daß so etwas nicht noch einmal passiert.«

Blauer Zigarettenrauch schob sich unter dem Taxidach entlang, als Sylvie sich umdrehte und mich ansah; keiner von uns beiden achtete auf Betty, die mißbilligend mit den Lippen meinen Namen formte. Was für ein trauriges, elendes Lächeln lag um Sylvies Mund. Wie klein und zart, wie weltverloren sie war.

»Harry, ich kann dir nicht viel versprechen. Außer daß ich versuchen werde, mein Bestes zu tun. Darauf gebe ich dir mein Wort.«

»Aber was wirst du Anna versprechen?«

»Das gleiche«, murmelte sie. »Das gleiche, Harry.«

Wir blickten alle drei in verschiedene Richtungen. London im Regen, wieder einmal, und unsere Augen auf der Stadt, so steckten wir im Verkehr auf der Waterloo Bridge. Die glänzenden neuen Hochhäuser der City wie neue Gipfel neben den alten Kuppen. Auf der Strand drängten sich die Autos gegenseitig ab. Als wir den Fluß hinter uns gelassen hatten, erklärte Betty dem Fahrer den Weg.

Den Blick von den Brücken über die Themse habe ich immer sehr geliebt. Nach Westen, Richtung Charing Cross, aufs Banqueting House, die County Hall, Big Ben, die gelbschwarzen Türme des Parlamentsgebäudes. Nach Osten auf St Paul's, die City, die Docks und dann weiter, immer weiter, bis zur salzigen, rollenden See. Ja, London ist ein Gedicht auf sich selbst. Ein Gedicht auf die Eheleute, die Arbeiter, die Liebenden, die Passanten, die Taxifahrer, die Millionäre, die Bettler, die Gangster, die Huren, die Priester, die Kinder, die Lehrer, auf alle Männer und Frauen, die dort leben. Hinter uns nahm der Fluß seinen Lauf. Dieses Leben ist ein Gedicht auf die Städte, nicht mehr und nicht weniger. Und wir sind nichts als Worte in einer Zeile, in einem Vers, auf einer Seite, in diesem Gedicht, das eine Million Seiten lang ist.

»Aber ich möchte mich bei euch zweien für alles bedanken, was ihr getan habt«, sagte Sylvie plötzlich. »Und für alles, was ihr noch tut. Denn wißt ihr, was mir am allerwichtigsten ist? Daß ich Anna behalten kann, und deswegen werde ich auch versuchen, mein Bestes zu tun.«

Arme, arme Sylvie, schon damals hatten wir dich verloren.

Nichts bleibt, wie es ist. Alles geht vorüber. Der Winter ging vorüber. Das Eis, der graue Himmel. Die kahlen schwarzen Bäume auf den Straßen und Plätzen. Der Eisregen, der gegen die Fensterscheiben prasselte. Der Wind, der in den Kaminen raunte. Das alles ging vorüber. Die ersten rosagrünen Knospen zeigten sich an den Zweigen, und in der morgendlichen Wärme konnte man den Gesang der Sommervögel hören. Einst im Frühling sah ich dich an, Betty, und erklärte, daß du mir gehören würdest. Ich sah dich an, sah direkt in deine dunklen, warmen Augen und sagte, daß ich dich niemals gehen lassen würde. Inzwischen ist der Frühling zehn-, zwölf-, fünfzehnmal gekommen und gegangen. Und der Herbst, der Sommer, der Winter ebenfalls. Und wir beide sind immer noch zusammen, erleben mit, wie deine Tochter vor unseren Augen zerbricht, und flüstern einander zu, daß wir dabei sind, sie zu verlieren, und nichts dagegen tun können.

Harry

Wir vier in dieser Wohnung, das funktionierte nicht.

Anna war begeistert, daß ihre Mutter wieder da war, und wandte ihr für kurze Zeit ihre gesamte Aufmerksamkeit zu. Was für einen Zauber Sylvie auf ihre Tochter ausübte. Was für eine besondere Sprache die beiden benutzten, aneinandergeschmiegt in ihrer eigenen, stillen Welt. Wenn sie leise miteinander redeten und verstummten, sobald wir kamen, wenn sie einander berührten, die Hände der einen auf dem Gesicht der anderen, dann war für Betty und mich einfach kein Platz.

Sylvie haßte das Café. Sie haßte die Kundschaft. Sie haßte es, sich mit Leuten unterhalten zu müssen, die sie nicht mochte. Gelegentlich packte sie die Angst, daß einer ihrer Freunde – jener Freunde, von denen keiner sie besucht hatte, als sie krank gewesen war, von denen keiner zu Weihnachten mit ein paar Münzen oder Süßigkeiten für ihre Tochter vorbeigekommen war – ins Café gestürmt käme, um Schutz vor einem Regenschauer zu suchen, und sie dort antreffen würde. »Ein Abstieg«, zischte sie uns an. »Ein furchtbarer Abstieg.«

Ihr Gerede verärgerte uns, irritierte uns. Doch wir gaben nicht auf. Wir wußten, daß sie es nicht leicht hatte. Es war unsere Pflicht, zu versuchen, sie zu retten.

Spätabends, Anna war oft schon auf einem Stuhl eingeschlafen, saß Sylvie in ihrem Zimmer und schrieb lange Briefe an ihre Freunde, in denen sie um Hilfe bat. Keiner schrieb je zurück. Bitten um Hilfe, um Geld, um Arbeit, um ein Zimmer für sie und Anna, manchmal auch nur für sie, wurden in alle Ecken Londons verschickt, ein- oder zweimal auch nach Paris oder New York. Doch so früh sie auch aufstehen mochte, um die Morgenpost selbst entgegenzunehmen, sie erhielt nie eine Antwort.

Sie arbeitete nie mehr als vier oder fünf Stunden pro Tag, ging dann zu ihrer Therapiegruppe, erhielt ihr Methadon, kam zurück und legte sich ein paar Stunden hin. Ab und zu hörten wir sie weinen. Sie klagte, Methadon sei langweilig, sie werde bloß fett davon, sie wolle wieder zurück zum Heroin, bloß Heroin könne sie davor bewahren, verrückt zu werden.

Nachts hörte ich sie in Annas Zimmer, hörte sie erzählen, daß sie wieder nach Ibiza zurückgehen würden, wo sie den ganzen Tag in der Sonne am Meer spielen könnten. Ich hörte, wie Anna vor Freude quiekte und fragte, wann sie denn fahren würden. Bald, bald, war jedesmal die Antwort. Doch wenn das Mädchen schlief, attackierte Sylvie mich oder öfter noch Betty und beschuldigte uns, wir wollten ihr Anna wegnehmen. Und so schwankte sie hin und her zwischen Angst und Arroganz, Schwäche und Raserei. Und wir mußten mit.

Eines Abends versuchte sie, Mick Elliott anzurufen, Annas Vater. Sie erreichte bloß seine persönliche Assistentin, bei der sie eine Nachricht hinterließ. Sie kam fast in Tränen vom Telefon zurück, setzte sich und bat mich, ihr einen Whisky einzuschenken.

»Weißt du, was die Ironie an der Sache ist, Mum?« Betty beugte sich vor. Ich goß drei Whisky ein. »Die Ironie an der Sache ist, daß ich früher selbst seine persönliche Assistentin war und den ganzen Tag die Anrufe von irgendwelchen verzweifelten Mädchen aus irgendwelchen gräßlichen Hotelzimmern abgefangen habe. Er ist mit ihnen ins Bett gegangen und dann noch in derselben Nacht abgehauen. Sie haben angerufen, geheult und geschimpft, haben absolut jämmerlich geklungen, und es war meine Aufgabe, sie ihm vom Hals zu halten. Einoder zweimal haben auch Mädchen angerufen und gesagt, er hätte sie geschwängert, und auch die habe ich abgewimmelt. Ich habe ihm nicht mal erzählt, daß sie angerufen hatten.«

Betty trat an Sylvies Seite. Die Mutter legte ihre Hände auf die der Tochter.

»Vergiß es. Vergiß ihn. Leb dein Leben. Anna ist bei uns im Café gut aufgehoben. Und du kannst hier bei uns wohnen, und wenn du ein bißchen besser beieinander bist, suchst du dir eine Stelle …«

Doch Sylvie höhnte laut: »Bestimmt hockt er jetzt gerade in seinem dämlichen riesigen Haus auf dem Land, völlig zugekokst oder was zur Zeit halt gerade angesagt ist, zusammen mit all meinen sogenannten Freunden, die es noch nicht mal für nötig halten, auf meine Briefe zu antworten!«

Sie drehte sich um und sah ihre Mutter an.

Ihr Blick war starr, voller Panik. Eine tiefe Falte stand auf ihrer Stirn, eine ungewohnte, gequälte Falte. »Überhaupt, was soll das heißen, Anna ist hier im Café gut aufgehoben? Was soll das heißen? Anna gehört zu *mir*! Anna ist *mein* Kind! Du hast deine Chance gehabt, eigene Kinder zu haben! Und du hast sie verschenkt!«

Ich stand auf, von plötzlicher Wut gepackt.

»So wie du dich aufführst, verdienst du dein Kind überhaupt nicht!«

»Wenn ich euch schon sehe, euch zwei! Wie ihr intrigiert und alles so hindreht, wie es euch paßt! Wie ihr versucht, mir Anna wegzunehmen, weil ihr keine eigenen Kinder habt! Aber ihr kriegt sie nicht. Ihr *kriegt* sie nicht!«

Sie drohte uns an zu gehen, doch Betty beruhigte sie. Sie nippte an dem Whisky, den Betty ihr gab. Sie habe doch gar kein Geld, erinnerte Betty sie leise. Außerdem sei es schon spät, fügte sie flüsternd hinzu. Und als der größte Ärger verraucht war, blickte Sylvie zu mir auf und entschuldigte sich. Sie berührte meine Hand.

Später, als Betty schon zu Bett gegangen war, saßen Sylvie und ich im blauen Licht des Fernsehers und unterhielten uns. Ich erzählte ihr, daß auch wir einmal ein Kind gehabt hätten und daß es gestorben sei. Ich erklärte ihr, daß wir Anna zwar sehr liebten, aber zu alt seien, um sie aufzuziehen. Ich sagte ihr, daß ihre Mutter sie liebe und daß sie daran nie zweifeln solle. Sylvie lächelte und sagte, sie gehe jetzt ebenfalls schlafen.

Doch es war dumm von uns zu denken, es könne so bleiben. Der allerletzte Streit ereignete sich, als wir nach dem Schließen aufräumten. Es war Mitte März. Ein paar vorzeitige Frühlingstage hatten die Knospen herausgelockt, das weiß ich noch. Doch dann hatte es plötzlich und unerwartet angefangen zu schneien. Bald lag die ganze Stadt unter dickem, frischem Weiß. Die Leute hatten es an diesem Abend eilig, nach Hause zu kommen, und wir machten früh zu. Selbst Sohos Prostituierte – behäbig und unnötigen Unbequemlichkeiten abgeneigt – arbeiteten an diesem Abend nicht.

Sylvie blickte plötzlich von dem Tisch auf, den sie gerade abwischte, und sagte:

»Übrigens habe ich mir überlegt, daß es langsam Zeit für mich wird weiterzuziehen.«

Betty und ich hatten in der Küche des Cafés gestanden. Wir starrten uns an, dann gingen wir beide hinaus und stellten uns hinter die Marmortheke. Betty hatte noch den Teller in der Hand, den sie gerade abgespült hatte.

»Aber das geht doch nicht«, begann sie. »Du kennst doch die Bedingungen deiner Suchttherapie.«

»Ja – wenn ich das Sorgerecht für Anna behalten will, muß ich hier wohnen und arbeiten.«

»Genau«, sagte Betty und trat vor die Theke.

Sylvie zog einen Stuhl unter einem Tisch hervor und setzte sich hin, den Lappen in der Hand.

»Vielleicht will ich das Sorgerecht für Anna ja gar nicht.«

»Was?« schrie ich.

»Natürlich willst du Anna bei dir behalten«, sagte Betty ungläubig.

»Jetzt hört mir doch erst mal zu. Wie wäre es, wenn ich euch das Sorgerecht für Anna überlassen und weggehen würde? Ins Ausland, nach Ibiza. Oder nach Amerika.«

Betty ließ das feuchte Geschirrtuch, das sie in der Hand gehalten hatte, auf die Theke fallen.

»Nein«, sagte ich scharf. »Das kommt überhaupt nicht in Frage.«

»Wir wollen Anna nicht«, fügte Betty hinzu. »Und kaufen wollen wir sie schon gar nicht. Du bist ihre Mutter, Herrgott noch mal. Übernimm endlich mal etwas Verantwortung!«

»Ja, und Mick ist ihr Vater, aber der übernimmt auch keine Verantwortung«, erwiderte Sylvie.

»Ich weiß«, sagte ich. »Aber mit Mick Elliott haben deine Mutter und ich nichts zu tun. Mit dir dagegen sehr wohl – es kommt nicht in Frage.«

Wir standen einfach nur da, starrten sie an und fragten uns, was in aller Welt in diesem verrückten Hirn wohl vor sich ging.

Sylvie spielte einen Moment lang mit einem Salzfäßchen. Sie hob es hoch und drehte es um, so daß sich die weißen Körner auf der Tischplatte zu einem kleinen Hügel auftürmten. Sie setzte es wieder ab, blickte auf – schwarze Augen – und lachte. Wie ähnlich sie ihrer Mutter in diesem Moment sah.

»Zwei Riesen, bar auf die Hand. Zwei Riesen, und ihr seht mich nie wieder.«

Ich war sprachlos. Mein Herz pochte. Ich bekam kaum Luft.

»Und dafür kriegen wir das Sorgerecht für Anna, mit allem, was dazugehört.«

»Ihr könnt machen, was ihr wollt, Mum. Noch einen Riesen obendrauf, und ihr könnt sie adoptieren. Ihr wollt doch ein Kind, oder? Schließlich habt ihr es ja schon mal probiert, und ihr habt es ja auch genossen, daß Anna hier war.«

Betty warf erst ihr, dann mir einen bitterbösen Blick zu. Sie hatte nicht gewußt, daß ich Sylvie von unserem verlorenen Baby erzählt hatte. Bettys Leben setzte sich aus Geheimnissen zusammen, die sie anderen nach eigenem Gutdünken enthüllte oder vorenthielt. Wenn andere hinter ihrem Rücken über ihr Leben redeten, fühlte sie sich regelrecht ausgeweidet.

Sylvie hatte keine Ahnung, wie tief die Wunde war, die sie gerade geschlagen hatte.

»Dreitausend bar auf die Hand, und du würdest für immer aus unserem Leben verschwinden?« fragte Betty langsam und ganz ruhig.

»Genau«, sagte Sylvie, vergeblich bemüht, gelassen zu wirken.

Später, als ich Zeit gehabt hatte, darüber nachzudenken, und sich alles so entwickelt hatte, wie es sich entwickelte, habe ich Sylvies Angebot, glaube ich, irgendwann verstanden. Sie wußte einfach, daß ihr Leben ihr aus den Händen glitt. Sicherheit empfand sie als erdrückend. Geregelte Abläufe als einen Fluch. Und ein Leben ohne Heroin war für sie nicht lebenswert. Die alltägliche Schinderei – genau die alltägliche Schinderei, von der Betty mich einmal hatte erlösen sollen – brachte Sylvie um. Ich begriff, daß Sylvie wußte, daß sie irgendwann nicht mehr in der Lage sein würde, für Anna zu sorgen. Arme Sylvie, wie verzweifelt mußt du gewesen sein – und wir haben es nicht bemerkt. Sie wollte bloß, daß wir ihr Kind in unsere Obhut nahmen, daß wir es beschützten und uns nicht schuldig fühlten. Doch genau wie ihre Mutter hatte auch sie nicht die geringste Ahnung, wie man verhandelt, und so überspannte sie den Bogen schließlich.

Keiner von uns sagte einen Ton. Draußen schneite es, Stille senkte sich über die Stadt und deckte sie zu. Doch drinnen war die Luft wie aufgeladen.

»Und?« fragte Sylvie, und in diesem Moment hätte sie auch einer der höhnischen Teenager sein können.

Betty trat vor.

Die verschneite Stille zerbarst, als sie Sylvie ins Gesicht schlug. Roh und hart. Sie erwischte Sylvies Wangenknochen mit ihrem Ehering.

Rot, schwarz, blau, lila. Ein böser Bluterguß breitete sich jäh auf Sylvies Gesicht aus. Die arme Sylvie stand da und faßte sich ans Gesicht, schockiert, verdattert, zu guter Letzt zum Schweigen gebracht durch eine tief verwurzelte Wut, eine Erinnerung, die genauso grausam und überwältigend war wie ihre eigene.

»Raus hier«, zischte Betty. »Raus hier, aber sofort. Mach,

daß du wegkommst, Mädchen. Denn wenn du mir noch einmal unter die Augen trittst, das schwöre ich dir, dann bringe ich dich um … Ich bringe dich um …«

Die Vergangenheit hat dich eingeholt, Betty Hudson, dachte ich, und sie hat dich ins Herz getroffen. Und sie machte dein Herz wieder weich. Denn du hattest ganz vergessen, wie hart und unerbittlich die Vergangenheit sein kann.

Harry

Und so verließen uns Sylvie und Anna zum letzten Mal, in ihre Mäntel gehüllt, ihre Taschen in der Hand. Zwei Gestalten traten ins Weiß hinaus, eine Frau und ein Kind. Eine dicke Schneedecke lag über London, und es dauerte eine halbe Stunde, bis wir ein Taxiunternehmen gefunden hatten, das bereit war, sie nach Finsbury Park zu fahren. Sylvie hatte eine Freundin aufgetan, bei der sie ein paar Tage wohnen konnten. Betty war zu aufgewühlt und wütend, um noch einmal mit Sylvie zu reden, geschweige denn herunterzukommen und sich von ihr zu verabschieden.

»Nimm mich in den Arm, Harry«, schienen Sylvies verletzliche, weltmüde Augen in diesem Moment zu sagen. »Ich fürchte mich, Harry. Ich fürchte mich davor, wieder allein zu sein. Die Kälte und die Dunkelheit machen mir angst. Furchtbare Angst.«

Das blaue Licht der Nacht wurde vom Schnee zurückgeworfen. Der Schneesturm blies Millionen von Schneeflokken über das harte, überfrierende Weiß. »Ich fürchte mich, Harry. Ich habe grauenhafte Angst. Geh nicht an die Tür! Laß die Nacht nicht herein! Laß mich noch ein bißchen bleiben!«

Draußen hupte das wartende Taxi.

Ich gab Anna einen Abschiedskuß. Dann kam Sylvie zu mir, und ich drückte sie. Mach keine Versprechungen, sagte ich mir. Dafür ist es zu spät.

Verabschiede dich. Denk nicht an die Zukunft.

Zwei schmale Gestalten bewegten sich auf das Taxi zu, schwarz und klein im endlosen Weiß. Nein, mehr sagten wir nicht. Sie stiegen ins Taxi. Das Auto fuhr los und verschandelte mit seinen Reifen den unberührten Schnee auf der Empire Row.

Da war soviel, das hätte gesagt, soviel, das hätte getan werden können. Doch unsere Herzen waren wohl einfach nicht groß genug, nicht unerschrocken genug. Wir verabschiedeten uns. Wir tauschten Küsse und Umarmungen aus. Und dann verschwanden Sylvie und Anna für immer.

Betty

Ich bin kein Engel, ob verzweifelt oder nicht.

Fredo drückt mich in der Dunkelheit an sich. Nackt unter den Laken irgendeines baufälligen Hotels. Unter dem Putz an der Wand rascheln die Küchenschaben. Meine Haut juckt. Er flüstert mir ins Ohr. Sein Fleisch kriecht über meins. Seine Küsse sind bitter auf meinen Lippen. Seine Zunge ist kalt in meinem Mund. Seine Hände sind rauh auf meinen Brüsten. Als er in mich eindringt, in mich hineinstößt, spüre ich, wie meine Seele entfliehen will, wie Übelkeit in mir aufsteigt, wie ich würge, keine Luft mehr bekomme.

»Mein verzweifelter Engel«, wispert er, als er fertig ist. In der Dunkelheit unseres gemieteten Zimmers möchte ich ganz schnell meine herumliegenden Sachen zusammensuchen, mich anziehen, mein Haar aufstecken und gehen. Ich will gehen. Er spürt, wie ich zittere. Das Bett ist alt, es bebt, genau wie ich. Er spürt, wie ich zittere.

»Du hast doch immer vor irgendwas Angst. Du bist so englisch. Du bist gefangen in deiner Kälte und deinem Englischsein.« Seine Stimme war wie eine Droge, wie ein Betäubungsmittel, das mich einschläferte. Sie betäubte mich, nahm mir meine eigene Stimme, meine Sprache, meine Gedanken, mein Leben, mein Selbst. Ja, ich hatte vor etwas Angst. Ich war wirklich gefangen.

Fredo Mancini, ich hoffe, du schmorst in der Hölle. Ich hoffe, du schmorst in der Hölle, genau wie deine Familie es von mir hofft. All die Jahre später noch, heute, jetzt, hoffe ich, daß du in der Hölle schmorst, Fredo Mancini – bis in alle Ewigkeit.

Harry

Das fünfundzwanzigjährige Krönungsjubiläum im Sommer 1977 verbrachten wir beide auf einem Straßenfest in Marylebone. Die verschiedensten Leute waren zusammengekommen, um mal wieder richtig auf die Pauke zu hauen, all die Gestalten, die nach wie vor in Soho und Umgebung wohnten. Die letzten Bohemiens, die sonst im Banne vergangener Großtaten und gegenwärtiger Süchte fernab des Geschehens auf ihren kleinen Zimmerchen hockten, immer noch bemüht, sich zu einem zweiten Mingus zu entwickeln oder einen aufgeschlossenen Verleger zu finden. Kleine alte Damen mit Hüten und Handschuhen, die seit der Vorkriegszeit hoch oben über der Marylebone High Street oder der Newman Street wohnten und von der Rente ihres längst verstorbenen Mannes lebten. Eine Frau, die Klavierunterricht erteilte. Ein Mann, den man immer nur mit einer Schar kläffender Terrier sah. Was hatte er heute mit ihnen gemacht? Ein paar Prostituierte, die es geschafft hatten, noch vor Sonnenuntergang aufzustehen, sich ein bißchen Fuchsiarot oder Margeritenrosa auf die Lippen getupft und sich in die helle Sommersonne hinausgewagt hatten. Maureen – die alte »Soll-bloß-keiner-verlangen-daß-ich-was-koche«-Mo, die am Tag von Bettys und Sylvies großem Streit bei uns die Stellung gehalten hatte – war eines Sonntagmorgens im letzten April nicht mehr in ihre winzige Wohnung in der Nähe der Wardour Street zurückgekehrt. Ihre alten Mitstreiterinnen köpften ihr zu Ehren eine Flasche Whisky und nahmen der Reihe nach erschauernd einen Schluck aus der Flasche. Die Besitzer von Kneipen und Restaurants in Marylebone mit ihren Familien. Ein paar als Prinzessin Margaret verkleidete Fummeltrinen mit glimmenden Zigaretten zwischen den in Seidenhandschuhen steckenden Fingern. Ein Grüppchen chinesischer Großmütter, die laut in ihrer eigenen Sprache zwitscherten und zugleich ein Auge auf ihre Enkelkinder hatten, die in der Ferne auf englisch herumkrakeelten.

Betty und ich saßen einander an einem langen, rot, weiß und blau gedeckten Tisch gegenüber. Betty hatte ein Blech Pasteten gebacken, und ich hatte Limonade in Glasflaschen und ein großes Päckchen Tee für die Teemaschine mitgebracht. Jeder, Gott segne sie alle, brachte etwas für die Erwachsenen und etwas für die Kinder mit. Nicht, daß die Kinder derartige Mengen von Kirschlimonade gebraucht hätten, doch die Organisatorin des Straßenfestes – die mit einem Dreifachkinn ausgestattete Wirtin des Duke of Clarence am Rathbone Place – lächelte trotzdem, als eine weitere Flasche voll roter Bläschen zu den anderen gestellt wurde, wo sie sanft vor sich hin bitzelte und in der Sommersonne warm wurde.

Wir tranken Bier und Bowle, plauderten mit unseren Nachbarn, sangen ein paar Lieder und genossen es, Teil einer Gemeinschaft zu sein. In Marylebone gab es dieses Gemeinschaftsgefühl damals noch. Kaum jemand in Soho wollte an den lautstarken, von der Stadt organisierten Feten teilhaben, die nur eine halbe Meile entfernt stattfanden. Ein gutes Drittel der rund sechzig Leute auf dem Straßenfest kam eigentlich aus unserer Ecke südlich der Oxford Street. Doch in Marylebone war es warm und ruhig, wie in einer Kindheitserinnerung. Die Sonne schien uns ins Gesicht, und auf den langen Straßen zeigten sich keine Touristen, keine Vorstädter, keine Betrunkenen.

»Wie sich die Zeiten ändern«, murmelte eine der Prostituierten, mit der ich mich gerade unterhielt. »Soho hat viel mitgemacht in den letzten paar Jahren.«

Ich nickte. Wir unterhielten uns über die alte »Stör-michnicht-wenn-ich-gerade-mal-sitze«-Mo, über das wunderbare Wetter, über das Geschäft, über die Stadt, die in der Sonne so schön aussah, und über die Stille.

Hinter uns stieg herzerwärmendes Kinderlachen – wie bimmelnde Glöckchen klang es – zwischen den kahlen Steinmauern und den staubigen Fensterscheiben auf.

»Eigentlich interessiert sich doch kein Mensch für die Queen«, sagte ich fröhlich. Wir lächelten, waren beschwipst. Die Sonne schien uns ins Gesicht. Irgend jemand hatte erklärt, das Land liege am Boden, die Gewerkschaften seien schuld, die Regierung mache alles falsch. Doch dies war ein Sommerfest – keiner wollte streiten. Es war einfach keinem wichtig genug.

Ein paar Punks tauchten auf dem Fest auf. Sie waren höflich und unterhielten sich leise. Die Leute freuten sich über die schrägen Neuankömmlinge, diese wiederum lächelten die alte Dame an, die jedem von ihnen ein Glas kühles Bier in die Hand drückte. Die Bowle war in Null Komma nichts alle, tut mir leid, flötete sie, wie Joyce Grenfell, und beäugte zugleich ihre zerrissenen Netzhemden und kurzen blauen Haare. Meine Gefährtin antwortete:

»Doch, den Eltern von denen da und ihren Freunden in Croydon oder Enfield oder dem gräßlichen Richmond-on-Thames, denen allen bedeutet sie was, Harry. Den Leuten in den Vororten bedeutet sie was. Denn warum sonst würden die Jungs da an so einem Tag auf den einzigen Zug in die Stadt warten, bloß um von alldem wegzukommen?«

Wir lachten beide. Die letzten Tropfen meiner Bowle spritzten dunkelrot auf den Bürgersteig.

Später, als die Sonne ihre Kraft verloren hatte und ein warmes, goldenes Licht die Straße erfüllte, tanzten Betty und ich zu einem Jazzwalzer aus einem Transistorradio. Die wenigen Bäume ringsum warfen das Licht in einem herrlichen schillernden Gelbgrün zurück, sprenkelten unsere Haut und verwandelten uns an diesem späten Nachmittag in kleine Blätter aus Licht, zart und grün.

Das Stück war »You Do Something To Me« in einer ulkigen, von einer schmissigen Big Band gespielten Version. Betty schmiegte sich an meine Schulter. Durch mein dünnes Baumwollhemd spürte ich, wie sie ihre Lippen und ihre Nase an meinen Körper drückte. Damals hatte sie schon seit einigen Jahren – mit Unterbrechungen – eine Affäre mit dem Besitzer eines Pubs; soviel ich wußte, lag die Betonung dabei auf »Unterbrechungen«. Ohne konkreten Anlaß vermutete ich, daß diese Affäre wieder aufgeflammt war, doch ich wagte nicht, danach zu fragen. Es entsprach nicht unseren Spielregeln nachzufragen. Ich freute mich einfach, daß sie einen freien Tag mit mir verbrachte und in der Sonne mit mir tanzte, während es langsam Abend wurde.

Plötzlich bog sie ihren Kopf zurück und sah mich an. Ihre Augen waren von der Bowle gerötet, und auch ihr Atem roch danach, süß und fruchtig. Ein Grinsen breitete sich auf ihrem Gesicht aus.

»Weißt du, Harry, wir machen das schon ganz gut, wir beide.«

Ich hörte auf zu tanzen, sah sie an und mußte lachen.

»Gut? Wir beide? Seit zwanzig Jahren tun wir nichts anderes als uns streiten! Wir führen uns auf wie Kleinkinder – erst streiten wir, dann vertragen wir uns wieder, dann streiten wir wieder. Und jetzt plötzlich behauptest du, wir würden irgend etwas gut machen!«

Nun kicherte auch sie, wobei sie mich sanft wieder in den Rhythmus des Liedes drängte. Während sie sich langsam und entspannt bewegte, eins-zwei-drei, eins-zwei-drei, umschlängelte mich ihre Stimme, wand sich um meine Schienbeine, um mich zu Fall zu bringen. Kopfüber, ohne viel Federlesens.

»Jaja, ich weiß, aber in den letzten paar Jahren haben wir den Dreh doch irgendwie rausgekriegt. Vielleicht bist du nicht Clark Gable, und ich, na, ich bin auch nicht gerade Carole Lombard …«

»Vorsicht, meine Liebe – du verrätst dein Alter!«

Sie klopfte mir sanft auf Schulter.

»Nein, aber wir sind immer noch da. Wir sind immer noch zusammen. Keiner von uns ist stiftengegangen.«

»Wir sind wahrscheinlich einfach noch in der Flitterwochen-Phase, Betty. Die gibt's in jeder Ehe!«

Wir lachten wieder und tanzten bis zum Ende des Liedes. *Do-do that voodoo that you do so well.*

Das Stück war zu Ende. Ein schnelleres begann. Zwei der chinesischen Großmütter standen auf, um sich an einem etwas wackeligen Jitterbug zu versuchen und sich mit steifen Gliedern unter fröhlichen Neckereien ihrer vergeudeten Jugend in Shanghai oder Singapur zu erinnern. Betty drehte sich zu den johlenden und klatschenden Freundinnen der beiden Frauen um, betrachtete sie lächelnd und meinte dann, sie mache mal ein Päuschen. Wir setzten uns auf eine städtische Bank und sahen zu, wie die alten Damen swingten. Hier und da blickten Kinder von ihrem Spiel auf, und die Enkel flitzten unter lautem Geschrei über die Straße zu ihren tanzenden Omis hinüber, als bekämen sie so etwas Witziges nicht noch einmal zu sehen.

»Und ich möchte dir danken, Harry. Du hast deine alten Versprechen gehalten. Weißt du noch, wie du an unserem Hochzeitstag, als wir aus dem Standesamt kamen, die rosafarbenen Blüten aus meinem Haar gezupft hast?

Du hast mich nie davon abgehalten, irgend etwas zu tun, selbst wenn es dich geärgert hat. Und du hast nie in meiner Vergangenheit herumgeschnüffelt. Dafür möchte ich dir danken, Harry.«

Ich drehte mich zu Betty um. Ich nahm ihre Hand und blickte ihr in die Augen, die jetzt still und klar waren wie tiefe, dunkle Gewässer.

»Das ist doch nicht verwunderlich, Betty. Es liegt einfach daran, daß ich dich immer geliebt habe, selbst wenn ich wütend auf dich war. Und ich liebe dich heute noch.«

Ihr Kuß war zart und duftete nach Bowle. Ihre Finger streiften über meine Wange. Und ihr Haar kitzelte auf meiner Haut, als sie den Kopf an meine Schulter legte.

Es war noch hell, als wir durch die Straßen nach Hause zum Hudson Café gingen. In der Poland Street hatte jemand ganz oben ein Fenster offenstehen und ließ »Fan It« laufen, die alte Schellackplatte von Red Nichols and his Five Pennies. Betty fing an zu lachen, dort in der schattigen Kühle südlich der Oxford Street. Ich klatschte, als sie ein paar Schritte eines Tanzes ausführte, an den sie sich noch von ganz früher erinnerte. Sie streckte einen Finger in die Höhe, ließ ihn im Takt zu der swingenden Bigband kreisen und sang dazu: »Hey, Baby, just fan it!« Woraufhin der himmelhohe Jazzliebhaber, der uns vermutlich lachen hörte, aufstöhnte und sein Schiebefenster zumachte. Als wir hörten, wie das Fenster herunterknallte, fielen wir uns dort auf der Straße in die Arme und küßten uns, und dann hakten wir uns unter und gingen nach Hause. Die Luft war warm, und wir waren lebendig. Ich fühlte mich so gut.

Baby, just fan it.

Als Betty den Schlüssel in die Hintertür steckte, sagte sie, sie höre das Telefon klingeln, und schob sich mit einem fröhlichen Lachen an mir vorbei:

»Wer zuerst oben ist, ist ein großes Mädchen, Harry Hudson!«

Auch ich lachte.

»Ich glaube, das hast du schon gewonnen, Betty.«

Sie verschwand flachsend, als ich den Fuß noch auf der ersten Stufe hatte. Ich hörte, wie das Klingeln abbrach und ihre Stimme sich meldete.

Ich war noch auf der Treppe, als sie sagte, ja, ich bin Mrs. Hudson; und dann sagte sie nichts mehr. Ich ging in die Küche, und sie sagte nichts mehr. Minuten verstrichen, und sie sagte nichts mehr. Ich trat in den Flur hinaus. Nichts mehr. Und Betty, nichts mehr, saß neben dem Telefon, nichts mehr, den Hörer, nichts mehr, auf der Gabel. Traurigkeit umgab sie. Geballte Traurigkeit.

Eine junge Polizistin aus Manchester hatte angerufen. Sie hatte gesagt, es tue ihr sehr leid. Man hörte ihrer Stimme die schlechten Nachrichten an. Sie wiederholte noch einmal, es tue ihr sehr leid, aber sie habe schlechte Nachrichten. Sie fragte, ob Sylvie Porter Bettys Tochter sei. Als Betty das bestätigte, sagte die Polizistin, Sylvie sei tot. Sie sei am vorigen Morgen an einer Überdosis Heroin gestorben. Sie hätten bis jetzt gebraucht, um uns zu finden. Sie hätten sich ihre Informationen aus dem zusammenstückeln müssen, was das kleine Mädchen ihnen erzählt habe. Sie sagte, wir sollten sofort kommen, denn es gebe sonst niemanden, der die Leiche identifizieren könne. Das heißt, keinen Erwachsenen. Sie sei allein in einem besetzten Haus gestorben. Jedenfalls sei nach ihrem Tod niemand mehr dort gewesen, außer Anna. Und so habe Anna eine halbe Meile durch die violette Morgendämmerung laufen müssen. Ohne Schuhe, ohne Mantel, die Wangen schwarz verschmiert und tränenüberströmt. Sie habe eine Telefonzelle gefunden und den Notarztwagen gerufen, mit einem Fünf-Pence-Stück, das sie hinter einem zerschlissenen Sofa gefunden hatte, nachdem sie die ganze Wohnung auf den Kopf gestellt hatte. Und ihre Mutter habe die ganze Zeit tot auf dem Sofa gelegen.

Ich bereitete sofort alles für unsere Reise vor. Doch keiner von uns beiden weinte in dieser Nacht. Weder um Sylvie noch um Anna, noch um uns, noch um diese elende, verkorkste, grausame Welt.

Betty

Betty Hudson, du bist ein verdammter Trottel.

Das sage ich mir jedesmal, wenn Harry mich so ansieht. Jedesmal, wenn er meine Hand nimmt, mir direkt in die Augen blickt und mich fragt, warum, was, wie, wann.

Ich bin ein verdammter Trottel, weil ich nie den Mumm habe, nein zu sagen. Oder ja zu sagen. Ich bin ein Trottel, weil ich mich nie an die Vergangenheit gewöhnen kann und nie weiß, wie ich mit der Gegenwart umgehen soll. Immer am Davonlaufen, schnell, schnell, so schnell ich nur kann.

Und als es gerade einmal so scheint, als müßte ich nicht mehr davonlaufen, als seien alle Warnschüsse abgegeben worden, tut es hinter meinem Rücken einen Schlag, und schon laufe ich wieder.

In meiner Jugend, als ich den Mond anschwärmte und im Kino und auf Tanzveranstaltungen nach Jungs mit rauhen Händen Ausschau hielt, da zuckte es mir in den Füßen, da schwang ich das Tanzbein zu den neusten Rhythmen. Zu alten Schellackplatten, die sich in Gemeindehäusern und später in einem schmierigen Tanzschuppen in der Nähe des Flusses auf dem Plattenteller drehten. »What A Little Moonlight Can Do«. »I Wished On A Moon«. Benny Goodman mit »Melancholy Baby«. Jedesmal wenn ich Red Norvo and the Swing Septet hörte, hottete ich los. Vollführte Sprünge, als gingen um uns herum Bomben nieder. Meine Füße bewegten sich wie von selbst. An diesem Punkt war ich, als ich mich – mit steifen blondierten Locken und einem dunklen Kußrot auf den Lippen – in New York und den Jazz verliebte.

Ich hatte meine Manhattan-Geschichten fast vergessen – vergessen, welche wahr waren und welche ich erfunden hatte –, als Sylvie wieder in mein Leben platzte. Meine Güte, es war Ewigkeiten her, daß ich mal Arm in Arm mit Harry ausgegangen war und mir eine Langspielplatte oder eine glänzende Vinyl-Single gekauft hatte, auf der Miss Billie sang und Lester Young spielte, auf der Gene Krupa am Schlagzeug saß oder Duke Ellington am Klavier. Es schien so lange her, daß ich mal irgendeine alte Platte aus ihrer Papierhülle gezogen, die Nadel aufgesetzt und einfach nur einer Stimme gelauscht hatte, einer Trompete, einem Baß.

Die hübschen schwarzen Mädchen sah man jetzt in London auf der Straße, nicht im fernen New York. Ihre Stimmen waren es, die man laut und fröhlich singen hörte, wenn sie sich um zwei oder drei Uhr morgens aus den Clubs schoben. Ihre mageren Körper waren in aufreizende Kleidchen gezwängt und mit billigem Schmuck behängt. Meine alten Ichs – die Londoner Betty aus den Dreißigern, die New Yorker Betty aus den Vierzigern – schienen in den Nebeln der Zeit verlorengegangen zu sein.

Eine Ewigkeit ist seither vergangen.

Als die Polizistin aus Manchester anrief, um mir mitzuteilen, daß Sylvie tot sei, glaubte ich, meine Seele müsse erfrieren. Nichts ist bei mir sicher, dachte ich, nicht mal einen Moment lang. Am nächsten Tag rumpelte unser Zug in den Bahnhof von Manchester. Der vorangegangene sonnige Tag in London hatte sich in einen grauen Regentag im Norden verwandelt. Verschiedene Städte riechen verschieden, sagte ich mir, als wir ausstiegen und auf die Straße hinausgingen, um ein Taxi zu nehmen. Stadt ist nicht gleich Stadt. Ihre Geräusche und Gerüche, um nicht zu sagen, ihr Stil, unterscheiden sich. Von London nach New York – was für eine Reise. Von New York nach London, das ist die Geschichte, an die ich mich halte. Und von London nach Manchester, das ist einfach nicht das gleiche. Nein, es ist etwas anders.

Wir saßen im Taxi, und Harry gab dem Fahrer Anweisungen. Mein Mann fragte mich:

»Geht's einigermaßen, Liebes?«

Ich nickte und zündete mir eine Zigarette an. Doch insgeheim dachte ich, nenn mich nicht Liebes. Nenn mich nicht Liebes, denn jedesmal wenn ich denke, daß es uns gutgeht, dir und mir, dann versetzt uns wieder irgend etwas einen furchtbaren Schlag. Wieder eine Pistole, die hinter unserem Rücken losgeht.

Ein Stück mit einem treibenden Rhythmus läuft knisternd im Radio. Es ist ein Discosong, und abermals verändert sich die Welt. Der Jazz ist vergessen, während wir durch eine graue, andersartige Stadt im Norden fahren, um uns meiner toten Tochter anzunehmen. Ich bemühe mich so sehr, meine Tränen zurückzuhalten, daß es weh tut. Harry legt seine Hand auf meine, und meine Haut fühlt sich an, als stünde sie in Flammen.

Jazz und als Jugendliche tanzen gehen. Jazz und New York. Jazz und das Hudson Café. All das ist jetzt vergessen. Doch an dich erinnere ich mich, Sylvia Joan. Ich erinnere mich an dich, Anna. Ich erinnere mich an dich, Harry, während meine Haut unter deiner Hand zu glühen beginnt. Ich habe euch geliebt, so gut ich konnte.

Harry

Betty und ich saßen kaffeetrinkend in unserem Hotelzimmer, ignorierten die Schinkenbrote und warteten auf die Polizei. Ich hatte gleich nach unserer Ankunft in Manchester dort angerufen und auch dem Hotelbesitzer unsere Lage erklärt. Er war sehr verständnisvoll, faßte mich am Arm und bot uns an, uns die Mahlzeiten aufs Zimmer bringen zu lassen. Er sagte, sie hätten gerade ungewöhnlich viele junge Familien im Haus, was Mrs. Hudson im Moment sicher nicht so angenehm sei. Ich dankte ihm.

Betty saß schweigend da, rang die Hände und blickte hinaus auf die geschäftigen Straßen von Manchester. Ich spürte immer noch die Sonne von gestern auf dem Gesicht, und meine Beine waren müde von einem durchtanzten Tag. Ein Wecker im Zimmer tickte laut. Ab und zu zündete sich Betty eine Zigarette an. Ihr Feuerzeug klickte, kratzte, klickte, kratzte. Die Flamme zischte auf. Ein Aufzischen, und die Zigarette glomm.

Wir warteten schweigend auf die Polizei. Die Minuten vergingen wie Tage. Wir sagten kein Wort. Es hätte soviel zu bereden gegeben, doch wir verkrochen uns in die Stille des Zimmers, versteckten uns hinter dem Ticken eines Weckers, dem Schlagen von Herzen, dem langsamen Aushauchen von Zigarettenrauch.

Tony Mancini sagte, ich solle an dem Donnerstag nach meinem Friseurtermin doch mal vorbeikommen. Es arbeitete in seinem pausbäckigen Gesicht, während er mich mit erhobenen Händen an die Tür brachte und mir sagte, ich solle um Mittag herum dasein. Er habe eine Überraschung für mich.

»Was denn?«

Seine kleinen braunen Augen strahlten vor Freude. Sein Geheimnis drängte aus ihm heraus, ließ sich nicht mehr länger unterdrücken.

»Fredo kommt – und weißt du was, ich habe ihm kein Wort von dir erzählt, es ist also eine doppelte Überraschung. Ist das nicht toll, Betty?« Er legte den Finger auf die Lippen und formte lautlos die Worte: »Ein Geheimnis.«

»Fredo!« Ich seufzte laut. »Fredo …«

Mein Herz hüpfte vor Freude. Hüpfte, sprang, schrie, verdammt, trat Türen ein, schaukelte an den Glühbirnen. Ich hatte Tony immer wieder zu verstehen gegeben, daß ich seinen Cousin gerne einmal wiedersehen würde. Hier war sie nun, schließlich und endlich: die beste und wahrscheinlich auch letzte Gelegenheit, herauszufinden, was mit Mikey passiert war, wo er war, wie ich ihn erreichen konnte.

Damals in London 1944 war Fredo Mikeys bester Freund gewesen. Es war Fredo, der mir das Telegramm nach London geschickt hatte, als in Deutschland der Krieg zu Ende ging. Es war Fredo, über den ich schließlich nach New York gekommen war, der mich dazu gebracht hatte, Stan zu verlassen. Und Sylvia. Machmal kommt es mir vor, als hätte ich nur wegen

Fredo Mancini mein Leben lang irgendwelche Verrücktheiten begangen, und zwar keine besonders angenehmen. Es war inzwischen Ende 1947 – bald war Weihnachten in New York. Nach fast drei Jahren in der Stadt hatte ich Mikey Weiss immer noch nicht gefunden, auch nicht die kleinste Spur. Ich war in dem Stadtviertel gewesen, das er mir auf die Zigarettenschachtel geschrieben hatte, hatte in Telefonbüchern nachgesehen, auf Arbeitsämtern und bei der Austrian-American Society nachgefragt und auf langen Spaziergängen durch die verregnete Stadt jedes einzelne olivfarbene, braunäugige Gesicht gemustert. Es kam mir vor, als hätte ich die ganze Stadt abgesucht, jeden Straßenzug, jede Bar, jede Billardhalle, als hätte ich mich durch das Geflecht der engen, lärmerfüllten Adern New Yorks bis zu dem pochenden Herz der Stadt vorgearbeitet, ohne Mikey jedoch irgendwo zu finden.

Michael in deiner Rüstung, du wiegst die Seelen der Toten. Zünde eine Kerze für deinen Heiligen an, hätte meine Mutter gesagt. Michael, dem wir die Gabe der Vernunft verdanken. Küß das Bild, murmelte meine Mutter im schimmernden Kerzenlicht. Michael, der die Aufständischen aus dem Himmel vertreibt. Michael.

Plötzlich hatte ich Hoffnung. Hoffnung auf Liebe. Hoffnung auf meine Erinnerung an die Liebe. Die zähen Tage und langen Nächte bei Vesey's, die anzüglichen Bemerkungen der Kunden, das träge Geschwätz der Mädchen und nach Mitternacht dann die schlanken Musiker in ihren Anzügen, die ihre Songs spielten und einem das Blaue vom Himmel herunter versprachen, hatten mich meine Erinnerungen anzweifeln lassen. Uns die eigenen Erinnerungen an die Liebe anzweifeln zu lassen ist eines der übelsten Schnippchen, die uns das Leben schlagen kann. Doch plötzlich hatte ich wieder Hoffnung. Tony plapperte aufgeregt vor sich hin, aber ich war im siebten Himmel und gedachte auch so schnell nicht wieder auf den Erdboden herunterzukommen.

»Hey Mensch, ein Steuerberater ist Fredo zwar nicht, aber er kennt mehr Tricks als der Große Magnifico mit seinem

Magischen Hut.« Lachend schob mich Tony zur Tür des Salons hinaus.

Als ich durch den schneidenden Seewind lief, war mir warm ums Herz. Warm ums Herz in der Königin der Städte. Ein Orchester aus Stimmen und Taxihupen spielte zur Feier des Tages auf. Die winterliche Brise trug Jazz aus Bars und offenen Fenstern herüber. Aus Clubs und aus Musikpavillons in Parks, über Jukeboxen, Autoradios und Plattenspieler begleitete mich die Königin der Städte mit einem süßen Liebeslied. Und mir, die ich nur den Wind vom Atlantik hörte, war warm ums Herz. Zu Hause saß ich dann in meinem Zimmer, spielte mit meinem Sohn, malte ihm flüsternd die Zukunft aus und erzählte ihm Geschichten von früher.

Die ganze Woche zitterte ich förmlich vor Aufregung. Ich nahm meinen Sohn Michael zu Tony mit, um ihn Fredo vorzuführen. Michael war viel dunkler als ich, er ähnelte eher seinem Vater. Seit einiger Zeit redete er ziemlich viel, eine ulkige Mischung aus New Yorker Barmädchen und Süd-Londoner Straßenkind.

Wir waren da. Der New Yorker Wind hatte mein Haar zerzaust und meine Wangen wund gerieben. Ich stand vor dem Schaufenster des Friseursalons und war mir sicher, daß ich unmöglich aussah. Durch das Fenster konnte ich Tony um einen Kunden herumtänzeln sehen. Hinter ihm machte ich Fredos dunkle, schlanke Gestalt aus. Ich zog die Tür auf. Sie fiel mit einem lauten Knall hinter Michael und mir ins Schloß. Tony blickte auf und kreischte vor Freude.

»Fredo, Fredo, schau mal, wer da ist!« Der Friseur klatschte in die Hände und flitzte zu seinem Cousin hinüber, der sich erhob und mich ewig ansah, ohne ein Wort zu sagen. »Mensch, Fredo, was sagst du dazu – ich habe tatsächlich den Mund gehalten!« Fredo starrte mich bloß an. Als sei ich ein Gespenst. Und genau das sah er auch, als er ganz langsam und mit großen Augen aufstand: ein Gespenst aus seiner Vergangenheit.

Ich ging über den blanken weißen Boden auf ihn zu. Fredo sah so anders aus ohne Uniform. Er war mager, etwas gebeugt, hatte einen dunkelblauen Blazer an und trug das Hemd offen. Es stand ihm gut. Er war kein schöner Mann, doch sein pokkennarbiges italienisches Gesicht mit dem breiten ansteckenden Lächeln hatte seinen ganz eigenen Charme.

Ich setzte zum Sprechen an. Zum ersten Mal seit langem war ich mir meines Akzents bewußt, meiner ungelenken englischen Art, der Tatsache, daß ich keine Amerikanerin war. Damals drehten sich die Leute nach einem um, wenn sie diesen Akzent hörten, und sie hörten ihn nicht unbedingt gerne.

»Fredo, erinnerst du dich an mich?« fragte ich leise. Der Raum lag im gelben Licht der Neonröhren. Neben mir stand Michael und starrte sein Spiegelbild auf dem weißen Fußboden an.

Fredo fing an zu lachen.

»Mein Gott …«, murmelte er immer wieder vor sich hin.

»Fredo, ich habe dein Telegramm gekriegt. Ich habe dein Telegramm gekriegt und bin nach New York gekommen.«

»Mein Gott …«

»Fredo, ich bin gekommen, aber ich habe Mikey unter der Adresse, die er mir gegeben hat, nicht finden können. Ich habe alles versucht, aber ich habe ihn nicht gefunden. Und dann hat mir Tony erzählt, daß du sein Cousin bist, und ich dachte, na ja, du weißt bestimmt, wo er ist oder wie ich ihn erreichen kann.«

»Mein Gott, du bist wirklich gekommen.«

Ich legte Michael die Hand in den Rücken und schob ihn sanft zu Fredo hinüber. Ich versuchte die ganze Zeit zu lächeln, doch ich war furchtbar nervös. Immer wieder dachte ich: Jeden Moment wird er mir sagen, wo Mikey ist, er wird mir zeigen, wo ich hinmuß, wird mich hinbringen, wird mich zu ihm bringen.

»Fredo, das ist Mikeys Sohn. Er hat dir ja sicher erzählt, daß ich schwanger war – er muß es dir erzählt haben. Und als ich dann dein Telegramm bekam, mußte ich natürlich nach Amerika kommen, um Mikey zu suchen. Sieht er nicht genau wie Mikey aus? Ich habe ihn auch Michael genannt. Sag guten Tag, Michael. Er ist in New York geboren, Fredo. Ist Mikey in New York, Fredo?«

Fredo schüttelte ungläubig den Kopf. Dann begann er, noch etwas unsicher, zu lachen.

»Mein Gott, du bist wirklich gekommen ...«

Ich war ein Trottel, aber das merkt man selbst immer zu spät.

In den folgenden Wochen traf ich mich öfters mit Fredo in einem Café; wenn er hereinspaziert kam, witzelte er immer erst ein bißchen auf italienisch mit den Angestellten herum und kaufte Michael ein Eis. Der Besitzer war ein alter Freund der Familie Mancini. Ein fetter Sizilianer, rauh, aber herzlich, der sich nur zu gerne von Michael hinter der Theke stören ließ. »Du kleiner Rabauke«, rief der alte Mann und freute sich an Michaels entzückenden kleinen Händen und seinen lebhaften Augen. Die Frau des Besitzers hob den Jungen lächelnd und kichernd auf ihren Schoß und gab ihm einen feuchten Kuß auf die Backe. »Un grande bacio«, rief sie fröhlich. Dabei hatte mir Fredo schon beim ersten Mal, als er mich an diesen warmen, freundlichen Ort mitgenommen hatte, erzählt, was ich wissen wollte. Warum ich hinterher trotzdem wieder hinging, weiß ich nicht mehr.

Fredo war in Deutschland für seine Tapferkeit ausgezeichnet worden und im Frühling 1945 unter den ersten Soldaten gewesen, die Dachau betraten. Kurz darauf wurde er von Mikey getrennt. Mikey sprach Deutsch, da sein Vater Österreicher war, und so landete er auf einem Verwaltungsposten in Süddeutschland, wohingegen Fredo mit dem Rest der Truppe nach Berlin weiterzog. An ihren letzten gemeinsamen Abenden hatten sie von der Zukunft gesprochen. Sie tranken in Bars im Schatten der noch rauchenden Trümmer und wurden von ehemaligen Nazi-Mädchen bedient. »Es war alles so nah beieinander«, sagte Fredo. »Alle, die in irgendeiner Form daran beteiligt waren.«

Fredo blickte auf und lächelte mich an. Er legte den Löffel auf den Tisch und berührte sachte meine Hand.

»Was ich dir schon die ganze Zeit sagen wollte, Betty – ich war nicht mit Mikey zusammen, als ich dir das Telegramm geschickt habe. Ich weiß keine Einzelheiten, bloß daß er erschossen wurde. Eine verirrte Kugel hat ihn getroffen. Ich hatte ihn nur wenige Tage zuvor noch gesehen, und da habe ich dir auch die Nachricht geschickt, daß du kommen sollst. Aber eine verirrte Kugel aus einem Gewehrlauf hat ihn erwischt. Ich habe erst in Berlin erfahren, daß er tot ist.«

Meine Augen füllten sich mit Tränen, und ich hörte, wie Michael lachend irgend etwas auf italienisch wiederholte, was ihm der alte Café-Besitzer vorgesagt hatte. Regnete es in diesem Augenblick? Schneite es? Blies der Wind die Blätter aus irgendeinem nahen Stadtpark über die Straße?

»Ich habe es dir nicht gleich gesagt, Betty, weil ich dir nicht weh tun wollte und weil ich nicht wollte, daß du wegläufst oder gar New York verläßt. Denn weißt du, Betty, ich habe mich damals in England in dich verliebt. Und als ich dich jetzt wiedergesehen habe, da wußte ich, daß ich dich will, mehr, als ich je irgendwen oder irgendwas wollte.«

Daß man ein Trottel ist, merkt man selbst immer erst viel zu spät.

Harry

Hoch oben auf Manchesters Gebäuden schwebten in Stein gehauene Engel. Das Mauerwerk war von einem schwarzen Film überzogen. Mit zartem Strich waren Wolken an den Himmel gemalt. Ein Aquarell in den verschiedensten Grautönen, den verschiedensten Schattierungen. Ein Polizeibeamter saß am Steuer. Die Polizistin neben ihm erzählte uns, was passiert war. Ich nahm meine Augen nicht von ihrem Gesicht, verfolgte die Bewegung ihrer dünnen Lippen, während sie, zu uns umgewandt, mit uns sprach. Betty sah in die Stadt hinaus. Auf die in Stein gehauenen Engel. Den schwarzen Film. Den aquarellierten Himmel.

»Ich muß leider sagen, daß Ihre Tochter in ziemlich kümmerlichen Verhältnissen gestorben ist.« Die Polizistin befeuchtete sich beim Reden die Lippen. Ihr Kollege schwieg, den Blick auf die Straße gerichtet. Aus dem Funkgerät, das an seiner Jacke befestigt war, kamen Stimmen.

»Sie wohnte in einem besetzten Haus in einer Gegend von Manchester, die für ihren hohen Drogenkonsum bekannt ist. Es tut mir leid, wenn das schmerzhaft für Sie ist. Soll ich aufhören?« Betty schüttelte den Kopf und blickte weiter starr aus dem Fenster. Ich griff nach ihrer Hand. Sie war eiskalt. Ich drückte ihre Hand, so fest ich konnte.

»Ich vermute, daß Ihre Tochter hierhergekommen ist, weil es hier seit einiger Zeit einen stetigen Zufluß von Heroin aus dem Nahen Osten gibt. Aus dem Iran, um genau zu sein. Man bekommt es jetzt sehr günstig. Und in guter Qualität. Oft wird den Süchtigen gerade die gute Qualität zum Verhängnis. Sie sind so reines Heroin nicht gewöhnt. Haben es sozusagen nie so gut gehabt.«

Betty und ich wurden von einer Welle des Kummers erfaßt. Wir hörten nicht mehr zu. Wir ließen unsere Köpfe direkt unter der Wasseroberfläche treiben. Die Blicke der Engel ruhten auf uns, dort oben über dem Wasser, aber ich weiß nicht, ob sie lachten oder weinten.

Harry

Noch eine Sozialarbeiterin, noch ein Büro. Man erzählte uns wieder, daß Sylvie in einer schmutzigen besetzten Wohnung gewohnt und daß Anna auf einem Sperrmüllsofa geschlafen hatte. Man erzählte uns, daß Anna nicht ordentlich gegessen, sondern sich von altem Brot und Hustenbonbons ernährt hatte. Man erzählte uns wieder, daß Sylvie wegen des braunen iranischen Heroins nach Manchester gekommen war, als sei das eine Zeile aus einem Reiseprospekt. Man erzählte uns, wie Anna in der Nacht von Sylvies Tod zur Telefonzelle gelaufen war. Erzählte uns, daß die anderen Junkies die zwei allein gelassen hatten. Erzählte uns, wie kalt die Nacht gewesen war. Beschrieb uns sogar das Licht kurz vor der Morgendämmerung. Wir beide, Harry und Betty Hudson, starrten blinzelnd auf unsere Hände hinunter und malten uns das Bild aus, die Farben, Annas weiße Atemwölkchen in der dunklen Nachtluft.

»Tja«, sagte die Sozialarbeiterin ernst, »für heute bleibt eigentlich nur noch zu klären, was mit Anna geschehen soll.«

Ich beugte mich vor und sagte:

»Na, sie kommt natürlich mit zu uns. Wir sind doch jetzt ihre Familie. Schließlich ist sie unsere Enkelin.«

Aus dem Augenwinkel konnte ich sehen, wie Betty sich umwandte und mich beobachtete, während ich sprach. Doch ich sah weder ihren Gesichtsausdruck, noch, wie ihre bleichen Hände an ihren Handschuhen herumzupften. Die Sozialarbeiterin erhob sich.

»Gut. Dazu muß ich ein paar Formulare zur vorläufigen Vormundschaft besorgen. Sobald die unterzeichnet sind – länger als ein oder zwei Tage sollte das nicht dauern –, können Sie Anna mit nach London nehmen, wenn es Ihnen recht ist.«

Ich sah auf Bettys Handschuhe hinunter. Sie waren in sich verdreht, sahen aus wie gefaltete Servietten, wie Herzen. »Da zwischen Miss Porter und Mr. Hudson kein Adoptivverhältnis bestand, muß Mrs. Hudson die Vormundschaftspapiere unterschreiben.«

Betty richtete sich kerzengerade auf und rutschte auf ihrem Stuhl nach vorne, im Begriff aufzustehen. Während sich ihr Rücken von der Stuhllehne wegbewegte, zog sie ihre übereinandergeschlagenen Beine auseinander und setzte den einen, nervös kreisenden Fuß auf. Sie löste ihre verschränkten Arme, und ihre Handschuhe fielen auf den Boden. Sie ließ ihre Zigarettenschachtel los und spreizte die Finger. Sie hob den Kopf von der Brust, blickte auf und setzte zum Sprechen an. Tastende Worte.

»Entschuldigung«, murmelte sie leise.

Die Sozialarbeiterin sah Betty an.

»Ja bitte, Mrs. Hudson?«

»Es tut mir leid, aber so einfach ist das nicht. Es ist nicht richtig.«

Betty, die jetzt aufrecht im klaren Morgenlicht stand, verhedderte sich in ihren taumelnden, schwankenden, tastenden Worten. Sie stammelte: »Ich meine … Also …«

»Stimmt was nicht, Liebes?« fragte ich und faßte nach ihrer Hand. Sie zog sie weg. Vielleicht wollte sie nicht, daß ich die Hand von selbst wieder loslassen mußte.

»Es tut mir leid, aber ich werde diese Formulare nicht unterschreiben, denn ich finde nicht, daß wir Anna zu uns nehmen sollten. Ich meine, ich werde Anna nicht nach London mitnehmen. Ich werde sie nicht mitnehmen.«

Wie ruhig es in diesem Moment im Zimmer war.

Still – genau. Wie das Meer. Treiben im Meer.

»Aber Betty, wir *müssen* …«

Mit halb zerknirschtem, halb anklagendem Gesichtsausdruck wandte sich Betty mir zu.

»Warum *müssen* wir? Warum? Was hat sich seit damals vor zwei Jahren geändert?«

»Damals vor zwei Jahren?« hörte ich die Sozialarbeiterin, von uns unbeachtet, fragen.

»Sylvie ist tot, das hat sich geändert. Sylvie ist tot.«

»Und wer ist schuld daran, Harry?«

»Niemand ...«

»Auch Sylvie nicht?« fragte sie. Unsere Stimmen wurden immer lauter und aufgeregter.

»Nein, auch Sylvie nicht!«

»Und ich Harry? Ich auch nicht ...?«

Betty setzte sich wieder hin und beugte sich hinunter, um ihre Handschuhe aufzuheben. Sie fuhr sich mit dem Finger übers Auge. Aber Tränen wegwischen ist billig.

Die Sozialarbeiterin war etwas ungehalten, ließ sich jedoch nicht beirren und sprach in unverfänglichem Ton weiter. Ihre Stimme kräuselte die Stille. Doch die unsichtbare Hand war nicht verschwunden.

»Ich werde die Papiere nicht unterschreiben«, sagte Betty. »Weder jetzt noch später.«

»Bitte überlegen Sie es sich noch einmal, Mrs. Hudson. Es ist besser für Anna, wenn sie bei Verwandten ist. Adoption oder Pflegschaft sind keine einfachen Lösungen.«

»Aber eine junge Familie, ein neuer Anfang ist einfach besser für sie. Sie wissen doch gar nichts von uns. Harry hat nie ein Kind gehabt.« Sie wagte es nicht, mich anzusehen, als sie das sagte. Mir in die Augen zu sehen. Mich anzusehen. »Und ich – ich war keine sehr gute Mutter ...«

»Verflucht noch mal, Betty, unterschreib die Formulare«, zischte ich.

»Und ich bin inzwischen fast sechzig, Anna dagegen ist gerade erst neun.«

»Jetzt unterschreib endlich!« schrie ich und sprang auf, bereit, sie notfalls an der Hand zu packen und zur Unterschrift zu zwingen, bereit zu tun, was immer ich auch tun mußte.

»Mr. Hudson«, unterbrach mich die Sozialarbeiterin mit erhobener Hand. »Sie können Mrs. Hudson nicht zum Unterschreiben nötigen ...«

»Und wie ich sie nötigen kann!«

Betty war wieder aufgestanden. Setzte sich in Bewegung.

»Mr. Hudson! Ich werde nicht zulassen, daß …«

Betty rannte zur Zimmertür. Ihre Handschuhe fielen erneut zu Boden.

»Betty!«

»Mrs. Hudson!«

Den Türrahmen umgreifend, bog Betty in den Flur und stürmte zur offenen Haustür, hinaus in die Kälte, in die graue tote Luft.

Auf der Treppe zog ich sie an mich. Sie stolperte, laut weinend. Knickte um und stürzte. Der Gartenweg war von gelben und rosafarbenen Blütenblättern übersät. Flach vor mir auf dem Rücken liegend, schrie sie:

»Hör auf, Harry!«

»Was machst du da für einen Quatsch!«

»Laß mich los! Laß mich los!«

Betty weinte und versuchte verzweifelt, sich meinem Griff zu entwinden.

Ihre Strumpfhose zerriß auf dem harten Beton. Ich schrie sie an. Und die Sozialarbeiterin rief meinen Namen.

»Unterschreib die Formulare, Betty! Unterschreib sie, und dann fahren wir nach Hause und vergessen all das hier!«

»Ich kann nicht! Ich *kann* nicht!«

»Wir machen einfach da weiter, wo wir gestern aufgehört haben, weißt du noch? – wie wir auf dem Straßenfest getanzt haben und wie gut die Bowle gerochen hat, weißt du noch?«

»Laß mich los, Harry!« Ihr Geschrei lud die Morgenluft auf.

Hinter den Fensterscheiben erschienen neugierige Gesichter. Ich kauerte mich neben sie und fragte mit leiserer Stimme:

»Warum willst du sie nicht annehmen?«

»Kapierst du das denn nicht? Kapierst du das denn wirklich nicht? Die sind bei mir einfach nicht sicher.«

»Wer?«

»Kinder, Babys. Ich mache sie kaputt, Harry. Ich habe Sylvie kaputtgemacht – ich hätte sie genausogut höchstpersönlich umbringen können.«

»Nein, nicht doch …« Betty wand sich auf dem harten, eiskalten Gartenweg. »Betty, hör mir zu! Liebst du mich?«

»Was?«

»Ich habe dir gestern gesagt, daß ich dich liebe. Weißt du noch? Und jetzt frage ich dich – liebst du mich?«

»Harry!«

»Ja oder nein, Betty! Liebst du mich?«

Für den Bruchteil einer Sekunde schwiegen wir beide. Ihre Augen lagen auf mir. Die Welt stand still, kein Geräusch war zu hören. Und dann schoß ihr Kopf an die Oberfläche, durchbrach sie, und sie sagte:

»Ja! Ja! Natürlich liebe ich dich!«

»Dann tu es für mich!«

»Ich kann nicht! Es liegt an mir, Harry. Ich mache andere Menschen unglücklich. Ich habe schon soviel Unglück verursacht.«

»Mich machst du glücklich!«

»Nein, das stimmt nicht! Du warst schon so verzweifelt wegen mir!«

»Dann mach mich jetzt glücklich.«

»Ja meinst du denn nicht, daß ich nichts lieber täte als das?« rief sie.

»Wir können ein Kind haben, Betty, so wie es eigentlich hätte sein sollen.«

»Laß mich los, Harry …«

»So wie es war.«

»Laß mich los, Harry …«

Als ich den Griff um Bettys Arm lockerte, sackte ihr Körper vornüber auf den kalten Beton. Sie schlug mit dem Kopf auf. Und so lag sie dann da im kargen Grau des Morgens, vor lauter fremden Leuten, die zusahen, wie sie weinte, wie ich von ihr wegging, wie eine Sozialarbeiterin sie zu trösten versuchte. Die Luft vibrierte von Bettys bitterem, lautem Schluchzen.

Ihr Schmerz – ihre Vergangenheit – vibrierten ringsum in der gefrorenen Luft und setzten sie regelrecht unter Strom.

Ich dagegen, der arme Harry, hatte das Gefühl, ich würde nie wieder etwas fühlen.

Betty

Harry und ich blinzelten in der Sonne, als wir aufs Krematorium zugingen. Weiße Rosen standen auf den Beeten. In der Halle drehten sich surrende Ventilatoren an der Decke. Als wir kamen, war kaum ein halbes Dutzend Menschen da. Ich kannte niemanden. Weder den zerlumpten jungen Mann auf der hintersten Bank. Noch die gutgekleidete Frau in Grau und Schwarz, die mit leerem Blick auf den Sarg starrte. Noch die beiden Männer, die identische Anzüge trugen, jedoch unabhängig voneinander kamen. Eine Sozialarbeiterin erschien, eine Hand auf Annas Rücken. Das kleine Mädchen mit seinen wilden roten Locken und weit aufgerissenen braunen Augen beobachtete uns von der anderen Seite des Gangs. Ich konnte sie nicht ansehen. Ich konnte den Blick nicht von ihr wenden. Ich wollte sie anfassen, sie nie mehr gehen lassen. Ich wollte auf dem Absatz kehrtmachen und davonlaufen. Ich wollte das Richtige tun. Ich wollte alle glücklich machen.

Laß sie gehen, schrie ich Harry gestern abend in unserem Hotelzimmer an. Laß sie irgendwohin gehen, zu irgend jemandem, der ein kleines Mädchen mit wilden roten Locken haben will. Laß sie zu einer Mutter und einem Vater gehen. Laß sie ihr Kind sein, ihr Schätzchen, das sie mit Küssen bedecken und mit Liebe überschütten. Kein in Zeitungspapier gewickeltes Baby, das schnell weggetragen wird. Keine erwachsene Frau, die sich danach sehnt, berührt zu werden, gehalten zu werden, gesagt zu bekommen, daß man sie liebt. Kein kleiner Junge, der von der New Yorker Polizei weggeholt wird und für immer verloren ist. Laß sie ihrer Vergangenheit entfliehen, Harry. Meiner Vergangenheit.

Während des Gebets fange ich an zu weinen, obwohl ich mir vorgenommen habe, es nicht zu tun. Ich weine für Sylvie. Und ich weine für mich. Doch ich bin mir ausnahmsweise einmal sicher, daß ich das Richtige tue. Ich bin mir sicher, auch wenn ich trotzdem weine. Harry singt das Kirchenlied nicht mit. Seine Stimme ist tränenerstickt.

Der Gottesdienst endet, ohne daß mein Name genannt wird. Das hatte ich mir erbeten. Wir gehen durch die Trauerhalle. Die Sozialarbeiterin tritt vor und schiebt Anna in unsere Richtung. Die Frau schaut verzweifelt drein, Anna verwirrt. Harry packt mich am Arm, zieht mich zurück, ruft ihren Namen. Er sagt: Komm, Schatz, überleg es dir doch einfach noch anders. Aber Harry, du hast den ganzen Nachmittag, den ganzen Abend, den ganzen Vormittag das gleiche gesagt. Laß zu, daß ich sie gehen lasse, Harry. Wenigstens das laß mich tun. Die Sozialarbeiterin sagt meinen Namen, und Anna redet mit Harry, als sei er ein Fremder. Es kommt mir vor, als sei ich von ihnen umgeben, als seien sie überall, eine ganze Schar. Ich kriege keine Luft mehr. Ich ersticke. Ich dränge mich an Harry und der Sozialarbeiterin vorbei, ignoriere ihr Rufen. Habe den Blick auf den Ausgang und das weiße Licht dahinter geheftet. Ich kann die Bienen draußen summen hören. Ich kann die weißen Rosen riechen. Ich renne durch den Gang, ignoriere die Blicke, meine Absätze klappern auf den Platten, und ich laufe auf das weiße Licht und die weißen Rosen zu.

Ich spüre den leichten Wind in meinem Haar. Und ich bin mir meiner Sache sicher.

Betty

Anna, mein Liebling, zwei trugen Namen – Sylvia und Michael – und eines nicht. Doch ob sie Namen trugen oder nicht, ich habe sie alle verloren.

Anna, mein Engel, ich habe sie alle drei mit der Leidenschaft, der Inbrunst geliebt, mit der alle Mütter lieben. Aber ich habe sie trotzdem verloren.

Anna, mein Viertes, ich habe dich befreit. Behalte dies in Erinnerung, wenn du denn irgend etwas von mir in Erinnerung behältst. Ich habe dich von Betty Hudson befreit, und dafür wirst du mir eines Tages danken.

Dafür wirst du mir danken.

Harry

Ich saß im Zug, Annas Weinen im Ohr, ihre Stimme, als du, Betty, weggingst, hinausstürmtest wie ein Orkan, ein Flüstern, ein brüllendes Flüstern.

Wir saßen im Zug, wie betäubt. Nichts blieb mehr zwischen uns zu sagen. Nichts konnte uns noch voreinander retten. Nichts blieb uns zu tun, als uns einzuschließen und einander das Leben zur Hölle zu machen. Keine Sonne mehr auf Hals und Schultern, kein Tanzchen auf der Straße – vorbei. Kein Gelächter in einem breiten, durchgelegenen Bett – vorbei. Keine Witze hinter der Marmortheke, kein gemeinsames Plattenhören – vorbei, vorbei, vorbei.

Wir machen das schon gut, wir beide. Wir machen das schon gut, hattest du gesagt. Aber da lagst du falsch. Da lagst du völlig falsch.

Wir saßen im Zug, sprachlos. Betty starrte die ganze Fahrt über aus dem Fenster. Ohne auch nur einmal zu blinzeln, so schien es mir. Ich hatte rote Augen, war völlig ausgelaugt. Ich hatte nur einen Gedanken im Kopf, ein Bild, nämlich wie man Anna mitteilte, daß die einzigen anderen Menschen, die sie auf der Welt noch hatte, im Zug nach London saßen und daß sie sie niemals wiedersehen würde. Sie war alt genug, um zu begreifen, daß ihre Mutter nicht mehr zurückkommen würde. Würde ich in Zukunft die Gesichter aller dunkeläugigen Mädchen und irgendwann dann aller dunkeläugigen Frauen studieren, ständig auf der Suche nach Anna? Ich fragte mich, ob Betty früher so auch nach Sylvie gesucht hatte, ob sie verzweifelt und vergeblich die Gesichter all der jungen Frauen studiert hatte, die womöglich Sylvie hätten sein können. Würde auch Betty wie besessen nach Annas Gesicht suchen? Und wurden im Auto der Sozialarbeiterin jetzt diese großen und glasigen dunklen Augen an die Scheibe gedrückt, in der Hoffnung, daß gleich ein Irrtum richtiggestellt würde, daß ein Auto vorfahren würde, aus dem wir beide herausspringen und sie küssen und umarmen würden? Ein Orkan und ein Flüstern. Betty hatte sich an uns vorbeigedrängt, war durch die Trauerhalle gerannt, auf die offenen Türen zu, wieder auf der Flucht, kaum daß es schwierig wurde.

Im Zug verstrichen die Stunden. Passagiere stiegen ein und aus – Studenten, die gutgelaunt von ihren Reisen erzählten, Pärchen, die um ihre Plätze zankten, Mütter, die ihren Kindern Geschichten erzählten und Brote auspackten. Wir verharrten in unserem bebenden, stummen Betäubungszustand. Sie lächelte den Schaffner an, als er nach unseren Fahrkarten fragte. Ich fragte Betty, ob sie ein belegtes Brot von der Imbißtheke wolle. Keine bösen Worte, keine Vorwürfe. Nur ein Paar alter Schauspieler, die im flackernden Scheinwerferlicht ihre Rollen spielen.

Über Lautsprecher wurde als nächster Halt die Euston Station angesagt. Vor unserem Fenster ragten die hellen Stadthäuser von Primrose Hill und Regent's Park auf. Der Zug fuhr an duftenden, dichtbelaubten Bäumen vorbei, deren Zweige sanft schaukelten. In den Gärten sonnten sich wachsame Mütter, die ab und zu nach ihren lachenden Kindern riefen. Eine einsame Gestalt hoch oben an einem Fenster sah zu, wie der Zug mit seinen Passagieren vorbeirollte, und verschwendete dann keinen weiteren Gedanken mehr an uns.

London ist die einsamste Stadt auf Erden, denke ich inzwischen. Wir tun so, als sei die Stadt ganz prima, großartig, genau das, was wir brauchen. Doch sie wird immer einsamer. Die Winter werden länger. Die Menschen sind härter, als es ihnen guttut. Ihre Herzen sind wie Stein, und die nächtlichen

Geräusche auf der Straße werden immer lauter und bedrohlicher.

Ich saß im Zug, kaum in der Lage, Betty anzusehen. Allein mit meinen Erinnerungen, meiner Gegenwart und mit ihr. Die Rückkehr in die Stadt, so dachte ich in diesem Moment, macht mir keine Freude. Selbst Betty fand ja, daß der Schnee mit jedem Jahr schmutziger wurde. Meine Erinnerungen an schöne Zeiten hier in der Stadt verblassen mehr und mehr, dachte ich, während ich sie, trotzig und einsam, betrachtete. Die Stadt wird von Tag zu Tag häßlicher. Städte wie Manchester oder London sind sich da sehr ähnlich: schmutziger, schäbiger, häßlicher, einsamer. Nein, die Stadt ist kein Gedicht, denke ich inzwischen. Sie ist keine Feier, keine Symphonie. Noch halten sich nostalgische Erinnerungen an Straßenfeste und fröhliche Menschenmengen, an Marktstände und Jazzclubs, an Luftangriffe und Spiele auf Trümmergrundstücken. Doch mit jedem weiteren Jahr, das vergeht, werden auch diese Erinnerungen immer blasser. Wenn Betty in der Stadt ist, will ich nicht dort sein. Wenn Betty die Stadt ist, will ich nichts mit der Stadt zu tun haben. Na ja, jedenfalls dachte ich damals so. Wahrscheinlich heilt die Zeit die Wunden doch. Zumindest betäubt sie den Schmerz. Sie läßt einen vergessen, wie heftig der Schmerz einmal war.

Wir hoben unsere Koffer aus dem Zug. Betty begann Richtung Taxistand zu laufen, doch ich rief sie zurück und faßte sie am Arm.

»Erklär es mir, Betty.«

Ich flüsterte. Sie sah erst zu mir und dann, etwas nervöser, zu dem Strom aus dem Zug aussteigender Menschen hinüber. Freunde und Verwandte, Taxifahrer und Schaffner hießen sie mit ausgestreckten Armen in der Stadt willkommen. Bettys große schwarze Augen starrten mich ausdruckslos an. »Erklär mir, warum du so etwas … so etwas Schreckliches getan hast.«

»Es ist nicht schrecklich, Harry! Es war völlig richtig.«

Wir standen mitten auf dem leeren Bahnsteig, ganz allein, nur wir zwei. Ihre Hand glitt auf meinen sie umgreifenden Arm. Von weitem hätte man uns für ein Liebespaar halten können, das sich zärtlich verabschiedet oder begrüßt. Doch aus der Nähe hätte man uns als das erkannt, was wir waren: alt, unglücklich und fieberhaft auf der Suche nach einer Überlebensstrategie.

»Ich verstehe nicht, was du meinst, Betty.«

Meine Stimme war wackelig.

»Ich kann es dir nicht erklären. Jedesmal, wenn ich es versuche ...«

»Hör zu, Schatz, laß uns einfach die Sozialarbeiterin anrufen, ihr sagen, daß da etwas schiefgegangen ist, und mit dem nächsten Zug zurückfahren ...«

Sie schüttelte den Kopf und berührte meine Wange.

»Da ist nichts schiefgegangen, Harry. Ich werde meinen Entschluß nicht rückgängig machen.«

»Dann sag mir, warum, Betty!« Sie ging davon und ließ ihren Koffer auf dem Bahnsteig stehen.

Auch ich ließ meinen Koffer stehen und folgte ihr. Sie ging schneller, fing an zu rennen, weinte. Ich lief ihr auf dem Bahnsteig hinterher, fing an zu rennen, zu schreien.

»Verdammt noch mal, Betty, bleib sofort stehen! Erklär es mir! Ich will – ich muß es verstehen!« Betty hob die Hände vor die Augen, doch ich zog sie ihr weg. »Jetzt spiel bloß nicht die Gekränkte, Betty. Bloß das nicht.«

»Du willst mich ersticken!« Sie rannte wieder los.

»Wie bitte?«

»Du versuchst mich zu ersticken, immer wieder, auch jetzt!«

»Jetzt versuch bloß nicht, mir die Schuld in die Schuhe zu schieben!«

Ich holte sie ein und riß sie herum. Sie strauchelte. Ihre Wimperntusche begann zu verschmieren.

»Hast du es denn immer noch nicht begriffen? Hast du nicht mal das bißchen Verstand im Kopf, Harry Hudson?« Sie reckte den Kopf in die Höhe. Das Licht fiel ihr auf Stirn und

Wangenknochen und ließ sie stolz und trotzig aussehen. »Die Vergangenheit ist überall, Harry. Und sie lauert nur darauf, einem weh zu tun. All die Fehler, die man gemacht hat, all die Dinge, die man nicht noch mal tun würde, gar nicht noch mal tun könnte, all die falschen Entscheidungen, all das, was man verdrängt, so gut es geht – letzten Endes holt einen das alles ein, Harry!«

»Wir haben alle eine Vergangenheit, Betty. Das hat doch mit dieser Geschichte hier nichts zu tun.«

»Ich habe eine Vergangenheit, von der einem schlecht werden kann, Harry!« Sie schrie es heraus, und jenseits des Bahnsteigs drehten sich die ersten Köpfe nach uns um. »Ich habe Dinge getan und bin an Orten gewesen, an denen niemand je sein sollte, und wen ich auch nur anrühre, wen ich liebe, der geht daran zugrunde. Ich zerstöre andere Menschen, Harry. Ich habe unser Kind zerstört. Ich habe Sylvie zerstört. Und wahrscheinlich habe ich auch dich schon zerstört.«

»Nein ...«

»Aber mit Anna werde ich das nicht tun, Harry. Auf gar keinen Fall. Und wenn du mich dafür haßt. Ich muß sie gehen lassen. Diese gute Tat schulde ich jemandem noch von ganz früher. Nur dies eine: Anna von meiner Vergangenheit zu befreien. Damit nicht auch sie noch zerstört wird ...«

»Was redest du da bloß für einen Mist zusammen?«

Ein Bahnbeamter kam auf uns zu und fragte, ob alles in Ordnung sei. Betty schickte ihn mit einer Handbewegung fort und ging dann langsam zu unseren Koffern zurück, wobei sie sich mit dem Handrücken über die kajalverschmierten Augen fuhr.

Die Worte, die ich dann an sie richtete, kamen völlig ungeplant. Sie erschienen aus dem Nichts – auf meinen Lippen, in der Luft, in ihren Ohren. Sie drehte sich um, als ich sie sagte.

»Gib mir Anna, Betty. Überlaß sie mir.

Unterschreib die Formulare, Betty, ich werde für Anna sorgen. Du kannst machen, was du willst. Du kannst bei uns bleiben. Du kannst arbeiten oder auch nicht, ganz wie du willst.

Ich verkaufe das Café und gebe dir die Hälfte, und du kannst irgendwo hinziehen, wo es schön warm ist, oder auch zurück nach New York, wenn du willst. Mach, was du willst, ich werde dich nicht aufhalten.

Aber setz dich in den nächsten Zug nach Manchester, unterschreib die Vormundschaftspapiere und überlaß Anna mir. Dann sind wir quitt, Betty. Für die letzten zwanzig Jahre, für Alfie, für das Baby, für all die Streits, für deinen dämlichen Wirt in Bloomsbury, mit dem du hinter meinem Rücken herumvögelst – quitt für das alles.«

Deine Augen, Betty Hudson, diese tiefen schwarzen Seen, haben mich zu lange in ihren Bann geschlagen. Jetzt schaust du mich an, und deine Augen füllen sich mit Tränen. Du trittst zurück, trittst weg von mir, und Entsetzen zuckt über dein Gesicht, als hätte ich das eine und einzige gesagt, was du nicht ertragen kannst. Daß ich dich nämlich zu guter Letzt verlassen werde. Diese runden dunklen Seen, diese schimmernden kohlrabenschwarzen Iris, diese schweren, kajalumrandeten Lider verlieren ihre Kraft. Ach Betty, man sollte meinen, wir wären zu alt und müde für Ratespielchen, für Verfolgungsjagden in Irrgärten.

Tu mir diesen einen Gefallen, Betty Hudson, nur diesen einen Gefallen, und dann sind wir quitt. Für immer.

Harry

Vor einer Ampel am Ende der Tottenham Court Road wartet ein Taxi. Der Motor brummt, es ist ein Nachmittag im Juni, und eine Ehe zerbricht. Der Fahrer sitzt schweigend da, denn er will nicht in die Vorwürfe und Beschuldigungen hinter sich hineingezogen werden. Er behält die Ampel im Auge.

Sie springt um.

Rot: »Ich habe dich nie um etwas gebeten, Harry. Nie. Und wenn ich jetzt ein einziges Mal etwas tun *muß*, kannst du das nicht akzeptieren …«

Gelb: »Das stimmt nicht, Betty, das stimmt überhaupt nicht! Du hast immer zuviel von mir gewollt. Du hast es vielleicht nie ausgesprochen, hast mich nie direkt darum gebeten, aber was du wolltest, hast du bekommen, immer! Ich habe die Nase gestrichen voll, auch von dir.«

Grün: »Betty, ich bin derjenige, der nie um etwas gebeten und nie etwas bekommen hat. Aber jetzt will ich etwas. Ich will Anna, mehr als sonst irgendwas auf der Welt. Mehr als dich …«

Das Taxi fährt los. Plötzlich fliegt die Tür auf.

Betty springt hinaus, beinahe fällt sie. Ein Auto macht einen Schlenker um sie herum, als sie losrennt. Der Fahrer drückt auf die Hupe und schimpft.

Ich werfe dem Taxifahrer ein paar Pfundnoten zu und steige aus.

Am oberen Ende der Charing Cross Road flattert ihr marineblauer Mantel im Wind wie ein großes Flügelpaar. Der Wind lupft die Mantelschöße in die Höhe, während sie davonläuft. Sie bleibt mit dem Absatz an einer zerbrochenen Bodenplatte hängen. Ich laufe ihr hinterher, und die Leute in der Stadt bleiben stehen und schauen uns nach. Sie läuft nach Soho hinein, zum Soho Square.

Soho im Sommer. Das Herz pocht.

Juni 1977 – die Stadt ist von Leben erfüllt. Juni 1977 – das Ende der Welt. Auf dem Soho Square sitzen Büroangestellte, Studenten, Verkäuferinnen, Liebespärchen und Mütter mit ihren Babys auf Parkbänken. Die Bäume werfen ein grünes Licht auf sie alle. Sie sind eins mit der Stadt. Und ganz allein in der Stadt.

Eine Frau mittleren Alters rennt weinend am Zaun des kleinen Parks entlang. Niemand kommt, um ihr zu helfen, niemand hält den Mann auf, der ihr unter lauten Drohungen folgt. Niemand tritt vor und breitet die Arme aus, um uns zu retten.

Sie läuft noch immer. Die Dean Street entlang.

Sie biegt auf die Empire Row ab. Die Standbesitzer sehen sie vorbeirennen, weinend, bange, mit schweißbedeckter Stirn und am Haaransatz klebenden blonden Locken. Doch als sie sehen, daß ich ihr folge, treten sie zurück.

Ich sehe, daß sie mich beobachtet, während sie am Schloß des Hudson Café herumfummelt. Ich sehe, daß sie weint, ihre Augen sind gerötet und geschwollen, ihr Make-up verschmiert, ihre Augen sind auf mich gerichtet. Ihre Augen sind voller Angst.

Im Hudson Café ist es trotz der nachmittäglichen Wärme dunkel und kühl. Die Tür schlägt hinter mir zu. Ich höre die Stimmen der Standbesitzer draußen auf der Straße. Dann höre ich Bettys Schritte über mir.

Sie folgt einem panischen, verrückten Muster. Eine Weile stehe ich einfach nur da und höre zu, wie sie über mir hin und her geht. Wir überlegen beide, was sie wohl als nächstes tun wird.

Ich weiß nicht, was ich tun werde. Ich weiß nicht, ob ich sie küssen und ihr sagen werde, daß alles in Ordnung ist. Ich weiß nicht, ob ich sie anschreien und rausschmeißen werde. Ich weiß nicht, ob ich ein Küchenmesser aus der Schublade nehmen und sie in Stücke schneiden werde.

Ich stehe im Hudson Café und höre die Stimmen auf der Straße, ihre Stimme – ihr Weinen – über mir, die Stimmen, die in den Wänden und im Putz eingeschlossen sind, die Stimmen der Vergangenheit.

Die Stimme meiner Mutter: Was hast du bloß getan, Junge? Was hast du da für einen Kummer in unser Haus gebracht?

Die Stimme meines Vaters: Du bist nie gereist, mein Sohn. Dabei habe ich dir den Namen eines Reisenden gegeben. Du hast das erstbeste Flittchen geheiratet, das dir über den Weg gelaufen ist. Du bist selbst schuld. Ihr kannst du die Schuld jetzt nicht geben. Dazu ist es zu spät.

Sylvies Stimme.

Das Weinen eines Babys.

Sie peinigen mich, fesseln mich. Als ich mich aus ihrem Bann befreie, um die Treppe hinaufzusteigen, dröhnt das Stimmengewirr der Toten in mir fort wie ein Gesang, wie Voodoo, wie Glocken. Ich gehe die Treppe hinauf.

Auf der Treppe höre ich Bettys gedämpftes Weinen aus dem Wohnzimmer. Es ist nur mehr ein stoßartiges Luftholen. Ich höre sie, während ich den Flur entlanggehe. Und als ich vor der Wohnzimmertür laut ihren Namen sage, hört sie plötzlich auf zu weinen.

Betty

Ich war anderthalb Jahre lang Fredo Mancinis Geliebte, ab jenem Winter 1947/48. Er quartierte mich in einem zwölfstöckigen roten Backsteingebäude hoch oben über der Lower East Side ein. Michael und ich wohnten im zehnten Stock, in einer kleinen Wohnung mit grünen Fensterläden und einem stummen Papagei in einem Käfig. Seine trockenen roten Federn lagen auf dem Papier und brachten Michael zum Husten. Fredo bestand darauf, daß ich den Vogel behielt, er meinte, so hätte ich ein bißchen Gesellschaft. Er sagte, ich solle aufhören, bei Vesey's zu arbeiten, er werde sich um mich kümmern. Und ich glaubte ihm jedesmal, wenn er sagte, er werde seine Frau verlassen, mich heiraten, mit mir nach England fahren und Sylvia zurückholen. Fredo Mancini gab mir zwanzig Dollar pro Woche und meinte, ich solle mir davon ein paar hübsche Dinge kaufen und sie in der Wohnung verteilen. Parfum und Blumen. Ich sagte ihm, daß ich Orchideen besonders gern mochte, doch er wollte, daß ich Nelken kaufte. Rote oder weiße, bloß kein Rosa. Er erzählte mir, er bezahle die Miete. Später fand ich allerdings heraus, daß er überhaupt nichts bezahlte, sondern die Wohnung als Teil irgendeiner Abmachung überlassen bekam. Im Laufe der Monate erzählte er mir, daß er seine Frau Veronica verlassen werde, daß sie Krebs habe, daß sie in ein Sanatorium komme, daß sie katholisch sei und niemals in eine Scheidung einwilligen werde. Er erzählte mir, er spare Geld, damit ich mit Michael nach England fahren könne, doch dann erklärte er, er habe mit dem Geld mein neues grünes Sofa bezahlt. Bald fand ich allerdings heraus, daß er das Sofa überhaupt nicht gekauft hatte. Er stellte meine drei Zimmer mit den verschiedensten Möbelstücken voll, die aber nie lange dortblieben, ob sie mir nun gefielen oder nicht, oder benutzte die Wohnung, um kleine Koffer darin zu verstecken, für deren silberne Schlösser es keinen Schlüssel gab. Das eine oder andere Mal tauchte er auch mit irgendeinem Mann auf, mit dem er sich eine Weile auf italienisch unterhielt; von mir wurde nur verlangt, daß ich Kaffee servierte, und irgendwann gingen die beiden dann wieder. Mit der Wahrheit stand Fredo Mancini nicht gerade auf vertrautem Fuß. Es machte ihm Spaß, mir einen Pelz oder eine Brosche oder ein tolles großes Radio zu kaufen und mich damit zu Hause zu überraschen. Doch wenn ich ihn bat, mit Michael und mir in den Urlaub zu fahren, mir Geld für Porto zu geben, damit ich Sylvia ein Geschenk schicken konnte, oder dafür zu sorgen, daß mir warm war, als die Heizung zu Weihnachten ihren Geist aufgab, weigerte er sich jedesmal. Zuviel zu tun, antwortete er. Erklärte lächelnd: kein Kleingeld übrig. Log: Veronica ist wieder krank und braucht mich zu Hause. Und so verstrichen die Monate, in New York wurde es heiß, dann wieder kalt, dann wieder heiß, 1948 zog vorbei, 1949 brach an, und Fredo Mancinis Täuschungen und Unwahrheiten, seine Spielchen, Tricks und Lügen entfalteten sich langsam wie die Blätter einer Blume. Jeden Tag kam eine neue Lage Blütenblätter zum Vorschein, drängte frisch und betörend ans Licht. Jeden Tag mehr Lügen, mehr Unwahrheiten, bis ich nicht mehr wußte, wo mir der Kopf stand.

Doch als ich von der Polizei vernommen wurde, konnte ich mich nicht mehr daran erinnern, wie ich in diesen Schlamassel hineingeraten war. Ich konnte mich nicht daran erinnern, wann ich plötzlich *sein* geworden war.

Am Anfang, als ich noch bei Vesey's wohnte und arbeitete, stand er jeden Sonntagmorgen mit süßen Stückchen und Orangen vor der Tür. Dann frühstückten wir ausgiebig – Fredo, Michael und ich. Ich war meistens müde von der Arbeit am Samstagabend. Es war der Abend, an dem am meisten los war, und die Bar hatte bis um drei Uhr auf. Fredo spielte mit Michael. Manchmal brachte er ihm ein Spielzeug mit. Ein ziegelrotes Feuerwehrauto mit Gummireifen. Einen kleinen Superman aus Plastik mit einem abnehmbaren Anzug und einer modellierten schwarzen Schmachtlocke. Ein Spielzeugschwert. Einen Cowboyhut, genau in der passenden Größe für einen vierjährigen Jungen. Ich klagte oft über die langen Arbeitszeiten bei Vesey's oder darüber, daß ich nicht genug Geld hatte, um nach Hause zu fahren und Sylvia zu holen. Er hörte mir zu, lächelte, nickte. Manchmal drückte er mir einen nagelneuen Zehndollarschein in die Hand und sagte: »Kauf dir was Schönes.« Zuerst wollte ich das nicht, doch man gewöhnt sich daran, daß jemand nett zu einem ist. Man gewöhnt sich daran, daß es einem gutgeht. Tony frisierte mich jetzt kostenlos. Und zwar besser denn je, nun, da ich keinen Cent mehr dafür bezahlte. Ich fragte ihn nach Fredos Frau, Veronica. Tony erzählte mir, Fredo und sie hätten sehr jung geheiratet und heute laufe da nicht mehr viel. Manchmal kam Fredo und holte mich mit seinem großen blauen Buick ab. Und was war ich stolz, wenn er mich darin nach Hause brachte! Der Wagen war auf Hochglanz poliert, so daß man sogar von der anderen Straßenseite aus sein Spiegelbild darin sehen konnte. Schöne Zeiten waren das. Er führte mich und Michael zum Essen aus, oder wir gingen in Manhattan ins Kino, in den Picture Palace, um uns Bette Davis anzusehen, die ich besonders mochte, oder Bogey, den er besonders mochte. Oder wir gingen Schlittschuh laufen, und wenn ich auf den Hintern fiel, lachte er immer erst, wenn ich auch lachte. Es waren wirklich schöne Zeiten.

Als er es leid war, mich immer über die Arbeit klagen zu hören, und mir sagte, er habe eine Wohnung, in die ich einziehen könne, da er die Miete ohnehin zahle, wollte ich nicht nein sagen. Als Fredo mir eines Sonntagmorgens, während Michael mit seiner nagelneuen Spielzeugpistole im Wohnzimmer herumtobte, in mein Schlafzimmer folgte und mich auf den Hals küßte, wollte ich nicht nein sagen. Und als er mich an meinem ersten Abend dort sanft auf den Teppich herunterzog, als er seine Hand unter meine Bluse schob, als er die blasse, weiche Haut an der Innenseite meiner Schenkel küßte, da sagte ich nicht nein. Es waren glückliche Zeiten. Wenn Fredo mit Michael spielte, dachte ich oft an Sylvia in London und fing an zu weinen. Doch dann kam er zu mir herüber, nahm mich in den Arm, küßte mich und sagte, ist ja gut, mein Engel, ist ja gut, eines Tages heiraten wir zwei, und dann fahren – ach was, fliegen – wir nach England und holen deine Tochter. Oh, nicht daß ich Fredo Mancini wirklich hätte heiraten wollen, das nicht. Aber es waren glückliche Zeiten, damals in New York – ausnahmsweise einmal.

Doch Fredo griff immer mehr in mein Leben ein. Als ich erst einmal in seine Wohnung gezogen war, als wir uns erst einmal auf dem Wohnzimmerboden geliebt hatten, verlangte er, daß ich aufhörte, bei Vesey's zu arbeiten. Ich gehörte jetzt zu ihm. Du gehörst zu mir, flüsterte er unter der Bettdecke, während er mit dem Finger um meine Brustwarze strich. Ich spürte seinen heißen Atem auf meiner Schulter. Er mochte es nicht, wenn eins der Mädchen von Vesey's mich besuchen kam, und brachte den Hausmeister dazu, sie wegzujagen, wenn es eine doch mal versuchte. Finger weg von den Schwarzen, mein Engel, sagte er immer. Das ist kein Umgang für dich. Wenn ich Kontakt zu meinen Nachbarn suchte, ein bißchen mit ihnen plaudern wollte, zogen sie sich verlegen zurück. Ein- oder zweimal sah ich Fredo mit dem Hausmeister reden, ihm ein paar grüne Scheine zustecken, ihm lachend auf die Schulter klopfen. Und so wurde meine Welt immer kleiner. Ich ging einmal in der Woche zu Tony, um den neusten Tratsch zu hören, und zwei- oder dreimal die Woche traf ich mich mit Fredo. Manchmal fragte ich ihn nach Veronica, doch das brachte ihn nur auf. Er schrie herum, warf die Arme in die Luft und sagte, das ginge mich nichts an. Allerdings legte Fredo nie Hand an mich, wie ich später auch den Polizisten sagte – was alles nur noch schlimmer machte. Er jagte einem Angst ein, so erklärte ich den Beamten. Er hatte etwas Furchterregendes: diese Stimme, dieses Lächeln, und daß er immer genau im richtigen Moment auftauchte. Manchmal fragte ich Fredo, ob wir je nach England fahren würden, um Sylvia zu holen. Dann sagte er immer jaja. Ein- oder zweimal sagte er auch nein, wohl wissend, daß er mich damit zum Weinen bringen würde. Einmal bat ich ihn um das Geld, das er angeblich für die Reise gespart hatte. Da lachte er mich aus und sagte, es gebe keins, habe nie welches gegeben. Er habe mir nur etwas vorgemacht. Ich drohte, ich würde gehen. Er erwiderte, ich könne tun, was ich wolle, allerdings müsse ich ihm erst die dreihundert Dollar Miete bezahlen, die ich ihm schuldig sei. Später am selben Abend versuchte er, mich zu küssen. Als ich mich wegdrehte, schrie er mich so laut an, daß mein Nachbar von oben auf den Boden hämmerte. Ruhe da unten, Ruhe! brüllte eine heisere Stimme herunter. Fredo stürmte aus der Wohnung, die Treppe hinauf und beförderte den Mann mit einem Hieb quer durch sein eigenes Wohnzimmer.

Und dann eines Tages bekam ich Post. Martha hatte mir ein Kärtchen mit einem Aquarell rosafarbener Rosen geschickt, in dem stand: »Ich denke oft an dich. Wann kommst du mal vorbei, um deine alten Freundinnen zu besuchen?« Sie hatte eine wunderschöne Handschrift. Unterschrieben hatte sie mit »Deine Freundin Martha Vesey«. Ein paar Kreuze an Stelle von Küssen, in der lilafarbenen Tinte, die sie am liebsten mochte.

Ich fuhr mit dem Bus nach Harlem, um Martha zu besuchen. Sie küßte mich auf beide Wangen und streichelte mir mit ihrer weichen, verbrauchten Hand übers Gesicht. Da noch Nachmittag war, trug sie ihren seidenen Morgenmantel und hatte Klammern im Haar stecken. Weinend erzählte ich ihr, wie sehr sich mein Leben verändert hatte, ja daß ich innerhalb weniger Monate mein eigenes Leben – mich selbst – verloren hatte.

»Hör mal, Kleine, du kannst gerne wieder hier wohnen. Wir haben genug Platz.« Martha schenkte Tee in zwei Tassen ein und gab mir eine. Sie lächelte, während sie sprach. Sie hatte ein wunderschönes breites Lächeln, mädchenhaft, ganz bezaubernd.

»Aber er hat gesagt, daß ich ihm dann all das Geld zurückbezahlen muß, das ich ihm für die Wohnung schulde.«

»Zahlst du denn nichts für die Wohnung?«

»Nein, das macht er. Aber er hat mir immer gesagt, die Miete würde bezahlt, Martha.« Martha schnalzte mißbilligend mit der Zunge und schüttelte den Kopf. Mit ihren langen, schönen Händen – genau wie die Hände der Gipsheiligen, die meine Mutter früher im ganzen Haus verteilt hatte – zog sie ein Taschentuch mit Monogramm aus der Tasche. Tränen rollten mir über die Wangen. Sie reichte mir ihr leinenes Taschentuch. MV war in Lila daraufgestickt. Es sah aus, als hätte sie es selbst geschrieben, mit ihrer Lieblingstinte.

»Ja, was meinst du denn, was er machen wird, Kleine, selbst wenn du gehst? Meinst du denn, der sucht ganz New York nach dir ab, bloß wegen ein paar hundert Dollar? Nein, das glaube ich nicht – so einer wie der macht das nicht.«

»Ach, du kennst Fredo nicht. Er kann so niederträchtig sein, wenn er will ...«

»Hat er dich geschlagen?« Sie beugte sich mit gerunzelter Stirn vor.

»Nein, zu mir ist er nicht so, aber zu anderen Leuten schon. Er ist so hart, weißt du?«

Ich fing wieder an zu weinen, diesmal verzweifelter, hemmungsloser. Martha kam zu mir herüber und setzte sich neben mich. Sie nahm mich in den Arm und zog mich an sich. Sie legte die Lippen auf meine Stirn und küßte mich einmal. Ich roch ihr Parfum. Miss Ellen's Scent of Orchids. Sie bezog es per Post aus New Orleans, es war ihre einzige Verbindung zum Süden. Ich spürte ihren reinen, warmen Atem gleichmäßig auf meinem Gesicht, während sie sprach.

»Vor langer, langer Zeit habe ich unten in Tennessee als Dollarhure gearbeitet. Eine üble Gegend ist das, dieses Tennessee. Ganz übel. Eine Dollarhure ist die niederste Sorte Hure, die es gibt. Weißt du, was die macht, Schätzchen? Das ist die, die es dem weißen Gesindel und den Schwarzen besorgt. Ich war also wirklich ganz, ganz unten. Da sind Männer gekommen, die normalerweise nicht mal einen Dollar übrig hatten – für die war ich so 'ne Art Feiertagszulage. Und es gab auch wirklich nette darunter, weißt du, die sich das Geld zusammengespart hatten und es einfach schön mit mir haben wollten.

Aber die Dollarhure ist nicht nur für die Männer da, die sich nicht mehr leisten können. Eine Dollarhure macht all das, was man normalerweise nicht kriegt. Weißt du, es gibt Sachen, die man in einem ordentlichen Puff nicht einfach so verlangen kann. Die meisten Puffmütter sind im Grunde ihres Herzens brave, gottesfürchtige Mädels. Die haben einfach nie gut genug kochen gelernt, um einen Mann zu finden. Also, die Dollarhure ist meistens irgendein armes schwarzes Mädchen, das zu einer Tante aufs Land geschickt wird oder so und das dann feststellen muß, daß die Tante weggezogen ist oder daß man sie fortgejagt oder umgebracht hat. Hmmm ... Ein schwarzes Mädchen wie ich, das eines Tages von der Gemeindeschule nach Hause kommt und feststellen muß, daß man seine Mama in den Rücken geschossen hat, sie einfach so aus Spaß an der Freude in einem Maisfeld umgebracht hat.«

Sie seufzte kurz auf und schaute zu ihren rotgolden tapezierten Wänden hinüber, als suche sie dort irgend etwas.

»Eine Dollarhure macht ganz scheußliche Sachen, Kleine. Die Männer gehen in den Puff, um sich das zu holen, was sie von ihren Frauen nie kriegen würden. Und die Dollarhure macht das, worauf sie sich in den Puffs nicht einlassen. ›Für einen Silberdollar mach ich's dir, wie du's haben willst‹, hab ich immer gesagt, wenn sie mich fragten. Gott, und was haben die für ... *Sachen* verlangt. Scheußliche Sachen, bei meiner Seele. Das ist lange her, da warst du noch nicht mal auf der Welt, Schätzchen. Ich war damals vielleicht fünfzehn. Fünfzehn Jahre war ich alt und habe scheußliche Sachen mit Männern gemacht, die meine Großväter hätten sein können. Sachen, die sich ein Mädchen wie du nicht mal im Traum vorstellen kann.«

Martha hob langsam ihr Taschentuch an die Nase. Sie hielt sich das mit Rosenöl beträufelte Leinen gern unter die Nase und roch daran. Das tat sie auch jetzt, so als sei es eine Art Nahrung für sie, eine Stärkung, damit sie fortfahren und mir ihre geheime Geschichte erzählen konnte.

»Es gab damals so 'ne alte Hure, die im gleichen Bezirk arbeitete wie ich. Sie war nie etwas anderes als eine Dollarhure gewesen. Hatte mit dreizehn angefangen, wie sie mir erzählte, nachdem man sie in Georgia von einer Plantage gejagt hatte, weil der Boß keine Schwarzen bezahlen wollte. Angefangen hatte sie mit dreizehn, aber als ich sie kennenlernte, war sie um die vierzig. Sie sah aus wie sechzig. Als ich sie eines Abends mal wieder sah, ging ich zu ihr rüber. Meine Mama hat über solche Leute immer gesagt, die können nicht leben und nicht sterben. Als ich näher kam, bemerkte ich, daß ihr Kleid voll Blut war. Es war in Blut getränkt, schwarz wie die Nacht vor lauter Blut. Sie hatte gerade jemand umgebracht, einen von ihren feinen Herren! Er hatte etwas Bestimmtes von ihr verlangt, etwas, was sie schon tausendmal gemacht hatte, aber dieses eine Mal war einfach einmal zuviel. Dieses eine Mal, hat sie gesagt, hätte sie es einfach nicht ertragen, die Hände von einem dieser Elenden auf sich zu spüren. So haben wir sie immer genannt: die Elenden dieser Erde. Auch wenn wir ganz unten waren, haben wir immer gesagt, die waren noch eine Stufe unter uns. Sie hatte ihn mit dem Tranchiermesser erstochen, das sie immer in ihrem Stiefel dabeihatte. Sie nahm die vierzig Dollar, die in seiner Brieftasche steckten, und rannte weg, so schnell sie konnte, quer durch die ganze Stadt.

Voll mit seinem Blut, das silberne Mondlicht im Gesicht, schaute sie mich an und sagte: ›Wozu brauche ich vierzig Dollar? Was kann ich schon je anderes tun, als eine Dollarhure zu sein? Ich gehe bestimmt nicht in den Norden, nur um dann dort als Dollarhure zu arbeiten.‹ Ihr Gesicht war kalt, wie versteinert – keine Tränen, keine Reue. Meine Großmutter hat mir früher immer erzählt, daß damals, als wir noch alle Sklaven waren, alle versucht haben, wenn's irgendwie ging, nicht zu heulen. Mit aller Kraft haben sie das versucht. Heulen ist was für Hunde, hat sie gesagt. Nur Menschen können ihrem Mörder ins Gesicht blicken, ohne zu heulen.

Diese alte Hure behielt zehn Dollar für sich, um sich einen Grabstein zu kaufen, und die restlichen dreißig Dollar hat sie mir gegeben, damit ich mir eine Fahrkarte nach New York kaufen konnte und dann noch genug für ein Zimmer und etwas zu essen übrig hatte, bis ich Arbeit gefunden hatte. Das letzte, was sie zu mir sagte, war: ›Fahr in den Norden und such dir eine ordentliche Stelle. Aber eins mußt du mir versprechen: Daß du da oben weder als Dollarhure noch als Hausmädchen für irgendeinen weißen Scheißer arbeitest. Und laß dich in dieser gottverdammten Gegend hier ja nie wieder blicken.‹ Und ich habe mein Versprechen gehalten, Betty. Ich habe es gehalten.«

Martha nahm meine Hände und blickte mir in die Augen. Es war ein stolzer Moment, und ihre sanften, warmen Augen leuchteten.

»Ich werde jetzt das gleiche für dich tun. Ich werde diese gute Tat weitergeben. Ich habe keine Tochter, der ich einen Ring oder irgendwelches Porzellangeschirr vererben könnte. Aber ich trage diese Schuld in mir, seit vierzig Jahren schon. Und jetzt ist die Zeit gekommen, um sie zu begleichen.

Morgen gehe ich auf die Bank und hebe soviel Geld ab, wie ihr beide, du und der kleine Michael, für eure Reise braucht. Sag mir, wieviel es ist, und ich hebe es ab. Und dann schert euch fort, so schnell es geht; fahrt zurück nach England, und daß ihr mir nie mehr wiederkommt.

Genau wie die Alte aus Tennessee damals zu mir gesagt hat: Laßt euch hier nie mehr blicken. Denn du wirst mir fehlen, Schätzchen, und mein kleiner Michael erst recht, aber das hier ist jetzt *meine* gute Tat, und du mußt das Versprechen halten, um das ich dich gebeten habe. Laß die Vergangenheit los, Betty. Laß Mikey Weiss los und Fredo Mancini und wen es da sonst noch gibt oder gab. Laß das alles los, kauf dir eine Fahrkarte und renn um dein Leben.

Denn du wirst mir fehlen, Schätzchen – und jetzt fange ich auch noch an zu heulen, dabei will ich das doch gar nicht. Aber Glück ist das schönste Gefühl, das es gibt, und deshalb ist es wohl das Beste, was ein Mensch für einen anderen tun kann, sein eigenes Glück für den anderen aufzugeben. Sein eigenes Glück aufzugeben, Betty, das ist Liebe. Das ist wahre Liebe.

Diese alte Hure in Tennessee hat das gewußt. Ich weiß es auch. Und es wäre wunderbar, Kleine, wenn auch du dich daran erinnern würdest.«

Ich bin eine gute Tat schuldig. Ich bin Teil einer Reihe, die weit zurückreicht. Auch ich habe eine gute Tat weiterzugeben. Auch ich habe das Zeug dazu, ein Leben zu retten.

Reih dich ein, Mädchen.

Setz die Reihe fort. Setz sie fort.

Harry

Vor vielen Jahren, als ich noch ein kleiner Junge war, bezahlte meine Mutter einen bekannten Schildermaler dafür, daß er einen Zug von Surrey nach Charing Cross nahm, von dem am Ende der Strand gelegenen Bahnhof zum Hudson Café im Herzen Sohos lief und dort einen Namenszug auf die Innenseite der riesigen Fensterscheibe malte, die auf die Empire Row hinausging.

Er brauchte den ganzen Tag dazu. Ich stand hinter der Theke und sah zu, wie er die Buchstaben vorzeichnete und dann eine Schicht goldener und schwarzer Farbe nach der anderen auf das Glas auftrug. Er malte die ineinander übergehenden Buchstaben von hinten nach vorne. Er brauchte den ganzen Tag dazu. Meine Mutter brachte ihm Tee und machte Konversation. Doch ich merkte, während ich ihn dort im diesigen, goldenen Licht des Nachmittags beobachtete, daß er eigentlich bloß seine Arbeit tun und in Ruhe gelassen werden wollte. Er rief nur ein einziges Mal nach meiner Mutter, und zwar als er fertig war. Es war am späten Nachmittag. Das Licht war voll geworden. Wir drei – meine Mutter, der Maler und ich – traten auf die Empire Row hinaus und schauten uns sein großes Werk an. Welch grandiose goldene Schnörkel! Ein lauter Ruf, ein durch die Straße tönendes Lied! Mit stolzerfüllter, gewaltiger Stimme las meine Mutter die Worte vor: *Hudson Café*.

Wenn es irgend etwas gab, das die Stimmen in den Wänden, die Erinnerungen im Putz und in den Fugen festgehalten hat, dann war es dieser geschwungene, vergoldete Name, dieser teure, laute Schriftzug. Bis ans Ende ihres Lebens, als sie ans Bett gefesselt in ihrem matt erleuchteten Schlafzimmer lag, ließ meine Mutter niemanden das Fenster putzen, ohne ihm vorher einzuschärfen: »Paß auf den Schriftzug auf. Dieser Schriftzug ist von einem echten Könner gemalt worden!« Und wenn sie und mein Vater sich anschrien, betrunken und gemein, dann zeigte sie oft mit dem Finger auf die schwarzgoldenen Buchstaben und schrie: »Nur dafür tue ich das alles, Hudson! Das ist das einzige, was ich im Leben habe!« Und manchmal schaute dann auch mein Vater hinüber und knurrte. Seufzte. Und als er Jahre später im Indigoblau des frühen Morgens hier auf diesem Linoleumboden im Sterben lag, die Hände um sein blutendes Gehirn gekrallt, da sah er im schwindenden Mondlicht womöglich nur diese Buchstaben: *Hudson Café*.

Auch vierzig Jahre später sind die Farbschichten weder aufgeplatzt noch abgeblättert noch verblichen. Die Buchstaben sind intakt geblieben, und zu bestimmten Tageszeiten, an einem sonnigen Spätnachmittag zum Beispiel oder einem frühen Wintermorgen, könnte man sogar schwören, sie wären größer geworden. So manches Mal, wenn ich gerade am Fegen oder Abräumen war, habe ich mir einen Stuhl unter einem Tisch hervorgezogen, und dann habe ich dagesessen, allein und unglücklich, und die Buchstaben betrachtet. Zugesehen, wie sie sich mit dem Licht veränderten. Ich teile die Erinnerungen. Ich bin ein Teil von ihnen. Ich bin eins mit ihnen. Ich bin sie.

»Nur dafür tue ich das alles! Das ist das einzige, was ich im Leben habe!«

Betty starrte mich an, als ich das Wohnzimmer betrat. Sprachlos, schwankend. Ich ging auf sie zu, durch das Zimmer, den freien Raum, die Arme ausgestreckt. Sie wich zurück, sprachlos, schwankend. Sie sagte meinen Namen. Ich konnte hören, wie sehr sie sich vor mir fürchtete. »Harry ...« Und ich wollte es so. »Harry, bitte ...« Ich wollte es so.

Ich packte sie am Handgelenk, zerrte daran. Sie stürzte fast. Ich zerrte sie aus dem Wohnzimmer. Ihre Knie stießen gegen einen Tisch. Doch ich ließ nicht locker.

Wir standen auf dem Flur, und jetzt fing sie ebenfalls an, an mir zu zerren. Sie schrie, nicht um Hilfe, sondern vor Schmerzen, weil ich an ihrem Handgelenk riß und es verdrehte.

Vielleicht hatte sie die fünfzehn Jahre vergessen, die zwischen uns lagen. Vielleicht hatte sie vergessen, daß sie sechzig war, ich dagegen gerade erst fünfundvierzig. Ich hatte mehr Kraft als sie. Zumindest körperlich.

Die Treppe hinunter wie im Flug. Engelsgleich. Ihre Schuhe rutschten ihr von den Füßen und fielen hinter ihr die Treppe hinunter. Goldene Pantoffeln, verlorene Pantoffeln. Sie rief meinen Namen, hatte Angst, hatte keine Angst.

Die Treppe hinunter und in die Küche, wo ich Alfie beobachtet hatte, Betty, Sylvie, ja, und auch Anna, wo ich mein Leben an mir hatte vorbeifliegen sehen. Dies ist das Hudson Café, und es bricht um mich herum zusammen. Ein Blitzkrieg. Ein Inferno. Feuer und Rauch und Bettys Stimme, die wieder und wieder meinen Namen sagt.

Durch die Küche und in das leere Café. Das Licht nahm ab. Ein leichte Brise ließ die offenstehende Tür an den Türrahmen schlagen. Wie Besen auf einem Schlagzeug. Wie kurze Atemstöße in eine Trompete. Verdammt, Betty, wirklich – es war wie Jazz. Dies ist das Ende der Welt, Betty, und die ganze Belegschaft ist anwesend: meine Mutter, der Maler, mein Vater, du, ich, Liebende, Kinder, die Stadt, das sich verändernde Licht und auch der Jazz. Wir sind alle da, Betty, sind zusammengekommen zum Ende des Stücks, zur letzten Wendung im Plot.

Sollen wir uns schlagen, Betty? Soll ich dir die Fresse polieren? Ein blaues Auge verpassen? Hast du wirklich vergessen, was zählt, Betty? Sind wir meinen Eltern so ähnlich geworden? Mr. und Mrs. Hudson, allseits bewundert, ihr einziger Lebensinhalt ein florierendes Geschäft und ein Ruf, den es zu wahren gilt!

Da, direkt vor uns – vor mir, Harry Hudson, und dir, meiner schönen, ramponierten, verrückten Betty Hudson –, da war er, der kostbare Götze. In Schwarz und Gold. Eine Schicht Farbe über der anderen, und in jeder Schicht ein, zwei, drei, vier, fünf Erinnerungen. Seit jenem diesigen goldenen Nachmittag seiner Entstehung vor vierzig Jahren: der Schriftzug *Hudson Café*.

Schon seit zu vielen Jahren stand auf der Marmortheke eine Sammelbüchse für die Blinden. Jeden vierten Donnerstag im Monat kam eine Frau in einem grünen Mantel, um sie zu leeren, und jedesmal wenn sie kam, sagte sie: »Also dann, bis zum nächsten vierten Donnerstag.«

Die Büchse war länglich und schwer, sie war fast voll. Der vierte Donnerstag stand vor der Tür. Ich ging auf die Theke zu und zerrte Betty hinter mir her.

Sie knallte mit der Hüfte gegen einen Stuhl und schrie auf. Ich sah sie kurz an, und sie sagte wieder meinen Namen.

»Harry, hör auf, bitte ...«

Ich griff nach der Sammelbüchse. Mit meinem freien Arm hob ich sie hoch in die Luft. Ich hörte meinen gleichmäßigen und Bettys hektischen Atem und ließ ihr Handgelenk los. Sie stolperte nach hinten, stieß gegen den Tisch, der dort stand, und stürzte.

Ich hörte sie noch einmal meinen Namen rufen, als die Büchse mit vollem Schwung meine Hand verließ und durch die Luft pfiff. Die Münzen in ihrem Innern klimperten wie die Klaviertasten unter Monks Fingern.

Sie traf auf die Glasscheibe. Das Glas knackte wie das ewige Eis unter dem Bug von Henry Hudsons Expeditionsschiff. Im Hintergrund kreischte die Stimme meiner Mutter. Das plötzliche, ohrenbetäubende Krachen durchzuckte die Stadtszenerie draußen wie ein Stromschlag. Henry Hudsons Schiff hieß *Discovery*, Entdeckung, das hatte mir mein Vater einmal vor langer, langer Zeit erzählt. Meine Mutter hatte seine Geschichten immer als Kindereien abgetan.

Es gab einen Moment, in dem man die große Scheibe in zwei saubere Teile zerbrechen sah. Die Augen nahmen es wahr, sahen es ganz deutlich. Dann barst das Glas, und keinen Wimpernschlag später gingen Tausende von kleinen Glassplittern im Raum nieder.

Die Zeit verlangsamte sich.

Schillernd, glitzernd und funkelnd hingen all die winzigen, eckigen, diamantartigen Glassplitter einen Moment lang in der Luft. Wie ein feiner Nebel. Und man meinte die Zeit vergehen zu sehen, als sich um uns – Betty und Harry – das träge, klirrende Schimmern fallenden Glases niedersenkte.

Wie das Läuten von Millionen von Tempelglöckchen, wie Tausende von Klavieren, die alle gleichzeitig den Hackwalzer spielen, sprang das Glas auf die Tische, auf die Stühle, auf den Boden. Gläserne Tränen. Winzige Perlen. Und als alles Glas heruntergefallen war, als sich der Nebel aufgelöst hatte, hörte ich nichts anderes mehr als das Klimpern von Glöckchen, Klaviere, die Hackwalzer spielten, und die Schreie von Betty, die sich im Splitterstaub wand, Gesicht und Hände von feinsten Blutspuren bedeckt. Ich schaute auf meine Hände hinunter, die von Glas und Blut und sich kräuselnden schwarzen und goldenen Farbpartikeln bedeckt waren.

Und es war wie neu. Es war alles wie neu.

Betty

An dem Tag, als ich die Fahrkarten kaufte, zeigte sich die Königin der Städte von ihrer besten Seite. Es war ein feuchter, windiger Nachmittag in New York City. Herbst 1949. Eine hübsche Angestellte lächelte mich an und wünschte mir eine gute Reise. Manhattans Straßen waren so leer, wie ich sie nur selten gesehen hatte, weite, offene Flächen, transparent wie Himmel und Meer. Die Seitenwände der Gebäude glitzerten im Regen. Die Stadt – hoch, weit, farblos in diesem Regen – sah grandios aus. Ab und zu gingen Frauen an Martha und mir vorbei. Ihre bunten Regenschirme waren leuchtende Farbtupfer in dem blaßgrauen Einerlei. Und als wir zwei Frauen vom Fahrkartenbüro weggingen, Michael zwischen uns an den Händen, lag eine wunderbare, strahlende Stille über New York.

Martha wartete mit uns auf den Bus. Wir redeten kaum. Wir sahen uns an und lächelten. Ich glaube, wir weinten beide ein bißchen. Unsere Tränen rollten schnell und leise unsere Wangen hinab. Wir wischten sie nicht weg. Dann kam der große gelbe Bus, auf dessen breiter Glasscheibe sich die Scheibenwischer hoben und senkten. Die Schlange der Wartenden begann sich in den Bus zu schieben.

»Es ist soweit, Schätzchen.« Sie lächelte und weinte zugleich. Regentropfen fielen ihr aufs Gesicht. »Hey, Michael, gibst du deiner Tante Martha ein Küßchen auf die Backe?« Sie beugte sich zu ihm hinunter und blickte ihn aus ihren sanften braunen Augen aufmerksam an. Sie küßte Michael auf den Mund und hob mit ihrem behandschuhten Finger sein Kinn an. »Daß du immer schön brav zu deiner Mama bist, hörst du? Und wenn du älter bist, schreibst du mir ganz viele Briefe und erzählst mir, wie du in der Schule zurechtkommst. Okay?«

Sie nahm mich in den Arm und drückte mich an sich. Ich spürte ihren Herzschlag. Ihr Atem streifte meine Wange. Sie gab mir schnell einen Kuß und trat dann zurück, meine Arme noch locker in den Händen.

»Hast du die Fahrkarten?«

Kein Jazz an diesem letzten Tag. Keine Trompeten, kein Baß, kein Schlagzeug. Nur wir und diese hohe, weite, farblose, diese grandiose Stadt, die zusah, wie wir Abschied nahmen.

»Ja, habe ich.«

«Und du schreibst mir, sobald du dich eingerichtet hast?«

Ich wollte sie umarmen, ihr danken, ihr sagen: »Martha, du hast mir das Leben gerettet«, wollte es in die Stadt hinausschreien, in den Herbst, daß es soweit war, dies war der Moment, es war soweit.

Doch plötzlich rief der Busfahrer nach mir, und ich hatte keine Zeit mehr, noch zu sagen, was ich sagen wollte. Die letzten Sekunden waren verflogen.

»O Martha, wie soll ich dir je danken ...«

Sie legte mir den lila behandschuhten Finger auf die Lippen und brachte mich mit einem leisen »Sch!« zum Schweigen. Ihre Augen waren groß und braun und schimmerten sanft im silbernen Regen.

»Du brauchst mir nicht zu danken, Schätzchen. Kein bißchen. Ich war eine gute Tat schuldig, und die hab ich jetzt weitergegeben. Mach du dich einfach auf den Weg. Mach dich auf den Weg, hol dir dein anderes Kind zurück, und vielleicht schreibst du mir ja ab und zu mal einen Brief.«

Wir stiegen ein, doch ich schwöre, daß ich sie dabei keine Sekunde lang aus den Augen ließ. Weder als ich die zehn Cent für meine Fahrkarte bezahlte. Noch als ich mich hinsetzte. Noch als der Bus losfuhr.

Noch als ich mich auf den Sitz kniete und mich nach ihr umdrehte. Noch als ich zusah, wie die lilabraune Gestalt immer kleiner wurde. Noch als sie nur noch ein Farbfleck auf der kargen silbernen Straße war. Noch als der Bus um die Ecke fuhr. Noch als sie verschwand. Noch als sie weg war.

Betty

»Wo warst du?«

Ich schrak zusammen, als Fredos klare tiefe Stimme die Dunkelheit meiner Wohnung durchschnitt. Die grünen Fensterläden waren geschlossen, mitten am Nachmittag. Fredo hatte eigentlich bis zum nächsten Tag geschäftlich in New Jersey unterwegs sein sollen. Er hatte mir gesagt, wir könnten uns erst am übernächsten Tag wiedersehen. Ich hatte damit gerechnet, daß wir schon auf dem Schiff säßen, bevor er auch nur zurückgekehrt war.

Erst als er sich regte, weil Michael zu ihm rannte und er sich hinkniete, um den Jungen hochzuheben, konnte ich sehen, wo er war. Ich hörte, wie er Michael einen Kuß auf die Backe gab. Ich hörte seinen schweren Atem, hörte ihn »na, du Rabauke« sagen, wie er den Jungen neuerdings gerne nannte. Durch die Schlitze in den Fensterläden fiel ausreichend Licht, so daß ich sehen konnte, wie Fredo sich zu mir umdrehte und mich ansah, denn ich war in dem Licht, das durch die offenstehende Tür hereinfiel, deutlich zu erkennen.

»Ich habe dich gefragt, wo du warst, Betty.«

Seine Stimme war fest, ruhig war sie nicht. Ich log nicht. Ich versuchte es nicht einmal. Ich wußte, daß ich in der Falle saß. Jetzt war alles ganz einfach. Entweder er ließ mich gehen oder nicht. Entweder er machte mir den Weg frei, oder er würde mich aufhalten müssen.

»Ich war bei Martha, Fredo.«

»Wozu?«

»Kann ich das Licht anmachen?«

Als er nicht antwortete, drehte ich mich langsam um. In der Dunkelheit waren nur sein Atem und das Geräusch meiner Schuhe zu hören, die sich in den Teppich drückten. Meine Finger legten sich auf den Lichtschalter, knipsten ihn herunter. Meine Hand faßte nach der Wohnungstür, zog sie leise zu.

Mitten im Wohnzimmer stand Fredo in seinem Nadelstreifenanzug. Sein normalerweise tadellos frisiertes schwarzes Haar fiel ihm in die Stirn. Hinter ihm auf dem grünen Sofa lagen meine beiden gepackten Koffer. Bloß waren die Schlösser geöffnet worden. Und zwar mit einem Messer, nicht mit dem Schlüssel. Sie waren durchwühlt. Meine Kleider lagen über das ganze Sofa verteilt. Fredo stand drohend im hellen Licht, meinen Paß in der Hand.

»Willst du verreisen, Betty?«

Ich ging in die Mitte des Zimmers. Als ich vor ihm stand, blickte ich Fredo direkt in die Augen. Mein Sohn stand zu unseren Füßen, doch seine Aufmerksamkeit galt den herumliegenden Kleidern.

»Michael, geh ins Schlafzimmer«, sagte ich ruhig.

Fredo sah auf den Jungen hinunter und streichelte ihm übers Haar.

»Nein, Michael, bleib hier. Bleib bei Fredo.«

»Fredo, ich möchte nicht, daß das Ganze noch schmerzhafter wird, als es ohnehin schon ist.«

»Wie schmerzhaft ist es denn, Betty? Du hast mir noch gar nicht gesagt, wo du eigentlich hinwillst.«

Ich sah, wie er mich mit zusammengekniffenen Augen beobachtete, wie sein Mund angespannt arbeitete, wie es in seinem Gesicht zuckte, und setzte zum Sprechen an. Meine Worte schienen ihm Bauchschmerzen zu bereiten.

»Ich habe dir doch schon gesagt, daß ich nach England muß. Martha hat mir das Geld für die Fahrkarten gegeben, und morgen fahre ich.«

»Du fährst, ohne mir etwas davon zu sagen?«

»Ich habe dich tausendmal gebeten mitzukommen – immer wieder!«

»Und ich habe nein gesagt, Betty.« Seine Stimme versagte.

Und dann plötzlich schrie er. Kam auf mich zu. »Ich habe nein gesagt! Ich habe nein gesagt!«

»Ich muß meine Tochter holen, Fredo.«

»Du dumme Ziege, die kriegst du doch jetzt eh nicht mehr! Die werden dich nicht einfach da reinmarschieren und sie mitnehmen lassen. Wenn ich dich schon sehe! Ein ängstliches Vögelchen, das irgendeinem unverantwortlichen Arschloch durch die halbe Welt nachgerannt ist!«

»Fredo, hör auf!«

»Mikey Weiss hat dich doch nicht geliebt! Mikey Weiss hat sich ein Jahr lang quer durch Europa gebumst, und in London und Paris und wahrscheinlich auch München hocken reihenweise Mädchen, denen er seine Telefonnummer auf irgendeine Zigarettenschachtel geschrieben hat.«

»Sei still, Fredo! Du hast doch keine Ahnung, was Mikey empfunden hat. Er hat mich geliebt!«

Fredo lachte. Seine Haut war gelb im Licht der Glühbirne, und seine Zähne ebenfalls. Unter seinem schrillen, verächtlichen Gelächter trat ich näher an ihn heran.

»Mikey Weiss hätte sich doch nicht mal an deinen Namen erinnert!«

»Warum hat er dir dann gesagt, daß du mir schreiben sollst, damit ich komme?«

Er hörte auf zu lachen. Ich hatte die Fäuste gehoben und wollte gegen seine Brust trommeln. Fredo packte meine Handgelenke.

»Das hat er gar nicht, Betty. Ich habe dir von selbst geschrieben.«

»Ja, aber er hat dich darum gebeten, Fredo. Weil er mich liebte.«

»Nein, Betty, das stimmt nicht. Ich habe dir das Telegramm von mir aus geschickt. Er hat mich nicht darum gebeten.«

Er ließ mich los, und ich wich zurück. Michael hatte angefangen zu weinen, als er uns schreien hörte.

»Aber du hast doch gesagt – du hast doch gesagt, als wir uns getroffen haben …«

Groß, mager und gelb stand Fredo im elektrischen Licht. Doch seine Augen waren dunkel und brütend. Tief in diesen dunklen Iris, diesen blutunterlaufenen Augäpfeln, diesen kleinen, durchdringenden Pupillen konnte ich mich selbst sehen, klein und verletzlich.

»Ich habe nie mehr etwas von Mikey Weiss gehört oder gesehen, seit wir uns in Bayern trennten, Betty.«

»Aber«, stammelte ich, »aber du hast doch gesagt, du hättest gehört, daß er tot ist!«

Mit nur halbherzigem Lachen, nur halbherziger Verachtung streckte Fredo jetzt die Finger nach mir aus, voller Sehnsucht nach Berührung.

»Ach Betty, das war doch alles gelogen! Ich habe nicht den blassesten Schimmer, ob der Knabe noch am Leben ist oder nicht! Das mit der Gewehrkugel war gelogen. Daß er tot ist, war gelogen. Ich habe nie mehr was von Mikey Weiss gehört ...«

Plötzlich hatte ich eine Wunde in mir. Ein Messer. Eine Kugel. Ich wurde aufgeschlitzt. Ich erstickte, ich ertrank.

»Du hast mich angelogen ...?«

Er ging auf mich zu, doch ich schauderte vor seiner Berührung zurück. »Warum ...?« schrie ich.

»Betty, ich habe dich angelogen, weil ich dich wollte. Ich habe dir das Telegramm geschickt, weil ich dich wollte. Als ich dich bei Tony wiedertraf, als ich sah, wie allein du warst, allein und ängstlich, da wollte ich dich. Ich hatte so lange gedacht, du wärst gar nicht nach New York gekommen, du wärst in London geblieben, aber als ich dich dann sah, da wollte ich dich. Es war, als hätte die Vergangenheit nie stattgefunden. Es war, als würde mir die Vergangenheit noch mal eine Chance geben, Betty!

Und auch jetzt noch, hier, in diesem Moment, will ich dich, Betty Porter, will dich mehr als sonst irgendwas auf der Welt. Ich will dich, und ich werde dich nicht gehenlassen.«

»Du hast mich angelogen ...«

»Weil du zu mir gehörst, Betty. Du gehörst zu mir, und du wirst so lange in dieser verdammten Wohnung bleiben, wie ich es will, und keine Sekunde weniger!«

Ich taumelte nach hinten, sprachlos, wie betäubt. Fredo packte mich, als ich stürzte, und zog mich an sich.

»Nein«, keuchte ich und befreite mich.

»Ja, Betty, ich habe dich angelogen, aber jetzt bin ich hier, Betty, jetzt, in der Gegenwart. Und ich liebe dich!« Wir schienen uns nah zu sein, die Gesichter ganz dicht beieinander. »Die Vergangenheit ist vorbei, und die Gegenwart ist da, und ich liebe dich, Betty. Ich werde dich niemals gehen lassen, weder jetzt noch sonst jemals.«

Ich weiß nur noch, daß ich den Kopf schüttelte, während er das alles sagte.

Fredo hob die Hand an sein zerzaustes Haar. Das elektrische Licht beleuchtete die fettigen Strähnen, die ihm unordentlich in die Stirn hingen. Er strich sie mit einer Handbewegung zurück.

Es ging ganz schnell. Michael stand neben mir, drängte sich näher an mich heran, von dem Geschrei eingeschüchtert. »Mama, Mama!« rief mein Kleiner. Fredo strich ihm übers Haar, die Augen gesenkt. Doch genau diese flinken, kleinen dunklen Augen hatten so oft in meine geblickt, während er mich anlog. Er öffnete den Mund zu einem langsamen, tiefen Seufzer, als sei er nun, da er mir seine Liebe erklärt hatte, zu guter Letzt geläutert. Doch mit genau diesem Mund hatte er mir seine Lügen ins Ohr gesäuselt, hatte mich geblendet, mich gefangengehalten.

Für die Dauer dieses kurzen Augenblicks ließ Fredo seine Deckung fallen. Der Zorn in meinem Innern, dieser glühende, bittere Zorn, wollte sich nicht beschwichtigen lassen. Plötzlich entfesselt, rasend, ließ er sich nicht unterdrücken. Und während Fredo mir sagte, daß er mich liebte, schwamm, zappelte, suhlte ich mich in seinem Haß. Ja: Fredo Mancini haßte mich. Wie anders ließen sich seine unverzeihlichen Täuschungen, wie anders meine einsamen, unglücklichen Jahre in New York erklären?

Für einen kurzen Augenblick sah Fredo zu Boden. Neben

mir auf dem Couchtisch stand eine kleine Lampe mit Marmorfuß. Ja, er, der mich haßte, hatte sie gekauft. Die Lampe war ausgeschaltet, das Kabel aus der Steckdose gezogen – eine alte Gewohnheit aus dem Krieg, um während eines Luftangriffs auch nicht den schwächsten Lichtstrahl zu riskieren. Der glühende, bittere Zorn sprach, nicht ich. Der glühende, bittere Zorn übernahm. Er, nicht ich, bewegte meinen Arm, ließ meine Hand zupacken.

»Ich bring dich um, Fredo! Ich bring dich um!«

Fredos Blick schoß hoch, als er mich schreien hörte. Die Kinnlade fiel ihm herunter, als er die blitzartige Bewegung meiner Hand wahrnahm. Eben setzte er an, meinen Namen zu rufen, da schmetterte ich ihm den Marmorfuß der Lampe in die rechte Gesichtshälfte. Es gab einen kurzen Moment, in dem ich spürte, wie der schwere Marmor auf Fredos Schädel traf und ihn spaltete.

Seine Hände sanken von seinem Haar herunter. Ein langgezogenes Keuchen – tief und grollend wie das Rumpeln der U-Bahnen in London oder New York – entrang sich seiner Brust. Wie ein Sprühregen dunkelroter Sterne spritzte Blut aus seinem geöffneten Schädel und durchnäßte mich, noch bevor er zu Boden ging.

Und dann schlug Fredo Mancini auf dem Boden auf und war tot. Ich ließ die Lampe sofort fallen. Die Dielen erzitterten. Und in diesem einen, erstaunlichen Moment wurde Betty Porter, Betty-noch-lange-nicht-Hudson, zugleich von ihrer Vergangenheit befreit und an sie gefesselt.

Betty

Die Polizei mußte die Tür nicht aufbrechen. Ich hatte sie nicht abgeschlossen. Ich hatte Angst davor gehabt, was Fredo Mancini tun würde. Doch Fredo Mancini legte in den anderthalb Jahren, die er mein Geliebter war, nie Hand an mich.

Nein, ich leistete keinerlei Widerstand, als die Polizei kam. Ich war stumm, wie betäubt. Das einzige Geräusch kam von Michael, der mit blutgetränkten Kleidern in einer Ecke des Wohnzimmers kauerte. Sein ängstliches, murmelndes Schluchzen machte mir angst, doch ich rührte ihn nicht an. Mein Kleiner schrie, als ein Polizist versuchte, mich hochzuziehen. Er schrie und trat um sich und rief immer wieder Fredos Namen. Doch ich rührte ihn nicht an.

Ich saß mitten im Wohnzimmer, die Beine gespreizt, und hielt Fredos eingeschlagenen Kopf im Schoß. Seine Haut sah immer noch gelb aus, als die Polizei kam. Ein Nachbar hatte sie benachrichtigt, als Fredo so herumgebrüllt hatte. Fredos tote schwarze Augen waren auf die Decke gerichtet, seine linke Gesichtshälfte war ein einziger schwarzer Bluterguß. Die rechte Hälfte war von der Wange bis zur Kopfhaut aufgeschlitzt. Blut und Hirn quollen heraus, quollen auf mich, mein Kleid, meine Hände, meine Beine, meine Schuhe. Neben mir stand die Tischlampe, nach der ich so plötzlich gegriffen hatte. Der Lampenschirm war in zwei Stücke zerbrochen, doch der marmorne Fuß war unversehrt.

Als der Polizist mich hochhob und wegführte, wollte ich Fredo nicht loslassen, ihn nicht dort zurücklassen. Ich wollte, daß er bei mir blieb, daß er mir verzieh, mich küßte und mir sagte, daß alles wieder gut würde. Ich wollte, daß er aufwachte, lächelte und mit mir Kaffee trinken ging, so wie früher. Würden wir morgen nicht mit gischtfeuchten Gesichtern auf dem Schiff nach England sitzen, während Michael vor unseren Füßen spielte? Wir würden auf das endlose, wogende, eisgrüne Meer hinausblicken. Würden uns umdrehen und zurückschauen zur Königin der Städte, riesig, grau und grandios im naßkalten spätherbstlichen Wind.

Einer der Polizeibeamten fragte mich, während er meinen Kopf herunterdrückte und mich hinten in den Wagen hineinstieß, warum ich es getan hätte. Das Blinklicht auf dem Dach rotierte. Die Gesichter meiner Nachbarn waren an die Scheiben gepreßt, unbewegt und stumm. Warum ich es getan hätte, fragte er mich, und ich weiß noch, daß ich mit den Schultern zuckte. Doch in Gedanken hörte ich die Geschichte einer Dollarhure im gottverdammten, üblen Tennessee, die es eines Tages einfach nicht mehr ertragen hatte. »Dieses eine Mal«, hatte Martha zu mir gesagt, »hat sie es einfach nicht mehr ertragen.« Und das schien mir ein ebenso plausibler Grund wie jeder andere, der mir seither eingefallen ist.

Trostlos und benommen ließ ich meinen Prozeß über mich ergehen, inmitten eines Hagels von Argumenten und Beschuldigungen. Ende 1949 wurde ich zu fünfzehn Jahren Haft in einer Bundesstrafanstalt verurteilt. Bei der Festsetzung des Strafmaßes erklärte der Richter, da ich mich zum Zeitpunkt des Mordes an Alfredo Mancini offenkundig in einem Zustand geistiger Verwirrung befunden hätte, billige man mir mildernde Umstände zu. Er riet zu einer psychiatrischen Behandlung, die ich dann auch nach bester Tradition der Zeit erhielt. Der Richter empfahl meine bedingte Entlassung im Jahr 1958. Tja, die Elenden dieser Erde bringen sich gegenseitig um, hätte Martha womöglich zu mir gesagt, wenn sie sich nicht ein paar Jahre vor meiner Entlassung das Leben genommen hätte.

Ich saß meine Strafe still in einem auf dem Land gelegenen Frauengefängnis in Maine ab. Es war kalt und feucht, vom ersten bis zum letzten Tag. Nachts hörte man nichts als das Sirren der Mücken und das Geschrei der Eulen. Ich hasse ländliche Gegenden. Heute müßte schon ein Mann mit einem Vorschlaghammer kommen, um mich noch mal aufs Land zu bringen. Ein Mann mit einem Vorschlaghammer, und selbst gegen den würde ich mich noch wehren.

Ich wurde im Herbst 1959 auf Bewährung entlassen, nachdem man mir die Entlassung in meiner ersten Anhörung ein Jahr zuvor mit der Begündung verweigert hatte, Mörder dürfen nicht mit weniger als zehn Jahren davonkommen. Nach meiner Entlassung wurde ich umgehend ausgewiesen, da meine Aufenthaltserlaubnis abgelaufen war. Man brachte mich zu einem Flughafen außerhalb von New York. Wir fuhren nicht durch die Stadt. Ich trug Handschellen, bis ich im Flugzeug saß, und konnte von meinem Fensterplatz aus die Polizisten warten sehen. Sie wollten sichergehen, daß ich wirklich auf Nimmerwiedersehen verschwand. Als ich in London ankam, überlegte ich, wo ich wohl eine Stelle als Bedienung finden könnte, um mich über Wasser zu halten, bis ich etwas Besseres aufgetan hätte. Ich ging ins Hudson Café. Und als ich an jenem ersten Tag dort stand, die letzten Strahlen der Herbstsonne im Rücken, und Harry Hudson die Hand schüttelte, stieg mir plötzlich der Duft starken italienischen Kaffees in die Nase. Und ich dachte: »Na also – ich lebe noch.«

Nachdem man mich des Mordes für schuldig befunden hatte, ich in Amerika außerdem keinerlei Verwandte und bis auf eine ältere schwarze Clubbesitzerin in Harlem auch keine Freunde hatte, wurde mir das Sorgerecht für Michael entzogen. Mein Sohn war in New York geboren und somit amerikanischer Staatsbürger. Weihnachten 1949 legte man mir die entsprechenden Dokumente vor; ich hatte kein Einspruchsrecht. Mein Sohn war vier Jahre alt. Nach jenem Nachmittag hinter den geschlossenen grünen Fensterläden sah ich ihn nicht mehr wieder. Das letzte, was ich von ihm noch in Erinnerung habe, ist, wie sein murmelndes Schluchzen in panisches Geschrei übergeht und er Fredos Namen ruft. Und wenn ich heute an ihn denke, sehe ich ihn mit blutgetränkten Kleidern in der

Zimmerecke kauern und sich langsam hin- und herwiegen. Nach meiner Verurteilung bot mir der von der Stadt gestellte Verteidiger eine Zigarette an und erklärte, daß Michael als Minderjähriger und amerikanischer Staatsbürger angesichts meiner rechtlichen Stellung und der Nichtauffindbarkeit seines Vaters zur Adoption freigegeben werde. Der Anwalt lächelte liebenswürdig, als wir uns an dem Tisch im Besucherzimmer gegenübersaßen, und schob mir sein Bein zwischen die Knie.

Manchmal in der blauschwarzen Nacht frage ich mich, wie mein Sohn heute wohl aussieht, als erwachsener Mann. Ich frage mich, ob er sich an den Geruch meiner Haut erinnert, an den Klang meiner Stimme oder an die Geschichten, die ich ihm über die Städte erzählte, in denen ich schon gewesen war, und über die Leute, die ich dort getroffen hatte.

Und wenn ich dann zitternd daliege in jenen stillen Stunden vor der Dämmerung, dann weiß ich, daß er sich an nichts von alledem erinnern wird. Ich weiß, daß er auf der Straße geradewegs an mir vorbeimarschieren würde, daß er niemals auf mich zugehen und in meine dunklen Augen blicken würde, die seinen so ähnlich sind, und mich fragen würde:

»Bist du es?«

3

Harry

Es war wieder Winter. Weihnachten, beinahe schon. Kälter als im vorigen Jahr, fanden alle, während sie den Schnee von ihren Mänteln abschüttelten. Rosige Wangen und weiße Atemwolken überall im Hudson Café. Ich wischte gerade die Marmortheke ab, als ich den alten Sid, einen unserer treusten Stammgäste, hereinkommen sah. Er schlug gegen die Kälte die Arme aneinander und hielt seinen uralten abgestoßenen Kaffeebecher hoch, um ihn auffüllen zu lassen. Wie lange hatte Sid nun schon seinen Verkaufsstand auf der Empire Row? Er war bereits dagewesen, als Betty kam. 1959 war das. Hatte gleich Gefallen an ihr gefunden. Hatte sich einmal sogar ziemlich lächerlich gemacht, das weiß ich noch. Nun, in all den Jahren, die seither vergangen waren, war er mit uns durch dick und dünn gegangen.

Sid stöhnte laut und ausgiebig, als er die Theke erreichte.

»Hey, Sid«, frotzelte ich, »versprichst du mir was?«

»Was denn?« fragte er und knallte seinen Becher auf die Theke.

Ich ging und füllte ihn mit Kaffee.

»Denk doch zumindest mal darüber nach, ob du dieses Jahr nicht mit der Arbeit aufhören willst. Mal ehrlich, seit wann arbeitest du hier draußen auf der Straße?«

Sid zog sich seine Wollmütze vom Kopf, ließ einen Sternenregen von Schneeflocken auf den Boden niedergehen und kratzte sich am Kopf.

»Hm, mal überlegen. Im Jahr der Krönung habe ich angefangen. Das heißt also 1953.«

»So, 1953? Na, Sid, in ein paar Wochen haben wir 1993. Vierzig Jahre ist doch eigentlich eine schöne runde Zahl, oder?

Höchste Zeit, den Kram hinzuschmeißen und dir mit deiner alten Dame einen schönen Lenz zu machen!«

Sid lachte und nickte mir zu, als ich ihm seinen Becher wieder in die Hand drückte.

»Du hast wohl Angst, der einzige zu sein, der plötzlich Zeit hat?«

Ich lächelte und nahm mit einem Kopfnicken die Bestellung der nächsten Kundin entgegen.

»Das Leben hat mehr zu bieten als Arbeit, Sid. Viel mehr.«

Mein Gott, Betty Hudson war immer ein verrücktes Weib gewesen. Als sie kam, die Hüften schwingend, das rote Haar aufgetürmt, ihren Lippenstift in der Handtasche, war sie wie eine Naturgewalt. Die Männer drehten sich nach ihr um und pfiffen ihr hinterher, wenn sie auf ihren himmelhohen Absätzen vorbeitänzelte. Und auch am Ende unserer Ehe, als sie dünner und älter war, graue Haare hatte und die Männer ihr nicht mehr nachpfiffen, wirkte sie noch wie eine Naturgewalt. Sie war bloß etwas ruhiger als früher, wenn auch nicht unbedingt zahmer. Als wir uns damals nach unserer Rückkehr aus Manchester langsam vom Boden des Hudson Café erhoben und uns die Glassplitter von den Kleidern bürsteten, hörten wir die Sirene eines Notarztwagens. Wir sahen draußen Blaulichter aufleuchten. Wir schauten uns an und dachten: »Na – wir leben noch.« Wir ließen eine neue Scheibe einsetzen. Doch diesmal wurde nichts daraufgeschrieben. Statt dessen ließen wir ein Schild im Stil der alten Tearooms anfertigen. Dunkelgrünes Plastik mit goldener Schrift. Es hing über der Eingangstür. Nach ein paar Jahren begann es im Wind zu quietschen. Betty sagte immer: »Na, dieses Schild kannst du wenigstens abschrauben, wenn du meinst, daß du eine Veränderung brauchst.«

Die folgenden Jahre waren eine gute Zeit. Soho fing sich langsam. Wieder tauchten neue Gesichter auf. Firmen zogen her, gefolgt von Bars, Läden und Restaurants. Die Gespräche drehten sich jetzt um Design, um Kleider, ums Fernsehen.

Endlich hat diese Gegend wieder Flair, seufzte Betty. Jemand kam, um uns für eine Zeitung zu interviewen, sprach vom alten Soho und davon wie berühmt wir inzwischen seien, dieses Paar mit seinen Geschichten über das alte Manhattan und dem stärksten Kaffee im ganzen West End. In einer Sonntagszeitung erschien ein hinreißendes Foto von Betty. Stolz und schön sah sie darauf aus. Neben ihr glitzerte die Kaffeemaschine. Wir stellten sogar Tische auf die Straße. Richtig mitteleuropäisch seien wir geworden, meinte ich irgendwann zu Betty.

Zu guter Letzt hatten Betty und ich einander verziehen. Jeder akzeptierte den anderen, wie er war. Es hatte lange gedauert.

»Jetzt fließt das Geld aber wirklich«, rief Betty eines Abends fröhlich, als wir uns fertigmachten, um zu einem Erinnerungstreffen eines der alten Jazzclubs zu gehen, das in einem der kürzlich eröffneten neuen Clubs stattfand. Sie hatte recht. Wir beide führten das Hudson Café inzwischen seit dreißig Jahren, und mein Vater hatte es vor uns ebenfalls dreißig Jahre lang betrieben. Und jetzt endlich brachte es soviel ein, daß wir nicht mehr voll arbeiten mußten und uns Gedanken darüber machen konnten, ob wir uns nicht zur Ruhe setzen wollten. Nach langen Diskussionen kamen wir 1992 überein, das Café zu verkaufen und vielleicht sogar irgendwo in die Sonne zu ziehen. Betty war Anfang Siebzig, und ich ging auf die Sechzig zu. Wir hatten keine Kinder, denen wir das Café hätten vererben können, niemanden, der uns an die Empire Row oder an Soho band, nichts außer einem Packen Erinnerungen und ab und zu einem Touristen mit einer Kamera.

Als Sid seinen Becher entgegengenommen hatte und gehen wollte, kam Betty durch die Cafétür herein und rief:

»Mein Gott, ist das eine Kälte da draußen! Es ist nicht zu fassen. Und da heißt es immer, die Erdatmosphäre erwärmt sich – in diesem Land wäre das ein echter Gewinn, wenn ihr mich fragt!« Eine traurig aussehende Frau, die alleine dasaß und langsam in ihrem Kaffee rührte, wandte sich um und lächelte. Manche Dinge ändern sich einfach nicht. Nach wie vor schlichen Liebespärchen die steinerne Treppe hinauf, um sich hier zu treffen oder zu trennen. Nach wie vor fanden die Liebestollen genauso wie die Todunglücklichen Trost im Hudson Café.

Auch Betty hatte sich kaum verändert. Sie war schlanker als früher, hatte graue Haare und rauchte nur noch sehr wenig. Doch trotz ihres Alters hatte sie nie ihre aufrechte Haltung verloren. Sie wiegte sich immer noch in den Hüften, wenn sie durchs Zimmer ging. Und sie war noch genauso eitel wie früher. Inzwischen gab sie ein Vermögen für ihre zartblaue Haartönung aus, für das cremefarbene Wollkostüm, das sie unter ihrem langen grauen Regenmantel trug, für ihr tadelloses Make-up. Betty war immer noch die alte, gar keine Frage.

»Du dagegen, Harry Hudson«, neckte sie mich oft, »du siehst aus, als wärst du hundert! Du hast eine Glatze. Du wirst fett. Hast Tränensäcke unter den Augen. Und die Haare sprießen dir aus jeder Pore!« Ihr meckerndes lautes Lachen war immer noch rauh vom Tabak. »Manchmal frage ich mich, was mir ein jugendlicher Liebhaber nützt, wenn er aussieht, als hätte man ihn gerade aus den Tiefen einer Pyramide hochgeholt!« Ich schüttelte dann den Kopf, zog eine Grimasse und versuchte, mein Lachen zu unterdrücken.

In jenem Moment allerdings galt ihre ganze Aufmerksamkeit dem Wetter, den Weihnachtskarten, die sie gekauft hatte, und der langen Schlange auf der Post, wo sie Briefmarken besorgt hatte. Keiner von uns beiden bemerkte die junge Frau, die nach Bettys furiosem Auftritt leise hereingeschlüpft war. Sie mußte draußen im Schnee gewartet haben, denn sie folgte Betty auf dem Fuß und sah völlig durchgefroren aus. Selbst als sie vor der Theke stand, ohne auf die Tafel zu schauen, bemerkten Betty und ich sie nicht.

Ich weiß nicht, warum. Sie war hübsch und selbstbewußt. Groß und gertenschlank, Mitte Zwanzig, mit langem, rotbraunem Haar, das ihr in Locken lose über den eng gebundenen Schal und die schneegesprenkelte Wildlederjacke fiel. Nur an ihren Augen hätte man sie erkennen können. Groß und dunkel waren sie, und feurig.

Sie wartete einen Moment und hustete dann laut, so daß Betty und ich uns nach ihr umdrehten.

»Hallo«, begann sie leise und setzte dann bedächtig hinzu: »Betty. Harry.« Und nach einer weiteren kurzen Pause, so als hätte sie es im Kopf da draußen im Schnee unzählige Male geprobt: »Ich bin Anna.«

Harry

War Anna gekommen, um unsere Geschichte zu hören oder um uns ihre Geschichte zu erzählen? Manche Geschichten sollte man nicht weitergeben, hätte Betty früher einmal gesagt. Es gibt Geschichten, die man am besten in Vergessenheit geraten läßt, hätte sie kopfschüttelnd hinzugefügt, mit dunklem, geheimnisvollem Blick. Aber ich versuche schon lange nicht mehr, Betty Hudsons dunkle, geheimnisvolle Blicke zu entschlüsseln. Außerdem hat sie mir inzwischen viel über ihre Vergangenheit erzählt – über Mikey, über ihren Sohn Michael, sogar ein bißchen was über Fredo. Was da sonst noch sein mag, ist mir inzwischen relativ egal. Ich liebe sie. Und sie liebt mich, auf ihre merkwürdige, selbstverliebte Art. Nur das zählt heute für uns.

Anna wollte Erinnerungen. Sie war ruhig und höflich, als sie kam, und schien sich zu freuen, uns gefunden zu haben. Doch sie hatte ein Ziel. Ihre Erinnnerung an uns, ja selbst an Sylvie, war lückenhaft. Sie sprach voller Sentimentalität von ihrer Mutter. Wir wagten es kaum, die Vergangenheit zu erwähnen, bis uns klar wurde, daß sie unbedingt darüber reden wollte, über uns, über das, was wir getan hatten. Sie beobachtete Betty unentwegt, war fasziniert von ihr in einer Weise, wie Sylvie es nie gewesen war, es nicht einmal vorgegeben hatte. Gelegentlich stiegen ihr die Tränen in die Augen, und dann sah sie weg. Doch als der Zauber von Bettys Geschichten zu wirken begann, als Betty von Städten und Liebenden und Kindern erzählte, kehrten Annas Augen wieder wie gebannt zu ihrem Gesicht zurück.

Und langsam nahm neben Bettys auch Annas Vergangenheit Gestalt an.

Ich würde ja gerne sagen, daß Annas Leben besser wurde, nachdem wir sie verlassen hatten, doch dem war nicht so. Betty hatte gelernt, daß die Vergangenheit ein unbarmherziger, unversöhnlicher Feind ist. Sie läßt uns nicht los, verfolgt uns, holt uns immer wieder ein, so sicher wie das Amen in der Kirche. Als Anna zurückkam, drängte aus den hintersten Winkeln unseres Bewußtseins – oder wo immer wir sie hingepackt hatten – die Scham über unser damaliges Verhalten wieder hervor.

Ich erinnerte mich, wie Betty mir erzählt hatte, daß sie, nachdem sie Sylvie verlassen hatte, nie mehr versucht hatte, sie zu sich zurückzuholen. Sie sagte, sie habe sich damals eingeredet, daß es unmöglich sei, obwohl es tatsächlich möglich gewesen wäre. Sicher, schwierig wäre es wahrscheinlich gewesen. Sogar fast unmöglich. Doch grundsätzlich wäre es möglich gewesen. Und als ich Anna zuhörte, fragte ich mich, ob ich wirklich alles in meiner Kraft Stehende getan hatte, um sie zu retten. Betty folgte den Erzählungen ihrer Enkelin mit Tränen in den Augen, von einer Traurigkeit erfüllt, die ich seit Sylvies letzten Tagen mit uns so bei ihr nicht mehr erlebt hatte.

Nur wenige Wochen nachdem Annas Adoption amtlich bestätigt worden war, stellte ihre neue Mutter fest, daß sie schwanger war, und brachte in der Folge eine Reihe pummeliger blonder Jungs zur Welt, die sich von der dunklen schlanken Anna unterschieden wie Tag und Nacht. Anna sagte, sie habe sich wie das Kuckucksei im Nest gefühlt, nie richtig zugehörig, nie richtig geliebt.

»Sheila, meine Adoptivmutter, hat oft laut zu ihren Freundinnen gesagt: ›Wer hätte denn auch damit gerechnet, daß wir erst diesen riesigen Aufwand treiben, um Anna zu adoptieren, bloß um dann die Jungs zu kriegen, also genau das, was wir eigentlich haben wollten!‹« Annas Gedächtnis war erbarmungslos. Man hörte an ihrer Stimme, wie einsam sie war. Und für den Fall, daß man es überhörte, sprach sie es selbst noch einmal aus: »Mein Leben lang war ich einsam.« Sie lächelte traurig und ließ den Tee in ihrem Becher kreisen.

Mit achtzehn schrieb sie Mick Elliott, ihrem lange verloren geglaubten Vater, und erzählte ihm, was mit ihr und Sylvie geschehen war. Ich mußte lächeln, als sie sagte: »Ich habe ihn geradeheraus um zwanzigtausend Pfund gebeten, damit ich die Uni bezahlen kann.« Sie sagte, sie habe nicht damit gerechnet, je von ihm zu hören. Doch Elliott schickte ihr einen Scheck über zehntausend Pfund und einen Brief, in dem er sie um ein Foto und ihre Telefonnummer bat. Und so fand Anna mit achtzehn Jahren in Mick Elliott schließlich einen Vater.

»Ganz zum Schluß«, erzählte Anna, »hat Mum immer gesagt, sie würde unheimlich gern noch mal nach London fahren und euren Cappuccino trinken. Sie hat immer gesagt, bei euch gäbe es den besten Kaffee, den sie in ganz England je getrunken hätte. Als es aufs Ende zuging, hat sie immer gesagt, wie gern sie nach London fahren würde, sich – als Gast allerdings – ins Café setzen und dem Geplänkel zuhören würde. Vielleicht war ihr klargeworden, was sie verloren hatte.«

Harry

Wir saßen in der kleinen Küche in der Wohnung über dem Hudson Café. Betty war hier nun schon seit vielen Jahren zu Hause. Ich mein Leben lang. Und wie viele Kämpfe waren hier ausgetragen worden. Die meiner vor Jahren verstorbenen Eltern. Der mit dem schönen Alfie. Was aus ihm wohl geworden war – das hatte ich mich in letzter Zeit ab und an gefragt, ohne ihn Betty gegenüber allerdings je zu erwähnen. Sylvies Kämpfe. Und schließlich unsere Kämpfe, Harrys und Bettys Kämpfe. Vor fünf Jahren hatten wir die alte Küche herausreißen lassen. Mancher dieser Hitzköpfe und Rabauken hätte die Küche mit ihren Einbauschränken, ihrem glänzenden, auswischbaren Ofen und dem nicht brummenden Kühlschrank nicht wiedererkannt. Auch Anna bemerkte den Unterschied. Als sie am Küchentisch saß und sich die Hände an einem Becher Tee wärmte, sagte sie lächelnd, sie habe den Raum völlig anders in Erinnerung. Auf ihrem Haar schmolzen die letzten Schneeflocken.

Als sie vor der Marmortheke gestanden und uns ihren Namen gesagt hatte, waren Betty und ich wie gelähmt gewesen. Da hatte uns der kalte Winterwind mehr als nur ein paar Schneeflocken hereingeblasen. Auf den Stiefeln der Gäste schmolz der Schnee und sammelte sich in kleinen Eiswasserpfützen auf dem Linoleum. Man unterhielt sich über freie Tage und Feiern im Büro, darüber, was man zu Silvester unternehmen und wann man nach Hause fahren würde. Keiner ahnte, was für ein Drama sich da vor aller Augen abspielte. Die Vergangenheit warf Betty und mir ihre Lehren an den Kopf, und wir konnten bloß dastehen und mit großen Augen zusehen.

Oben in der niedrigen Küche übernahm Anna das Reden. Betty saß stumm da und starrte die junge Frau in kaum verhohlenem Unglauben an. Ich beschäftigte mich mit Tee und Kuchen und versuchte ab und zu einen Blick auf sie zu erhaschen, während sie erzählte. Sie schilderte ruhig, wie sie von Manchester hergefahren war, wie sie aus der Erinnerung und mit Hilfe eines ausgeliehenen Stadtplans den Weg zum Café rekonstruiert hatte und wie sie dann stundenlang im Schnee gewartet hatte. Sie hatte sich nicht getraut, das Café zu betreten, und wollte gerade wieder gehen, als wie aus heiterem Himmel Betty mit Tüten beladen an ihr vorbeispazierte, die Treppe hinauf und ins Café hinein. Anna hatte sie sofort erkannt, nach all den Jahren.

»Ich wußte nicht, ob du mich gesehen hattest oder ob ich dich vielleicht an Mum erinnerte.«

Betty blickte auf, als hätte man sie wachgerüttelt.

»Nein«, antwortete sie leise. »Ich war in Eile, außerdem hatte ich auf der Post ewig warten müssen, denn ...« Sie verstummte. Was sie sagte, war unwichtig. »Also wirklich, was rede ich denn da von der Post ... Ich habe das Gefühl, ich sollte eigentlich etwas ganz anderes sagen.«

»Na ja«, sagte Anna. »Es ist nicht so ganz einfach, stimmt's?« Sie hielt inne. Ihr kurzes Lächeln war wunderschön – strahlend und offen. »Ich kriege langsam Routine in diesen Dingen, nachdem ich erst meinen Vater aufgespürt habe, dann seine Mutter kennengelernt habe, seine Kinder ...«

»Ja, sicher ...«, flüsterte Betty.

Plötzlich fragte Anna:

»Warum bist du damals weggegangen, Betty?«

Betty sah erst mich, dann Anna an. Es galt von guten Taten zu erzählen. Von Manhattan und den Lichtern von New York City. Von London im Wechsel der Jahreszeiten, und von einem Mann und einer Frau, die eine alte einfache Eßkneipe in einer Seitenstraße des verwinkelten Soho betrieben. Von verlorenen Kindern, irgendwo da draußen in der weiten Welt. Von Namen auf Geburtsurkunden. Von Namen in Zeitungen, die ganz andere Geschichten erzählten. Von dem Wunsch, das Richtige zu tun, egal, was andere dazu sagten, dem Wunsch, einem kleinen Mädchen die besten Zukunftschancen einzuräumen. Wie hatte Martha doch vor langer Zeit zu Betty gesagt: Glück ist das Beste, was es gibt, und daher gibt es nichts Großmütigeres, als sein eigenes Glück aufzugeben. Ja, es gab eine ganze Reihe von Handlungen und auch eine Menge Fehler zu erklären. Doch Betty wußte, wo die Fehler lagen, und sie war bereit, noch einmal von vorne anzufangen. Wenn ihr Leben irgend etwas bewies, dann die Tatsache, daß jeder neu anfangen kann. Nicht umsonst war es in Bettys Leben immer ums Überleben gegangen.

Betty sah mich wieder an, als wolle sie zu einer Erklärung ansetzen. Da ich spürte, wie delikat die Situation war, wieviel Ehrlichkeit und Intimität sie erforderte, sagte ich:

»Wenn ihr wollt, lasse ich euch zwei allein.«

Betty wandte sich zu mir um und faßte mich zart an der Hand.

»Nein, Harry, sei nicht albern. Bleib hier.«

Anna blickte zu mir auf.

»Ja, bleib hier, Harry«, sagte sie lächelnd. »Ich bin schließlich wegen euch beiden gekommen.«

Man kann auf sein Leben zurückblicken und versuchen, seine glücklichsten Momente auszumachen. Und ich habe einige erlebt. Ich könnte da einen wunderschönen Frühlingsmorgen im Jahr 1960 nennen, auf der Treppe des Standesamtes von Westminster, als rosafarbene Blüten durch die Luft schwebten. Oder ich könnte vom Regen an einer Fensterscheibe erzählen, von Möwenschreien und der Farbe des Lichtes, als Betty und ich uns auf einem zerwühlten Bett in einem Hotel in Brighton liebten. Von einer versilberten Kaffeemaschine, die mein Vater auf eine marmorne Theke hievte, als ich zwölf Jahre alt war. Oder von Betty und mir, wie wir, berauscht von einem Nachmittag mit Bowle und Jazz, zu Red Nichols and his Five Pennies fernem »Fan It« auf der Straße Swing tanzen.

Doch ich könnte auch jenen kurzen Moment nennen, in dem meine Frau und meine Enkelin zu mir aufblickten, als hätte ich gerade etwas völlig Absurdes gesagt, und mich zum Bleiben aufforderten. Mein Leben ist kein Zuckerschlecken gewesen, das ganz gewiß nicht. Doch ich habe ein paar Momente echten, absoluten Glücks erlebt. Und das ist wohl mehr, als die meisten Menschen von sich behaupten können. Andererseits habe ich auch eine ganz besondere Frau lieben dürfen, und auch das ist wohl mehr, als die meisten Menschen von sich behaupten können.

Was mich, wie Betty jetzt sagen würde, an ein altes Lied erinnert.